AVANT LA CHUTE

Agrégé et docteur ès lettres, professeur au lycée franco-allemand de Buc (Yvelines), Fabrice Humbert est l'auteur de plusieurs romans dont *L'Origine de la violence* (Le Passage, 2009), pour lequel il a obtenu le prix Renaudot du livre de poche en 2010, et *La Fortune de Sila* (Le Passage, 2010), qui a reçu le Grand prix RTL-*Lire* en 2011.

Paru dans Le Livre de Poche :

AUTOPORTRAITS EN NOIR ET BLANC

LA FORTUNE DE SILA

L'ORIGINE DE LA VIOLENCE

FABRICE HUMBERT

Avant la chute

ROMAN

LE PASSAGE

*Deux dangers ne cessent de menacer le monde :
l'ordre et le désordre.*
Paul VALÉRY

1

Ils avaient travaillé dur. Ils avaient coupé les hauts arbres, les mules avaient tiré les troncs à l'écart du terrain, et ils avaient brûlé les souches avant de les arracher. Ils avaient égalisé les sols et Dieu sait comme la tâche avait été longue et difficile, usante pour les organismes. De l'aube jusqu'au soir, sous la pluie et le soleil, ils avaient œuvré, leur peau se cuivrant et se desséchant. Les muscles déformés par l'effort, le corps amaigri, le buste nu pour épargner les quelques hardes qu'il leur restait, ils s'étaient employés à cultiver ce coin de jungle pour se nourrir, eux et les enfants qu'ils auraient plus tard. Ils avaient oublié le temps, et peut-être même avaient-ils oublié le langage, tant ils se parlaient peu, tendus par l'effort quotidien. Muets, toutes leurs forces concentrées à la tâche, ils avaient ouvert un espace à la lumière, trouée de soleil dans la forêt. La nuit, ils se repliaient dans une cahute, bâtie avec les premiers arbres effondrés. Une source les abreuvait.

Sur le terrain dégagé, ils avaient planté des bananiers et du maïs. Sur le sol humide et gras, balayé par les vents et les pluies, les plantes s'étaient levées. Elles avaient rapidement grandi et lorsque les pousses s'étaient épanouies, lorsque les formes s'étaient courbées, ils les avaient fixées avec une joie sourde, pleine d'attente. Et puis une fille était née. Ils l'avaient nommée Sonia.

La première récolte avait dépassé leurs espérances. Le maïs était lourd et jaune comme de l'or, et sa promesse était bien celle de ce métal : ils allaient enfin pouvoir vivre. La langue verte de leur petit terrain, parcelle de culture au milieu des montagnes, réjouissait leur regard. C'était leur joyau, leur trésor. Suspendant leurs produits à dos de mule, ils avaient vendu cette récolte au village d'Harmosa, à deux heures de marche. Le village, logé sur une crête à l'extrémité d'une route boueuse, semblait comme paralysé de langueur, à la mesure de ces contrées montagnardes à l'écart de la ville, mais ils avaient tout de même trouvé un acheteur régulier pour écouler leur production.

Une deuxième fille naquit. Elle fut appelée Norma. À quatre, ils pouvaient survivre. Pendant les orages, les petites ouvraient de grands yeux effrayés et les parents les serraient dans leurs bras, heureux de ce réconfort facile, le seul peut-être qu'ils pouvaient leur offrir. Ce n'était que cela : un orage. Un éclat puis une nuée bruissante qui s'écroulait sur la forêt en un vrombissement liquide. Rien de bien grave. Et cette pluie nourrissait la terre, la fertilisait, soutenait la croissance des bananes et du maïs.

Un jour, au village d'Harmosa, on refusa leur production et on leur demanda de baisser les prix. Interloqué, le père, Emanuel, fit une journée de marche supplémentaire jusqu'à la petite ville d'Eron. On lui opposa le même refus. Un homme ajouta que les prix avaient partout baissé. C'était comme ça. C'était à cause de l'Europe et des États-Unis. Plus personne n'accepterait le prix habituel. Il pourrait marcher autant qu'il le voudrait, les prix s'étaient écroulés. Emanuel vendit donc sa récolte au prix qu'on lui proposait.

Cela dura deux années. Les prix ne cessèrent de baisser. À Harmosa, un homme en treillis leur recommanda d'abandonner la banane et le maïs. C'était fini. Plus personne ne pourrait en vivre. Emanuel réfléchit.

— Nous n'avons pas le choix. Nous ne connaissons que cela.

L'homme lui fit une proposition. Emanuel hocha la tête. Les deux hommes revinrent ensemble à la plantation, suivis par les mules. Ils arrachèrent les plants de maïs et de bananiers puis l'homme alla chercher un sac de graines et en donna la moitié à Emanuel. Ils plongèrent les graines dans le sol, à intervalles réguliers. La mère, Yohanna, encadrant ses deux filles de ses bras, les observait avec un visage sombre.

Au soir, à ses interrogations muettes, Emanuel répondit brièvement :

— Il sait ce qu'il fait. C'est un *cocalero*. Et nous n'avions pas le choix.

L'homme en treillis, en effet, les guida dans leur travail. Il revint à plusieurs reprises au cours de l'année, surveillant l'avancée des cultures, leur donnant des conseils, et lorsque les arbustes s'élevèrent et que la récolte put s'effectuer, il leur donna une somme de dix mille dollars. Ils n'avaient jamais vu autant d'argent. L'homme partit avec la récolte. Il leur dit :

— Cela aidera la révolution.

Ni Emanuel ni Yohanna ne s'intéressaient le moins du monde à la révolution. Mais ils savaient que le territoire était sous le contrôle des révolutionnaires et que l'armée régulière ne s'y risquait plus. Et comme la coca se révélait beaucoup plus rentable que leur précédente activité, ils n'y trouvaient rien à redire. Dans son enfance, Emanuel buvait sans cesse du thé à la coca. Il en avait repris l'habitude. Et les jours de fatigue, il roulait dans sa bouche les feuilles anesthésiantes, comme un vieux parfum des jours passés.

Au fond, rien ne changeait. Ils plantaient, sarclaient, bêchaient, épiaient la pluie et le soleil. Les plantes poussaient, les filles poussaient et c'était toujours le silence et la nature, le bruissement de la pluie et le jaillissement de la source, dans la forêt primitive. Ils menaient une vie que des centaines de générations, sous une forme à peine différente, avaient connue avant eux, entre saison sèche et saison des pluies. Non, rien ne changeait, sinon que les filles n'avaient plus peur de l'orage. Au contraire, il leur arrivait même de sortir au premier écroulement de la pluie, happant les brumes mouillées qui tombaient des montagnes, ôtant leurs chemises dans l'attente de l'immense nuée. Les enfants étaient devenues des jeunes filles.

L'homme en treillis arriva un soir en courant.

— Les soldats arrivent. L'accord avec le gouvernement ne tient plus. Ils escortent des paysans qui vont arracher les plants. Mais on ne les laissera pas faire. Attention sur les chemins. Faites attention aux enfants. On a placé des mines. Les soldats ne passeront pas.

Trop ému, il s'exprimait par saccades. La famille le contemplait comme on regarde un fou. De quel accord parlait-il? Que voulait-il dire? Et pourquoi placer des mines dans la jungle?

Deux jours plus tard, une fusillade éclata sur le flanc de la montagne. Emanuel sortit nu de la cabane. Il entendit un tir nourri mais ne vit rien. Il rentra et ordonna de se réfugier sous le lit.

Les détonations cessèrent. Des cris retentirent sur le terrain. Emanuel s'habilla puis ouvrit prudemment la porte. Le doigt sur la détente, l'air nerveux, un détachement de soldats encadrait des paysans qui coupaient les plants de coca à la machette. Le cœur serré, il contemplait la destruction de son existence.

Un gradé s'approcha. Il était petit et menaçant. Il plaça son fusil sous le menton d'Emanuel.

— Nous avons perdu cinq hommes dans la colline.

Emanuel ne répondit pas.

— Tu aides les terroristes.

Emanuel secoua la tête.

— Tu les aides. Tu fais pousser la coca qui leur donne l'argent pour leurs opérations. Tu participes au trafic de drogue.

Emanuel roula des yeux affolés. De quoi lui parlait-on?

— C'est dans la colline au-dessus de ta maison qu'ils nous ont attaqués. Tu es complice.

Emanuel s'agenouilla aux pieds de l'homme.

— Je ne sais pas de quoi vous parlez, officier. Je suis un paysan, je me contente de vendre ma récolte. Je ne connais rien à ces terroristes. Pitié, officier! J'ai une femme et deux enfants.

L'officier regardait avec mépris l'homme agenouillé. Il lui donna un coup de pied comme on frappe un chien.

— Nous allons prendre ta ferme. Pars tout de suite. Emmène ta famille avec toi.

Dix minutes plus tard, la famille Mastillo s'éloignait sur le sentier. Une mule hennit. Ils n'avaient pas eu le droit de l'emmener. Ils marchèrent jusqu'au village où on leur conseilla de prendre un bus pour Tres Esquinas, le camp de réfugiés de Ciudad Bolívar, quartier au sud de Bogotá. Ils écoutèrent ces noms avec stupeur. Portant leurs maigres baluchons, ils s'engouffrèrent, silencieux, assommés par le brusque renversement de leurs destins, dans un bus brinquebalant. La machine, chuintante et essoufflée, s'ébranla puis parcourut une dizaine de kilomètres avant d'être arrêtée à un barrage. Des hommes en treillis l'entourèrent. Ils ne portaient pas l'uniforme de l'armée régulière. Emanuel se demanda s'il s'agissait des révolutionnaires.

Un homme monta dans le bus. Dans un silence épais, il avança, scrutant chaque visage. Lorsqu'il passa à sa hauteur, Emanuel se souvint de lui : c'était l'acheteur à qui il vendait autrefois ses bananes et son maïs. Il se sentit soulagé et sourit. Rien à voir avec les révolutionnaires. Du fond du bus, l'homme revint, agrippant un paysan par le bras.

— Toi, viens aussi ! ordonna-t-il à Emanuel.

Emanuel, interdit, le suivit. Il descendit du bus. L'acheteur s'écarta de la route. Trois hommes armés de mitraillettes les escortèrent. À un coude du chemin, le paysan tenta de s'échapper en courant. Une rafale de mitraillette le faucha. L'acheteur se retourna vers Emanuel.

— Tu me connais, dit Emanuel. Tu sais que je suis un brave homme. Je ne m'occupe pas de politique. Je t'ai vendu mes récoltes pendant des années.

L'acheteur braqua sa mitraillette vers lui.

— J'ai une femme, des enfants. Je n'ai rien fait.

La rafale lui déchira le visage.

Les rares arbustes qui avaient échappé à la machette se dressaient, leurs précieuses feuilles vertes, si recherchées à travers le monde, recouvrant les branches rougeâtres. Les fleurs allaient jaillir, leurs boutons encore refermés, et bientôt s'ouvriraient en éclats blancs, pentamères, accueillant triomphalement le soleil.

2

Fernando Urribal sortit de chez lui et s'immobilisa un instant pour contempler le soleil du matin. La clarté rose n'était pas encore aveuglante. En un regard, Urribal saisit l'immense paysage de désert et de montagne qui entourait l'hacienda. C'était sa *terre*, espace géographique éternel, découpé dans la poussière ocre, sous le ciel bleu, au sud du trait liquide du Río Grande.

Il siffla son chien qui s'éveilla, sorti de son engourdissement par la stridence de l'appel, puis il se dirigea vers les écuries. Le palefrenier se tenait devant les stalles mais Urribal ne laissait à personne le soin de seller ses chevaux avant une promenade. Il pénétra dans le box d'un alezan dont il caressa le col, respirant son odeur. Il alla chercher une selle qu'il attacha sur le dos de la bête, tout en insérant un fusil dans la gaine de cuir. Puis, lentement, avec la nonchalance de l'habitude, il guida sa monture hors de la stalle. Dans le soleil, l'homme et la bête battirent des paupières tandis que le chien, assis, les observait avec curiosité.

Tous trois partirent. Sur le pavé de l'hacienda, les sabots résonnaient au pas du cheval, mais dès qu'ils passèrent le portail de la propriété et entrèrent sur le grand domaine, le cavalier emprunta les chemins de terre, sur lesquels les sons s'assourdirent. Urribal se tenait très droit, sa silhouette mince et musclée restait celle d'un jeune homme. Et d'ailleurs, même si son visage aux traits durs, aux rides accusées, et ses cheveux gris-blanc annonçaient son âge, il affirmait avoir toujours la même vigueur que dans sa jeunesse. « Le temps n'a pas de prise sur les rocs », disait-il. Le chien marchait à l'arrière. Il pouvait lui arriver de partir à l'aventure, aux aguets, en quête de gibier mais ce matin, encore mal réveillé, il se contentait de suivre.

Urribal considéra la terre ocre, comme émiettée, pulvérisée, et il songea combien il avait fallu arroser, engraisser, ensemencer le domaine pour obtenir ces cultures. Et cela sous son autorité quotidienne, en observant chaque jour l'état du travail. Il avait toujours vécu là, fils de ces paysans qui s'épuisaient autrefois sur les lopins desséchés, mais il avait racheté le domaine, l'avait agrandi et transformé en cette enclave paradisiaque au sein du désert, terre souple et verdoyante, comme une propriété de Nouvelle-Angleterre à laquelle ne manquait même pas la grande piscine. Son pouvoir se logeait ici, au milieu de ces étendues dénudées. À sa naissance, il n'y avait rien. Rien que cette terre ocre du désert. Et il avait lui-même travaillé sur ce sol aride, sans pouvoir en tirer autre chose qu'une maigre subsistance. Il avait vu ses parents s'épuiser, comme leurs propres parents et grands-parents l'avaient fait. Puis il était parti – et il était revenu, avec bien d'autres moyens, faisant naître un paradis, oui, un paradis, il le répétait à qui voulait l'entendre, il en défendait l'existence et l'idée. La terre de Temal. Son territoire, son domaine.

Il mit son cheval au trot. Celui-ci répondit avec vigueur. Urribal sourit. D'un geste absurde, comme un sursaut de vitalité, il leva le bras vers le soleil, flèche vers le ciel, et il donna plusieurs coups de talons aux flancs de sa monture. Le chien aboya et le cheval partit d'un trait, au galop, ivre de sa jeunesse et de sa fougue. Urribal jouissait de cet emportement, respirant l'air et le vent, le corps ramené sur le cheval, épousant la course du matin car en ce moment, vraiment, tout était éternel et pur. Bien que sa jouissance, arquant son visage dur, lui donnât un air de cruauté, il ne faisait que remonter vers la pureté du monde, dans l'éclat d'un galop matinal. Et son plaisir était tel qu'il se mit à crier, d'un cri guttural et répété qui accéléra encore la course. Urribal se coucha sur sa monture, jetant un coup d'œil au sol qui fuyait sous les sabots, et il eut l'impression de voler sur la plaine, fermant les yeux pour mieux éprouver son élan vers le ciel.

Lorsque le galop se fit plus sec et moins moelleux, à mesure que le cheval s'épuisait, l'homme, sans exiger davantage d'efforts, laissa la vitesse diminuer, ne relança rien, attendant simplement que le paysage redevienne immobile. Les montagnes s'étaient rapprochées, il avait dépassé les frontières de son domaine, si grand soit-il, et il se trouvait au milieu du désert.

Alors, songeant à la journée qui l'attendait, Urribal fit rebrousser chemin à sa monture, tout en lui flattant l'encolure pour la remercier de cette course. Dur envers les hommes, il était un bon maître pour ses animaux.

Revenu chez lui, il prit une douche, s'essuya devant la glace, contemplant son corps musclé avec satisfaction. Puis il peigna avec attention ses cheveux encore abondants, avant de se vêtir d'un costume gris, d'une cravate rose et d'une chemise bleue. Il s'habillait sur mesure chez un tailleur de Washington, où il se rendait souvent, notamment lors des travaux d'une commission mexicano-américaine qu'il présidait. Ses chaussures, elles, venaient d'Angleterre. Il en possédait une cinquantaine de paires, la plupart du même chausseur. Un domestique avait pour fonction de s'en occuper : insérer l'embauchoir, les ranger avec précaution, les essuyer au chiffon, les cirer une fois par semaine.

Urribal se hâta vers la porte d'entrée. Le chauffeur, qui l'attendait, le salua :

— Bonjour, monsieur le sénateur.

Le sénateur Fernando Urribal s'installa dans la Mercedes aux vitres teintées tandis que le chauffeur refermait la porte, faisait le tour de la voiture et se mettait au volant, à côté d'un garde du corps. Le trajet durait trente-cinq minutes jusqu'à l'aéroport de Ciudad Juárez, s'il n'y avait pas d'embouteillages. La voiture était lourde, parce que blindée, mais puissante. Le sénateur aimait cette lourdeur et cette puissance de char d'assaut, même s'il estimait le danger nul sur son propre territoire. Personne n'oserait s'en prendre à lui sur ses terres. Pas une famille ne lui était inconnue ici. Il connaissait chaque enfant, ou presque. Il était le parrain de beaucoup et, de toute façon, tous lui étaient redevables, pour une raison ou une autre. Ils n'auraient pas mangé à leur faim sans l'argent qu'il donnait, sans compter tous ceux qui travaillaient directement pour lui, dans les champs ou pour ses autres affaires. Ciudad Juárez était une ville dangereuse. Mais il n'habitait pas Juárez et il avait toujours considéré la ville comme une excroissance vénéneuse, une forme locale monstrueuse de la violence historique du pays. Son domaine échappait à la violence, tout simplement parce qu'il y imposait l'ordre, et jamais il n'aurait toléré que des bandes s'installent près de lui.

Il n'y eut pas d'embouteillages. À l'heure dite, il était installé dans l'avion pour Mexico.

Le sénateur se plongea dans une liasse de papiers qui lui avaient été envoyés pour la commission antidrogue de l'après-midi, au Sénat. Il lut avec attention les derniers résultats de la guerre lancée par le président Calderón contre les cartels de la drogue. Même s'il n'apprenait rien de nouveau, les chiffres étaient terribles. Sous la pression des États-Unis, et à la suite de l'ancien président Fox, Calderón avait lancé sa propre croisade. Il avait vu se lever contre lui une armée d'hommes encore plus nombreuse que celle des troupes régulières. Des bandes s'étaient dressées de toutes parts, développant une violence effrayante, mettant les rues des villes frontières à feu et à sang. Des dizaines de milliers d'hommes étaient tombés, de sorte que la plus meurtrière des guerres du globe n'était pas un conflit interétatique mais bien la guerre contre les cartels mexicains, une opération de police qui se soldait par un cataclysme mettant en cause la survie du Mexique.

Le sénateur Urribal rangea ses papiers. Il ouvrit son agenda et regarda avec qui il devait dîner. Le nom le rassura. Cela ne durerait pas longtemps. Un repas rapide. Il se demanda quelle compagnie on lui trouverait pour la suite de la soirée.

Puis il lut attentivement les journaux mexicains et américains. Jamais il ne manquait cette lecture quotidienne. Il observait. Il s'informait. Tôt ou tard, le monde déferlerait sur lui. Même s'il vivait en autarcie sur son territoire, il était conscient que personne, nulle part, n'échappait aux flux et aux reflux du monde, à l'immense pulsation du monstre moderne. Pas plus dans un petit district au sud de la frontière que dans un village de pêcheurs en Thaïlande ou une campagne française. Tout et tous étaient liés. Ils auraient beau s'aveugler ou se barricader, les jeux étaient faits. Les destins se mêlaient, à différentes échelles, l'invraisemblable fourmillement de l'activité humaine tissant un lien fatal : le monde les embrassait tous. Et c'est pourquoi le sénateur déchiffrait dans l'accumulation des faits minuscules la construction du monde à venir. Parce qu'il savait que son destin, ainsi que celui de sa terre, se jouait là : dans le déchiffrement du multiple. Et il lisait avec une attention particulière les journaux américains parce qu'il allait de soi que le puissant voisin pesait d'un poids plus important que tous les autres sur l'avenir du Mexique.

Absorbé par sa lecture, il remarqua à peine l'atterrissage à l'aéroport de Mexico.

3

Il n'aimait pas les réveils. Il ne les avait jamais aimés. Il aimait les nuits trop longues, les grasses matinées, les alanguissements des journées. Il n'aimait pas tout ce qui était trop sec et trop dur, il aimait le mou et le tendre, le temps qui s'enfonçait dans le temps, les matins élastiques, les lents après-midi ou bien encore les fins de journée dorées. Il n'aimait pas la ponctualité, la soudaineté, la brusquerie. Il aimait les nuances, le flou et le vague. La sonnerie du réveil était odieusement brusque et ponctuelle.

Il n'aimait pas les hivers. Il ne les avait jamais aimés. Il aimait les longues journées chaudes, les soleils lumineux, les ciels bleus. Il aimait les visions brouillées de chaleur, les siestes de l'après-midi, les consciences brumeuses du demi-assoupissement, les sourires égayés par le soleil, les bruits lointains des jeux d'enfants et le lent et majestueux estuaire des soirées qui s'enfoncent progressivement dans la mer mauve de la nuit.

Alors que dire des réveils d'hiver en banlieue parisienne ? Naadir les détestait. L'abominable stridence de l'abominable réveil hivernal vrillait son cerveau. À côté de lui, son grand frère Mounir étira sa grande carcasse en poussant un énorme bâillement. Naadir pensa une nouvelle fois qu'il avait pour frère l'homme le plus proche de la bête.

Il se rencogna dans son oreiller. La lenteur, la paresse. Il ramassa sa couette sur sa tête, supprimant le jour et ses nuisances. Peut-être se rendormit-il, jusqu'au moment où la brûlure d'une claque sur ses fesses, ponctuée d'un énorme rire, lui rappela le mode d'éveil préféré de la bête. Le derrière cuisant, il rejeta la couette et s'en protégea le bas du corps. D'un œil prudent, il inspecta les alentours. La bête était sans doute allée aux toilettes. Naadir se leva pesamment, passa dans le salon. La télévision prodiguait déjà son flot. Sa mère passa. Il lui tendit les bras. Elle l'embrassa. Elle sentait bon, de cette odeur douce-amère, un peu poivrée, qu'il respirait jusque dans les placards à vêtements.

Il s'assit dans le canapé, ramena ses jambes contre lui et se dégagea lentement des brumes du sommeil devant la télévision.

— Magne-toi, le gnome, dit la bête en lui tirant les cheveux. On doit y être à 10 heures.

— Quand tu me tires les cheveux, c'est fraternel ? rétorqua Naadir. Parce que, tu sais, ça fait mal.

La bête le regarda, interloquée.

— Et alors ? Si moi ça me fait kiffer ?

Naadir soupira. Il quitta le canapé et alla jusqu'à la salle de bains, qui était occupée. Il s'assit devant et attendit. Dix minutes plus tard, son père en sortit.

— Bonjour, p'pa.

Le père hocha la tête en grognant et rentra dans sa chambre. Naadir prit sa place et fit couler une douche chaude, très chaude, une douche capable d'éloigner les hivers, les bêtes, les grognements tout en retenant les odeurs douces-amères qui émanaient des serviettes. Puis il plaqua ses cheveux sur son crâne avec un peigne fin. Raie à gauche puis raie à droite. Quelque chose d'ordonné et de propre, en tout cas. La serviette sur les reins, il revint à sa chambre. Sur le lit, des vêtements préparés par sa mère l'attendaient. La bête enfilait un jean Boss et une chemise noire.

— Hugo Boss, j'adore. J'suis vraiment très beau en Boss.

— Tu as des formules de publicitaire. Je t'admire beaucoup, tu sais. Tu es mon modèle. J'essayerai de faire aussi bien que toi plus tard, quand j'aurai ta lumineuse intelligence.

La bête ne prêta pas attention au nain sarcastique. Naadir enfila ses sous-vêtements, son pantalon, sa chemise, qu'il boutonna jusqu'au col. Il était beau comme un premier communiant.

— Enlève le bouton du haut, t'as l'air d'un con.

Naadir protégea son cou de la main. La bête haussa les épaules.

— Si tu veux encore passer pour un con…

La mère douce-amère les prévint :

— Le petit déjeuner est prêt. Venez, on y va dans un quart d'heure.

Ils partirent à l'heure. La Twingo hoqueta, hésita mais parvint à s'ébranler et ensuite l'habitude et les pentes les menèrent jusqu'au but.

— On devrait s'acheter une BMW, dit la bête.

Personne ne répondit.

— C'est des bonnes bagnoles. C'est solide. Karim me dit qu'il en est très satisfait, ajouta-t-il d'un ton de propriétaire.

Plus d'une centaine de personnes étaient déjà rassemblées au cimetière, surtout des jeunes. Le grand Karim, en costume noir, allait de l'un à l'autre, les saluait d'une bise, d'un enlacement, d'une poignée de main. Naadir attendit, droit et posé. Karim le remarqua et sourit.

— Ça va, p'tit frère ? T'as réussi à lever la famille ?

La bête s'approcha. Karim l'embrassa puis il alla saluer son père et sa mère. Et il poursuivit sa ronde, connaissant tout le monde, célèbre et respecté de tous. Soudain, il se tendit. Son visage prit une expression à la fois triste et sévère. Naadir en éprouva une légère gêne, comme devant le jeu d'un acteur. Karim, suivi de plusieurs jeunes, se dirigea vers l'entrée du cimetière. Ils en revinrent, le cercueil sur les épaules. La foule les entoura, dans un silence total.

Ils déposèrent le cercueil dans la tombe. Un imam, en djellaba blanche, très jeune, commença à parler.

Naadir écoutait, écrasé par une sorte de stupéfaction, à la fois étonné par le brusque changement d'atmosphère et assommé par la réalité de cette mort, qui n'était plus la nouvelle, abstraite, de la disparition de Malik, qu'on voyait si souvent autrefois, tant il était proche de Karim, mais une mort tangible, incarnée par ce cercueil, cette tombe ouverte et cette foule rassemblée. Foule noire, sombre, pleine de tristesse et de colère, un peu effrayante en somme, écoutant dans un silence sépulcral les mots martelés par l'imam.

« Ne vous inquiétez pas. Allah jugera les meurtriers. Allah les a déjà jugés. Ils ne s'en tireront pas. Il est inutile de les poursuivre, ils sont déjà traqués. Le regard d'Allah est sur eux, ils ne pourront s'échapper. »

Imaginant ce regard aussi sombre que la foule, Naadir fut de nouveau saisi par un léger malaise. Il n'aimait pas les rassemblements, il n'aimait pas les haines et les vengeances. Il aimait la douceur, peut-être même la douce tristesse, la mélancolie devant la perte, mais certainement pas la colère ramassée de ces hommes. Et quant à ce regard justicier…

La mère de Malik sanglotait et ces sanglots ponctuaient le discours de l'imam. On l'entendait pleurer et, sur le fond du silence, ces pleurs prenaient aussi un ton accusateur, comme s'ils confiaient une mission à la foule assemblée. Ils concentraient tout le chagrin de cette foule, chagrin profond de la famille, de quelques amis proches, tristesse plus diffuse d'amis plus lointains, de camarades, ressentiment d'autres, vivant le deuil sur le mode obligé de la vengeance.

Karim prit une pelle. Il l'enfonça dans la terre et les pelletées se mirent à retomber avec un crissement d'abord puis un bruit plus sourd, tandis que d'autres pelles se levaient et retombaient. Les sanglots se firent plus stridents, d'autres encore l'accompagnèrent mais la terre tombait et tombait encore, ensevelissant l'homme dans son cercueil.

Des larmes coulèrent sur les joues de Naadir. Il pleurait silencieusement, sans savoir pourquoi, si c'était de tristesse ou de stupéfaction, par la contamination de cette atmosphère nauséeuse, de ce trop-plein d'hommes, d'émotion et de violence qui l'écœurait. D'autres enfants de son âge pleuraient mais les grands ne pleuraient pas. Leurs yeux brillaient et leurs mâchoires étaient serrées.

Il y eut un moment de silence. Les pelles avaient cessé leur mouvement et l'imam s'était tu. Il faisait froid. Naadir regarda le ciel. Un étouffement gris d'hiver. Par-delà les murs du cimetière, il aperçut une grande barre d'immeubles. Et puis derrière encore, une nationale, des pavillons éparpillés. Et dans le grand silence, avant que les mouvements ne reprennent, avant le tournoiement des mots, des pleurs et des condoléances, il ferma les yeux et ses paupières aux longs cils barrèrent la porte des larmes. Comme cela, tout était clos.

4

La mère et ses deux filles arrivèrent à la nuit à Ciudad Bolívar. La veuve et les deux orphelines. Yohanna restait muette et assommée. Les deux jeunes filles n'avaient cessé de pleurer. Lorsque le bus s'arrêta, les passagers descendirent mais elles restèrent immobiles. Le chauffeur, maladroitement, leur tapota l'épaule.

— Nous sommes à Ciudad Bolívar. C'est le terminus. Il faut descendre.

Yohanna le fixa d'un œil éteint. Elle ramassa son sac, se leva puis trébucha jusqu'à la sortie, se retrouvant dans la rue, les deux filles à sa suite. Un quadrilatère de béton se dressait devant elles. Yohanna se retourna : un grand océan de nuit s'étalait, au fond duquel se massaient des formes obscures, silencieuses et pourtant palpitantes. Elle sentait là une vie immense. Sonia et Norma regardaient au fond de cette nuit et elles avaient peur. Elles auraient tout le temps peur désormais : on avait tué leur père.

— Nous resterons dans la gare pour cette nuit. Nous verrons demain si nous pouvons trouver un logement.

Elles entrèrent dans le quadrilatère. C'était la gare. Deux bancs de fer s'y trouvaient. Elles regroupèrent leurs sacs, s'allongèrent sur les bancs, un couteau dans la main. Elles ne dormirent pas cette nuit-là. Des formes rôdaient, les femmes saisissaient leurs sacs dans leurs bras, le couteau ramassé contre la poitrine.

À l'aube, défaites, elles se levèrent. Le jour révéla une grande *chose* devant les trois femmes, un amas hétéroclite de cabanes et d'abris, comme une décharge à ciel ouvert. Les filles, qui n'avaient jamais vu de toute leur existence que le petit village d'Hermosa, ouvrirent des yeux stupéfaits. Des formes humaines émergeaient des abris, la vie s'animait, se mettait à grouiller, des familles entières sortaient des minuscules cahutes.

— Ça pue ! s'exclama Norma.

Durant la nuit, elles avaient cru que la puanteur provenait de la gare et que quelqu'un s'était oublié dans un coin. Mais ce n'était pas cela. C'était la *chose* qui produisait cette odeur, fermentée par l'invraisemblable accumulation des déchets organiques.

— Jamais senti pareille odeur de merde ! C'est à vomir !

Le soleil était rouge dans le ciel. Avec la chaleur, l'odeur monterait encore, forte et en même temps douceâtre, comme une ténébreuse pourriture.

La gare se tenait sur une petite hauteur puis le bidonville se massait dans une cuvette avant de remonter à flanc de colline. Les trois femmes descendirent d'un pas hésitant, ne sachant que faire. Elles marchèrent dans une rue de terre. Devant leurs abris de fortune, des familles les regardaient passer. Un enfant se lavait avec un tuyau en poussant des cris de joie. Elles avan-

çaient de plus en plus lentement. Puis elles s'arrêtèrent, désemparées.

Une vieille femme leur fit des gestes. Elles s'appro-
chèrent. La vieille semblait en colère, mais c'était
peut-être aussi sa façon criarde de s'exprimer.

— Le médiateur. Le médiateur vous dira !

Et elle désignait la colline avec de grands gestes.

Les femmes marchèrent vers ce point. Parfois,
Yohanna demandait :

— Le médiateur ?

On leur indiquait de nouveau la même direction. Et,
de geste en geste, elles arrivèrent à un petit immeuble
de béton clair. Deux ou trois personnes attendaient
devant la porte. Elles firent la queue, sans bien savoir
pourquoi. Une femme leur donna des formulaires à
remplir. Yohanna les regarda sans mot dire.

Un homme sortit de son bureau.

— Entrez.

Il était petit, assez bien habillé. Yohanna pensa qu'il
devait s'agir du médiateur. Elle entra et s'assit, tandis
que les deux filles restaient debout. L'homme s'assit
en face d'elles, l'air attentif. Cela la surprit. Il avait
l'air de s'intéresser à elles.

— D'où venez-vous ? demanda-t-il.

— De loin. Nous cultivions notre terre dans la
jungle, les soldats sont venus et nous ont chassés. Nous
sommes partis, des hommes ont arrêté notre bus et ils
ont tué mon mari. Et puis nous sommes arrivées ici.

Ce résumé de leur désastre avait été prononcé d'un
ton morne.

— Vous cultiviez de la coca ?

— Oui.

— Qui a tué votre mari ?

— Des soldats.

— De l'armée régulière ?

— Non, l'homme qui les commandait, nous le connaissions. Nous lui vendions nos produits autrefois. C'était un commerçant. Ils ne portaient pas vraiment d'uniformes, d'ailleurs.

— C'étaient les paramilitaires. Les milices. Il y en a ici aussi.

L'homme les regarda de nouveau.

— Je suis désolé, ajouta-t-il.

Il y eut un long silence.

— Vous reste-t-il de l'argent ?

Une méfiance saisit Yohanna. Elle ne répondit pas.

— Quoi qu'il en soit, poursuivit l'homme sans se démonter, votre situation n'est évidemment pas facile. Ce que je peux vous conseiller, c'est d'abord de porter plainte…

Yohanna eut un haut-le-corps. Jamais elle n'irait voir la police. Une peur instinctive, ancestrale, l'en éloignait.

— Vous pouvez rédiger la plainte ici. Nous en avons le pouvoir. Nous allons monter un dossier. Je suis un représentant des Nations unies. Vous allez également faire une demande de restitution pour votre terrain. Je ne vous cacherai pas que la tâche sera longue et difficile. Il y a trois millions de réfugiés dans le pays et cent cinquante mille dans ce seul quartier.

Yohanna ne dit rien.

— En attendant, continua le médiateur, il vous faut vous bâtir un abri. Choisissez un emplacement, on vous aidera à construire une cabane.

Yohanna le regarda.

— Je ne sais pas écrire. Pas lire non plus.

L'homme, d'abord, ne comprit pas. Puis il sourit.

— Quelqu'un prendra votre plainte.

Il se leva, la main tendue. Yohanna considéra cette main puis, timidement, la saisit. Et toutes trois sortirent du bureau. La femme qui leur avait tendu les formulaires leur fit signe de venir. Sur un ordinateur, elle tapa le récit de Yohanna. Intriguée, Sonia observait le jeu des mains sur le clavier.

Toute la journée qui suivit, elles se confectionnèrent un abri. Personne, contrairement à ce qu'avait affirmé le médiateur, ne les aida mais elles avaient pu acheter du bon bois, parce qu'elles avaient de l'argent. Yohanna avait emporté tout ce qu'ils possédaient. Du reste, elles n'avaient besoin de personne. Yohanna avait déjà construit plusieurs cabanes avec Emanuel, depuis le premier abri dans la jungle, lorsqu'ils avaient défriché leur terre, et ce travail lent, dur, où elle croyait retrouver les gestes d'Emanuel, comme une main secourable qui secondait la sienne, amortissait le chagrin. À trois, sur l'emplacement de terre battue qu'on leur avait indiqué, elles édifièrent leur protection, avec la conscience très prononcée qu'elles sauvaient là leurs vies.

À la nuit, tandis que l'obscurité les engloutissait, elles se tapirent sous l'abri. La porte se referma sur elles et le sommeil s'empara de leur épuisement.

Le lendemain matin, elles avaient faim. Sonia sortit pour aller chercher à manger. Elle revint avec une assiette de haricots et de riz qu'elles avalèrent frénétiquement.

Puis Yohanna s'assit dans l'embrasure de la porte. Elle réfléchit.

— Je ne sais pas si nous récupérerons la ferme. Je ne sais pas si les assassins de votre père seront jugés. Je ne sais pas et je ne le crois pas. Mais je l'espère tout de même. Seulement je suis sûre d'une chose, c'est que tout ça prendra très longtemps. Et qu'il nous faudra d'ici là trouver un travail et gagner de l'argent.

— Beaucoup de gens veulent travailler, ici, dit Norma. Ce ne sera pas facile.

Pourtant, Yohanna rencontra un paysan qui l'installa au coin d'une rue, en compagnie de vieilles femmes, et, par une sombre ironie de son destin, elle reprit la vente de bananes et de maïs. Les visages des vieilles qui l'entouraient étaient labourés de rides et leurs bouches édentées mais, malgré leur terrible apparence de harpies, elles n'étaient pas désagréables. Elles parlaient à peine. Et puis, même si Yohanna était nettement moins âgée, sa peau cuivrée, sillonnée de rides creusées par le soleil, son expression de tristesse et de découragement la rapprochaient de ces vieilles. Elles partageaient une même misère.

Lorsqu'elle voulut faire venir ses deux filles, le paysan refusa : il avait assez de vendeuses.

— Quand on est jeune, il est facile de se faire de l'argent, ajouta-t-il.

Yohanna comprit. Le soir, elle observa ses deux filles. Sonia était plus petite et plus lourde que sa sœur mais elle avait la fraîcheur des jeunes filles et Norma, quant à elle, était vraiment jolie. Une vraie peau de Blanche, ou presque, alors qu'elle-même, sa mère, était métisse. Une sorte d'élégance un peu trop fine. Elle l'aurait aimée plus en chair, plus propre aux besognes, plus solide. La fragilité était dangereuse dans ce pays. En fait, ce n'était qu'une fragilité apparente car Norma avait toujours été la plus décidée de la famille, la plus mauvaise tête aussi, capable de défier son père de son œil noir. Une fille d'orage. Parfois, son père l'appelait l'Espagnole. Par ce mot, il désignait pêle-mêle la Blanche, l'arrogante, l'impérieuse, la fille qui se dressait droite et têtue en face de lui.

Yohanna soupira. Qu'allaient-elles devenir? Elle-même avait assez enduré pour supporter d'autres souffrances, d'autres douleurs. Et la misère, elle n'avait jamais connu que cela. Mais ses filles, que faire d'elles, dans ce camp des mille misères et des mille dangers, au milieu de la multitude? Combien d'hommes, comme le paysan, allaient penser de trop près à leur jeunesse?

Un soir, alors que la nuit allait tomber et qu'elle était encore devant l'abri, Yohanna entendit un bruit de bottes. Elle se précipita à l'intérieur. Par les planches disjointes, elle vit passer un groupe d'hommes en armes. Ils ressemblaient à ceux qui avaient tué Emanuel. Le médiateur avait dit qu'il y avait des milices jusque dans le camp…

Le lendemain, Yohanna interrogea la vieille Julia.

— Les *autodefensa*, dit la vieille en crachant par terre. Ils disent qu'ils assurent l'ordre. Que sans eux les rebelles prendraient le pouvoir. Qu'ils nous protègent aussi des voyous. Mais ce sont eux qui contrôlent les bandes. Ils donnent les ordres. La loi, ici, ce sont les milices.

À plusieurs reprises, on entendit ce même bruit de bottes, ce même brouhaha d'hommes en armes, sûrs de leur force, avançant en maîtres. Et toujours les réfugiés effrayés se blottissaient dans leurs cabanes.

Norma croisa l'un des soldats dans la rue. Il la salua. Les yeux baissés, elle ne répondit pas. Il l'agrippa par le bras.

— Je m'appelle Juan. Je ne t'ai jamais vue ici.

C'était un gros homme à face porcine. Elle releva la tête en lui jetant un regard noir.

— Je viens d'arriver.

— Si tu as besoin de quelque chose, je suis là. De la nourriture, un travail, une protection… Il y a beaucoup de dangers par ici.

— Merci, répondit-elle. Je n'ai besoin de rien.

Il la lâcha.

— Tu dis ça maintenant. Mais crois-moi, tu auras besoin de moi.

Deux jours plus tard, on frappait à la porte. Les deux filles étaient seules. C'était le même Juan.

— Je suis venu voir si vous aviez besoin de quelque chose.

Elles restèrent silencieuses.

— On s'occupe de l'organisation ici, continua-t-il. Sans nous, rien ne tournerait.

Son regard fit le tour de la cabane.

— Il n'y a pas grand-chose ici. Je peux vous fournir des meubles. Et à manger en quantité.

— Je vous l'ai dit : nous n'avons besoin de rien, fit Norma d'un ton rogue.

Sonia lui lança un coup d'œil effrayé.

L'homme s'approcha. Il pointa son doigt sur la poitrine de Norma et fit reculer la jeune fille à petits coups secs et pointus.

— Et moi, je t'ai dit que tu aurais besoin de moi.

Il brisa une cloison d'un coup de pied.

— J'aime bien qu'on me parle correctement. Je trouve ça impoli de mal parler à quelqu'un qui vous propose ses services. C'est mal d'être impoli.

Il se calma.

— Votre cabane est cassée. Vous voyez que vous avez besoin de moi. Ce soir, des criminels peuvent passer chez vous. Une planche cassée, ça les attire. Ils profitent du désordre.

Norma se tenait droite. Elle était pâle.

— Sortez d'ici. Et appelez vos bandes si vous voulez. Je le répète : nous n'avons pas besoin de vous.

Elle articula lentement les syllabes de cette dernière phrase.

L'homme ricana.

— C'est bien, tu as du caractère. Ça me plaît et ça me change. Mais ne t'inquiète pas, je t'aurai.

Lorsque Yohanna revint, les filles lui racontèrent la scène.

— Vous devez partir, dit-elle. Tout de suite.

— Où ça ? fit Norma. Nous n'avons nulle part où aller.

— Vers le nord. Là-haut. Chez les *gringos*. Passez la frontière américaine.

— Mais c'est à l'autre bout du monde. Nous n'y arriverons jamais.

— Vous y arriverez. C'est loin, mais vous y arriverez. Et là-bas, il n'y a pas de rebelles, pas de milices, personne pour vous assassiner. Et ils sont riches. Partez d'ici.

— Nous ne partirons pas seules, dit Sonia. Pas sans toi. Nous ne pouvons pas vivre sans notre mère.

— Je ne peux pas. Je suis trop vieille, trop épuisée. J'en suis incapable. Et qui vous enverrait de l'argent ? Il faut que je travaille ici.

Une heure plus tard, deux jeunes filles, un petit sac à la main, attendaient à l'arrêt du bus. Elles donnaient l'impression de partir faire des courses à Bogotá.

5

Le sénateur Urribal, assis sur une chaise avec ses collègues de la commission, écoutait le commissaire de police qui leur faisait face. Malgré la climatisation, le policier, sans doute impressionné par l'auditoire, était en sueur et des taches humides s'élargissaient sous ses aisselles. Urribal l'écoutait avec répugnance.

Il appréciait peu cette commission sans pouvoir. Et il n'appréciait pas du tout certains de ses collègues. Quant à l'audition de ce policier, elle n'apportait rien qu'ils ne sachent tous, sinon peut-être le récit de quelques faits divers particulièrement macabres.

L'homme parlait mal et parfois il haletait. Parfois encore, il semblait être sur le point de pleurer. Il disait que le nombre de morts s'élevait cette année à quinze mille, que les meurtres étaient affreux, avec des décapitations, des pendaisons, des massacres de masse. Qu'on pouvait estimer à un millier le nombre de zones où l'État ne contrôlait plus rien. Que les gens étaient terrifiés. Que malgré certaines victoires de l'armée, malgré l'emprisonnement de certains chefs, les meurtres continuaient, parce que d'autres chefs prenaient la place des disparus, parce que de nouveaux groupes cherchaient à s'imposer. Que les digues éclataient. Que des policiers, des soldats étaient sans cesse tués, alors même que les effectifs déployés, près de cent mille hommes en tout, étaient énormes. Que les profits des cartels étaient immenses : près de quatre-vingts pour cent de l'économie du pays était sous leur contrôle, partiellement ou en totalité. Qu'il ne savait pas qui, de l'État ou des cartels, gagnerait la guerre.

Cette dernière phrase fit rougir de colère un sénateur, mais il n'interrompit pas le policier.

La sauvagerie des cartels était effrayante. Le mois dernier, le maire de Santiago avait été tué, ses yeux arrachés des orbites. Quatre hommes décapités avaient été pendus par les aisselles à un pont au-dessus d'une artère dans la ville de Cuernavaca. À Ciudad Juárez, la semaine dernière, deux jeunes étudiants avaient été pris en chasse par les trafiquants à travers des rues pleines de monde. Ils les avaient attrapés, leur avaient éclaté la tête à coups de fusil puis avaient mis le feu à leurs corps.

Fernando Urribal se tendit. On parlait de sa ville.

« Ils veulent montrer les corps. Ils veulent exhiber la violence, le châtiment, pour impressionner, pour s'imposer par la terreur. Ils mettent les massacres sur Internet. Et les victimes ont changé : ils tuent aussi les enfants, les femmes, ce qu'ils ne faisaient pas avant. »

Le policier rougissait, bafouillait.

« Tout le pays est contaminé par la gangrène. Avant, c'était seulement le Nord, la frontière où les cartels font passer la drogue venue de Colombie vers les États-Unis. Mais toutes les provinces sont lentement gagnées. »

Il saisit un papier. C'était un rapport de la veille. Sa main tremblait pendant qu'il lisait.

« À minuit et dix minutes, une patrouille a retrouvé à Milenio une famille de dix personnes exécutée. À 1 heure, on a rapporté à la police des coups de feu dans une maison de Piedra Imán. Les agents ont découvert une pièce entière remplie de cadavres. Dans la municipalité de Coyuca de Catalán, à 8 h 45, un diplomate travaillant pour les États-Unis a été retrouvé mort : des hommes en armes l'avaient arrêté à bord de sa voiture. Ils l'ont fait sortir de son véhicule et l'ont tué de trois balles : une dans chaque genou, une dans le cœur. À 9 h 40, à San Marcos, un vieil homme du nom d'Arturo Barrientos Silva, âgé de cinquante-neuf ans, a été tué par trois jeunes alors qu'il sortait de sa maison. À 10 h 30, à Acapulco, la police a retrouvé un corps enveloppé dans un sac-poubelle, en pleine rue. Il portait des signes de torture et ses mains étaient tranchées. Dans la même ville, à 11 heures, sur un terrain de basket, des tueurs ont brutalement criblé de balles des jeunes qui faisaient un match : cinq morts. À 11 h 30, un homme est décédé à l'hôpital de Tlapa d'une blessure de machette intervenue à l'occasion d'une rixe. À la même heure, la police de Chilpancingo découvrait dans un taxi trois cadavres, les mains attachées derrière le dos. »

Le policier tendit le document.

— Je pourrais lire ce rapport jusqu'au bout, jusqu'à l'écœurement. Il ne s'agit que d'un rapport quotidien, d'une journée habituelle dans la vie du Mexique. Notre pays est à feu et à sang.

L'homme se tut. Il posa le document sur sa table.

— Les villes frontières du Nord sont au bord de l'effondrement. Et parmi ces villes frontières Ciudad Juárez est la plus touchée. Ciudad Juárez meurt. Même les postes de police sont attaqués par les gangs. Police municipale, police fédérale, armée : tous ceux que le président Felipe Calderón a envoyés mener la guerre contre la drogue sont susceptibles de mourir sous les balles des criminels. En moyenne, neuf hommes, je dis bien neuf, soit plus de trois mille cent cette année, sont assassinés chaque jour dans la ville pour des affaires de drogue, le plus souvent pour le contrôle des routes qui mènent à la frontière américaine, entre les deux territoires des cartels de Juárez et de Sinaloa. Depuis que le cartel de Sinaloa a décidé de prendre le pouvoir dans la ville contrôlée autrefois par le cartel de Juárez, les fusillades sont continuelles. Deux cent trente mille habitants, chassés par le danger, ont fui.

Le sénateur Urribal se dressa, furieux.

— Ne déformez pas la réalité. Cent dix mille habitants ont quitté Ciudad Juárez. Ce chiffre est suffisamment énorme pour ne pas l'accroître. Et le président Calderón a envoyé dix mille hommes pour pacifier la ville. Nous ne demeurons pas inactifs.

Le policier resta muet. Un homme dans la commission intervint :

— Veuillez poursuivre, commissaire Murguia. Sénateur Urribal, cet homme ne vous attaque nullement lorsqu'il évoque Ciudad Juárez. Nous savons combien vous êtes attaché à cette ville. Mais nous savons aussi combien la situation y est difficile et le témoignage d'Enrique Murguia nous a paru important. Nous aimerions l'entendre jusqu'au bout.

Enrique Murguia. Le sénateur Urribal lut le nom sur la feuille d'audition. Il avait même oublié de la regarder. Il se rassit. Que répondre à cet imbécile onctueux de Juan Cano, le président de la commission antidrogue mais aussi l'homme le plus petit, le plus faible et le plus habile du Sénat ?

Le policier déglutit.

— Monsieur le sénateur, le chiffre que vous avancez est en effet le chiffre officiel. Mais des calculs plus précis font état de deux cent trente mille personnes, chiffre avancé par l'université locale. Les habitants fuient les dangers, ils fuient aussi la mainmise des cartels sur l'économie et la « protection » qu'ils doivent payer chaque semaine pour que leur commerce survive. Plusieurs centaines de dollars chaque fois alors que l'activité économique s'est réduite de cinquante pour cent. Cette ville est en train de mourir, monsieur le sénateur.

L'homme se tut. Le silence se fit dans la salle.

— Merci pour ce témoignage, monsieur le commissaire, dit Juan Cano. Votre émotion même en a accru la portée. Et nous sommes conscients de la situation tragique de notre pays.

— Le président Calderón a lancé une guerre risquée, intervint Urribal. Les cartels sont puissants et ils ont pu lancer des forces beaucoup plus importantes que nous ne l'estimions.

— Que comptiez-vous faire, sénateur Urribal ? demanda doucement Juan Cano. Leur laisser l'impunité ? Abandonner le territoire aux bandes ?

— Je ne fais que constater la situation. Nous sommes dans une impasse. Je le vois bien dans ma région.

Un sénateur lui répondit :

— C'est un constat de défaite. C'est le vôtre, ce n'est pas le nôtre.

— Je ne parle pas de défaite et ce mot n'appartient pas à mon vocabulaire. Mais j'affirme qu'il faut d'autres méthodes.

— Lesquelles ?

— Jusqu'en 2000, ces problèmes n'existaient pas.

— Le PRI se chargeait en effet très bien des problèmes en négociant avec les cartels, dit Juan Cano. Un mélange de corruption et d'autoritarisme que nous préférons éviter. Je crois qu'on appelle cela la démocratie.

Fernando Urribal regarda Cano dans les yeux.

— Je ne répondrai pas à ces insultes. Je comprends bien qu'un élu du PAN ait du mal à se souvenir de soixante-dix années de victoires démocratiques du PRI. Mais le problème est plus essentiel que cela : un pays ne peut sombrer dans le désordre. Le désordre est l'atteinte suprême, parce que c'est un état de violence permanent, dans lequel aucun individu n'est préservé. Aucun État ne peut y résister et aucun individu non plus parce qu'il sera touché tôt ou tard. Le PRI n'a peut-être pas été sans reproche durant ces années, mais il a maintenu l'ordre. Alors que Vicente Fox ou Felipe Calderón, tout en faisant de mirifiques promesses, ont entraîné le pays dans le chaos.

— Pour une fois, dit Juan Cano, je suis d'accord avec vous. Aucune société ne peut survivre au désordre. Elle se désorganise puis s'effondre de l'intérieur. Mais la restauration de l'ordre peut passer par des moyens très différents. La dictature en est un, la démocratie un autre.

— Je n'ai pas parlé de dictature.

— Je ne le dis pas non plus. Je pose simplement le problème en termes intellectuels.

C'était précisément une des caractéristiques que Fernando Urribal n'aimait pas chez Cano. C'était un intellectuel.

— La puissance des cartels est telle, poursuivit Cano, que même une dictature ne les arrêterait pas. Il est bien plus probable qu'elle achèterait l'ordre en laissant les cartels mener tranquillement leurs affaires. Est-ce que cela n'a pas été la tentation durant certaines périodes passées ?

Urribal ne répondit pas.

— Il me semble que nous n'avons pas le choix. C'est en démocrates que nous devons réagir. Il y a des lois et nous les respectons. Sans faiblir et sans négocier avec le crime. En cela, nous sommes le vrai pouvoir. Une dictature n'est pas fondamentalement différente des cartels. Elle s'impose par la violence, comme eux.

— Votre raisonnement est peut-être juste, dit Urribal, mal à l'aise. Mais ce n'est qu'un raisonnement. Répond-il à la simple et essentielle demande de sécurité des familles ? Les habitants du Mexique ne demandent pas des mots mais des résultats. Peu importe pour eux le moyen : ils veulent la sécurité.

— Vous n'avez toujours rien dit sur les solutions que vous préconisez, sénateur Urribal, intervint un autre élu. Voulez-vous parler de négociations avec les cartels ?

— Pour l'instant, je ne parle de rien. Nous réfléchissons ensemble. Dans le cas précis de Ciudad Juárez, mon opinion est que la violence cessera lorsqu'un cartel l'aura emporté sur l'autre. Et je pense que le cartel de Sinaloa l'emportera.

— Mon opinion, rétorqua Juan Cano d'un ton sec, est que nous ne pouvons attendre la victoire d'un cartel sur son adversaire. Notre rôle n'est pas de compter les points. D'autant qu'il n'y aura probablement pas de victoire définitive : le cartel de Sinaloa est trop puissant et celui de Juárez trop enraciné, y compris parmi les policiers, nous le savons tous. Le problème-clé de Ciudad Juárez, c'est que la disparition de l'activité économique réduit les habitants à la pauvreté et encourage donc le passage à la criminalité. De sorte que la violence ne peut qu'augmenter.

— En termes de morts, cependant, cela changera tout. Leur affrontement se solde par des victimes, c'est une simple question de logique. Et je ne dis pas que nous devrons en rester là. Je dis simplement que lutter contre un seul adversaire est plus facile que contre deux.

Le sénateur Ochoa prit la parole.

— Et moi je dis simplement que la guerre doit se poursuivre. Que nous devons mettre à terre les cartels. Toute division entre nous, toute tergiversation les renforce. Nous devons être un bloc. Nous devons être des soldats.

Il saisit un journal.

— Je viens de lire une histoire étrange là-dedans. L'histoire d'un ancien policier brésilien devenu présentateur d'une émission sur la criminalité. Chassé de la police pour corruption, tout en prétendant qu'il s'agissait d'un complot contre lui, l'ancien policier est devenu présentateur d'une émission d'investigation, amenant les caméras sur des scènes de crime, arrivant même parfois avant la police. Il s'est posé en défenseur de la loi et de l'ordre, au point qu'il a été élu député pour son discours sécuritaire. Et pourtant, il vient d'être inculpé pour, je cite, « homicides, formation de bande armée, trafic de drogue et port d'armes illégal ». On l'accuse d'avoir commandité lui-même des crimes, ce qui lui permettait d'être le premier sur les lieux et de se débarrasser du même coup de rivaux dans le trafic de drogue. J'ignore si cet homme est coupable ou s'il est victime d'un coup monté, mais l'histoire me paraît intéressante. Ne trouvez-vous pas ?

— Histoire très intéressante, sénateur Ochoa, dit Juan Cano avec un fin sourire. Mais pourquoi nous la racontez-vous ?

Pourquoi la racontait-il ? songeait Fernando Urribal, rempli de colère, dans la voiture qui le raccompagnait à son appartement de Mexico. Ils le savaient tous, évidemment, toute cette assemblée de faux culs. Ils avaient tous eu ce fin sourire écœurant de gardiens de la morale devant l'ancien policier Urribal devenu député du PRI puis sénateur. L'accuser de corruption devant toute la commission ! Il faudrait se débarrasser de ce nœud de vipères ! À quoi servaient-ils ? Toujours à se gargariser de mots pendant que le pays s'effondrait.

Ce répugnant commissaire, avec sa sueur ruisselante, avait su être éloquent. Jamais on n'aurait pu imaginer pareille situation lorsque la guerre contre la drogue avait été lancée. Et il est vrai que les villes frontières étaient dans une situation dramatique. C'était ça, le désordre. Le danger permanent, le meurtre, la peur, l'exil, la misère. Un cortège de malheurs. Lui, il ne croyait qu'à l'ordre.

Il regarda par la fenêtre de la voiture. Mexico, comme toutes les accumulations d'hommes, le dégoûtait. La seule idée des vingt millions d'habitants le mettait en rage. Imaginait-on pareil étouffement ? La ville engloutissait les vallées et les montagnes, rongeait les paysages comme une lèpre. Après avoir asséché les cinq grands lacs originels, sa progressive poussée vers les montagnes écrasait l'immense vallée de quadrilatères ocre de béton. Les quartiers se succédaient, avalaient les anciennes cités des États de Mexico et d'Hidalgo. Le ciel gris de pollution. La lenteur encombrée et stridente des *ejes viales*, les grandes voies de circulation. Et voilà que ces abrutis n'avaient même plus d'eau, dans une vallée dont ils avaient détourné autrefois les fleuves pour qu'ils se déversent dans le golfe du Mexique. Une ville assoiffée où l'on interdisait même de jeter la traditionnelle tasse d'eau lors du défilé de Pâques. L'eau, la source de la vie. Et ils s'en étaient privés !

Au fond, le rêve de Fernando Urribal était de revenir à d'étroites communautés traditionnelles, réunies sous la conduite d'un chef et vivant de la nature. Sénateur d'un pays dont la population ne cessait de croître, il n'aspirait qu'au silence et au désert. Il haïssait la modernité et peut-être haïssait-il les hommes. En tout cas, le développement de la mégalopole le heurtait de front : il en détestait la taille, la surpopulation, la pollution ainsi que cette misère particulière des grandes villes, hideuse et déréglée, comme si la pauvreté vrillait le crâne du scarabée noir de la folie.

À un feu rouge, deux enfants se précipitèrent pour laver le pare-brise. Le chauffeur klaxonna en guise de protestation. Les enfants, qui n'avaient pas huit ans, n'hésitèrent pas une seconde et répandirent leur liquide poisseux. Le chauffeur haussa les épaules.

Urribal baissa sa vitre et leur tendit un billet. L'un d'eux le saisit d'un geste furtif. L'autre lui donna une bourrade. Pendant que la vitre remontait, ombrant le visage du sénateur, les deux enfants se battirent. Et puis tout d'un coup, sans raison, ils s'enfuirent et furent engloutis par une bouche d'égout qui leur servait sans doute d'abri. Et l'ombre eux aussi les avala, créatures souterraines.

— Ils ont sali le pare-brise, dit le chauffeur.

Les essuie-glaces roulaient des particules sales. Le sénateur grogna.

Où allaient ces enfants ? Dans quels égouts, quels tunnels ? Qu'allaient-ils dévorer, rats parmi les rats, eux les mendiants et les voleurs, le peuple enfoui, renaissant à la lumière du jour pour trouver de l'argent, de la nourriture, de la drogue, enfouissant leurs nez sales dans leurs chiffons toxiques ? Que se passait-il là-dessous ? Le malaise qui n'abandonnait jamais tout à fait le sénateur lorsqu'il se trouvait à Mexico provenait aussi de tout ce qu'il sentait sans le voir, de tout ce grouillement immense de la ville, dans des faubourgs ignorés, en dessous de la surface, derrière des façades aussi, si nombreuses qu'il lui semblait que le sens de tout cela ne pouvait que lui être dérobé. Toute maîtrise lui échappait. Et ce qui lui semblait plus étrange encore et plus déstabilisant, c'était l'enlisement de la ville, et en particulier du centre historique, cet incroyable et angoissant effondrement des structures, s'enfonçant dans le sol comme une cité perdue, les nappes phréatiques vidées de leur contenu s'affaissant les unes après les autres et entraînant la ville dans les profondeurs, happée et avalée par la terre elle-même. La cathédrale sombrait, navire au mât brisé, lent naufrage de l'ancienne cité lacustre, Tenochtitlan, glissant dans les mers du temps.

La voiture passait non loin de Los Pinos, la résidence présidentielle. Urribal songea à Felipe Calderón. Il le connaissait mal, en fait. L'homme était difficile à déchiffrer. Vicente Fox était plus lisible. L'ancien directeur de Coca-Cola concentrait les haines d'Urribal. Il représentait les États-Unis, le ridicule, la pantomime démagogique du pouvoir et de ses farces. Comment ce *ranchero* imbécile, avec son chapeau et ses bottes de cow-boy, son énorme boucle de ceinture siglée de l'énorme FOX en grandes lettres avait-il pu détruire l'antique domination du PRI ? Le Parti révolutionnaire institutionnel – étrange association de termes qu'il faudrait tout de même changer – avait régné soixante-dix ans et voilà que le *ranchero*, « le toutou de l'Amérique », comme avait dit cette raclure communiste de Chavez, pour une fois inspiré, s'imposait largement et faisait éclater tout le système politique. Tout ça pour refaire la même chose dans son coin, d'ailleurs. L'Union européenne avait eu beau accorder à Fox ses satisfecit en matière de droits de l'homme, notion à peu près aussi ridicule que ce puzzle de micropays querelleurs et indécis – que disaient-ils à présent que le pays était sur le point de s'écrouler et que leurs sacro-saints droits de l'homme-démocratie-élections libres-blabla s'abîmaient dans le meurtre de masse ? –, il avait seulement joué un rôle, promettant le changement, mimant la franchise et la sincérité, usant d'un vocabulaire de charretier pour faire croire qu'il était un homme simple, épuisant les auditeurs de sa biographie réitérée, du *rancho* San Cristobal où il avait connu la misère du garçon de ferme jusqu'au poste de gouverneur de l'État de Guanajuato, en passant par Harvard, la direction de Coca-Cola pour le Mexique et l'Amérique centrale – le plus jeune président jamais nommé, bien sûr –, toute une stratégie de bavard de la communication qui avait hypnotisé la foule ignare. Ils avaient cru en lui, ces abrutis. Ils s'étaient soumis à son bavardage mensonger et avaient tous avalé ses promesses. Et ils avaient vu. Ils avaient écouté son blabla pendant six ans, ses causeries stupides à la radio dans *Fox Contigo*, le programme de ce Kennedy à la manque, à peu près aussi mensonger que le queutard de la Maison-Blanche, avec sa ritournelle fantastique, chaque samedi : « Ça a été une bonne semaine de travail, ici, au Mexique. »

Mais pourquoi s'exciter autant sur Rancherococa ? Fox était fini. C'était Calderón maintenant. C'était lui qui était au pouvoir. C'était lui qu'il fallait combattre. Et en même temps, Urribal savait pourquoi il s'excitait autant sur Fox. Une forme de régime s'était effondrée avec lui. Sans cet homme, jamais les *priista* n'auraient couru comme ils le faisaient maintenant après le pouvoir. Calderón n'aurait jamais été président sans Fox. D'ailleurs, il avait été son ministre de l'Énergie – même s'il avait dû démissionner, même s'il s'était ensuite méfié comme de la peste de l'héritage Fox. Et voilà que le PRI était privé de la présidence pour douze ans. Douze ans ! Un désert aride et destructeur pour un parti dont tous les liens s'étaient tissés grâce à la pratique patiente, minutieuse du pouvoir, dans tous les États et mairies du pays, à travers le moindre conseiller, toile d'araignée immense, absorbante, collante, forcément trouée et défaite par la vacance, s'effilochant au vent des vagues promesses. Sans le pouvoir, le PRI devenait incantatoire, sombrait dans le bavardage démagogique des eunuques. Que Madrazo soit parti dernier dans la course à la présidentielle, derrière le maire de Mexico Andrés Manuel López Obrador, qui pouvait se prévaloir avec fierté de son immonde ville de voleurs, de drogués et de misérables, et derrière Calderón, en disait long sur la déréliction du PRI, réduit à faire venir les paysans en louant des bus par centaines pour remplir les meetings.

Et puis il y avait une autre raison. Si Urribal s'en prenait davantage à Fox qu'à Calderón, c'est que ce dernier avait osé lancer la guerre contre les cartels. Malgré lui, et tout en estimant que c'était la décision la plus nuisible pour le Mexique qu'on puisse imaginer, une sorte de respect l'envahissait devant cette audace, ou ce coup de folie. Fox aurait parlé. Calderón avait agi. Il avait sous-estimé les forces en présence, la corruption des forces armées, il avait mis en jeu la survie du Mexique en tant qu'État organisé, et même les États-Unis s'inquiétaient d'avoir à leurs portes la menace d'un trou noir institutionnel, un immense État failli de près de deux millions de kilomètres carrés et de cent dix millions d'habitants, la moitié d'entre eux rêvant de traverser ce Río Bravo que les *gringos* appelaient Río Grande pour grossir la foule des immigrants. Mais le fait est que le président Calderón avait agi. Alors que rien ne le laissait penser, alors que sa campagne agitait encore des propos lénifiants sur le combat à mener contre les revendeurs de drogue, Calderón s'était attaqué, sans doute sous la pression des Américains eux-mêmes, apprentis sorciers dépassés, aux cartels. Et tout lui avait explosé entre les mains.

L'appartement du sénateur n'était pas très loin de Los Pinos, et donc proche également du grand parc de Chapultepec. La voiture glissa jusqu'à la résidence fermée, gardée par deux hommes en armes. Urribal rentrait chez lui. S'il n'avait pu bien entendu recréer la nudité désertique de sa terre natale, il avait choisi une autre forme à part, une communauté protégée des délires de la ville, de ses dangers et ses atteintes, logée dans un parc certes beaucoup plus petit que Chapultepec mais beau et verdoyant, arrosé chaque soir, comme une pelouse anglaise. Une communauté sans racines, à certains égards scandaleuse, pensait Urribal, niant tout lien historique et toute inscription dans une véritable communauté d'origines mais qui était peut-être la forme moderne de la paix. De la sécurité, en tout cas.

Le chauffeur déposa le sénateur devant chez lui. Coup de baguette de l'argent, la porte s'ouvrit aussitôt et une domestique l'accueillit avec un large sourire. Il la salua – il passait en effet pour un maître rigoureux et exigeant mais très poli –, vérifia que la température intérieure était adéquate et s'installa dans le salon. Il regarda sa montre : le cadeau allait arriver.

6

En exercice de poésie, Naadir parla beauté.

Il ne parla pas ennui, prison, haine, vengeance, rage, misère, fermeture, absence d'avenir, surveillants…

Il parla beauté et plaisir.

Évidemment, il avait l'air d'un con.

L'exercice était simple pourtant : « Comme dans le texte de slam que nous venons d'étudier, écrivez un poème sur l'école. » Il ouvrait le champ à des cris multiples.

« On peut se servir de nos mots ? »

« Putain, j'peux le mettre ? »

« Comment je vais maraver grave la prof de maths ! »

Ils n'étaient pas une classe difficile. Ils n'étaient pas une bonne classe. Ils étaient une classe normale de cité. Dans cette classe de 5eC se trouvait néanmoins un bouffon exceptionnel qui parla beauté.

Il slama que les mots étaient beaux, que le savoir était fantastique, qu'il aimait ses professeurs, qu'il aimait le collège, qu'il voulait être professeur plus tard. Même Mme Teraille, qu'ils appelaient la Grosse, et qui le connaissait depuis longtemps, eut du mal à le croire. « Tu te fous de ma gueule ? » voulut-elle dire, contaminée par l'atmosphère ambiante, mais les mots restèrent dans sa gorge et elle n'eut que ces paroles incompréhensibles :

— Si tu enseignes un jour au collège, ce sera au Collège de France.

Ce qui n'avait strictement aucun sens.

Puis Mme Teraille demanda à certains de lire leurs textes.

Bric, surnom à l'origine oubliée, se leva, alla vers le tableau, démarche chaloupée, sourire sardonique, vieil acteur racaille éprouvé, condescendant à se prêter au petit jeu de la prof mais uniquement pour se marrer et parce qu'il le voulait bien, sans du tout y croire, parce qu'on sait que tout ça c'est de la merde, bref, il entra dans l'habituel théâtre des apparences de la cité, le plus grand théâtre d'ombres du pays.

« L'école s'è pouri
Au cœur de la téci
On cenmerde toute la journée
Mè ya les potes de la cité
On se mare dans les récrés
Et les profs on lè fait chier. »

Et toute la classe d'applaudir et de hurler. Bric jubila. Et tout d'un coup, très fier :

— C'est des rimes plates.

Puis il baissa la tête, brutalement honteux de son savoir.

— Naadir ?

Naadir se leva, un sourire sur les lèvres, le sourire du bon élève content d'entrer en scène.

> « *Du plus loin qu'il me souvienne*
> *J'ai rêvé de l'école et ses mystères.*
> *Trébuchant dans les ignorances glacées*
> *J'ai rêvé de l'école et ses raretés*
> *Bruissant tout au fond du quartier*
> *Dans un collège de haute sécurité*
> *Pour me livrer, étoiles prestigieuses,*
> *Les clefs magiques du savoir enchanté*
> *Et les diaprures de la beauté.* »

Il avait cherché la veille au soir le sens et l'orthographe de « diaprures ». Mme Teraille, un peu décontenancée, attendit la réaction des élèves. Ceux-ci, bons princes, applaudirent nonchalamment.

— Y a pas toujours des rimes. Ça vaut pas.

— Le slam n'exige pas les rimes, répondit Naadir. Il s'agit de trouver un rythme.

Et puis il se tut parce qu'il n'était tout de même pas si fier de son poème, qui manquait justement de rythme.

— Je suis heureuse que certains se plaisent à l'école, fit Mme Teraille.

— Naadir, c'est Naadir, jeta Ibtissam. Y a que lui pour dire ça. Il est ouf.

La sonnerie retentit. Dans le couloir, Bric, qui avait quatorze ans et qui mesurait vingt centimètres de plus que Naadir, lui donna une claque sur la tête en disant :

— T'es vraiment le roi des bouffons. Pourquoi je t'ai jamais cassé la tête ?

Naadir fit mine de réfléchir.

— Parce que mon grand frère s'appelle Karim, qu'il mesure un mètre quatre-vingt-dix pour quatre-vingt-dix kilos, et parce que ses amis et lui-même s'énervent facilement ?

Bric rougit et pressa le pas. Il cracha seulement, dans une regrettable et pauvre répétition :

— Bouffon !

Ibtissam vint à la hauteur de Naadir, en lui jetant un coup d'œil soupçonneux.

— Ce que tu racontes, tu le penses vraiment ou tu fais genre, pour avoir de bonnes notes ?

Naadir hésita. Et puis, avec un peu de bassesse, parce que c'était ce qu'on attendait de lui, il se laissa aller.

— Pour la note, qu'est-ce que tu crois ?

Les cours se poursuivirent. Il y eut le bazar en cours de maths, puisque les élèves avaient décidé que Mme Moenne était nulle, le silence en cours de physique car M. Fouge, un petit homme sec et maniaque, avec sa blouse blanche et son ancienneté de vingt ans dans le collège, était un « furieux » qui n'hésitait pas à cogner, un bazar complice en histoire-géographie car M. Pou n'avait pas d'autorité – et un nom ridicule – mais il était tout de même sympa. Donc on ne le cassait pas trop. Les règles, à bien y réfléchir, n'étaient pas si claires. On était respecté parce qu'on était très dur, on était chahuté parce qu'on était très dur. La gueule de l'un leur revenait, l'autre les agressait. Le combat pour le pouvoir s'engageait à la première minute et les élèves partaient gagnants. Il leur arrivait de perdre, ce qui déconcertait tout le monde parce qu'il n'y avait pas de raison : ils étaient vingt-cinq contre un et les vingt-cinq, dans leur grande lucidité, adhéraient très peu à la fiction de l'autorité professorale. Car, après tout, le nombre fait tout et les plus nombreux finissent toujours par l'emporter. Ce n'est qu'une question de temps.

Mais il faut bien dire aussi que le pire n'était jamais sûr, que des professeurs pouvaient être heureux, des classes agréables. On disait même que des Naadir existaient. Et tout d'un coup on tombait sur l'un d'eux. Il n'y avait aucune raison pour que ces élèves-là existent. Il y avait toutes les raisons pour qu'ils disparaissent très vite, anéantis par leur famille et leur milieu, dès la fin de l'école primaire. Mais certains s'avisaient, contre toute attente, de résister, non pas en luttant contre l'adversité, comme les bons élèves, mais en suspendant l'adversité, en se jouant des Cassandre et des lois de la reproduction sociale. Ils n'étaient pas des bons élèves, ils étaient des miraculés de la sociologie. Ils n'aimaient pas particulièrement la télévision et les jeux vidéo, ils n'étaient pas obsédés par les pornos sur Internet, ils ne trouvaient pas leur revanche scolaire dans la terreur et le règne de la force. Ils aimaient les livres, l'école et les professeurs. Ils étaient plus nombreux qu'on ne le pensait et si certains cédaient en cours de route, d'autres continuaient leur chemin antigravitationnel, exceptions aberrantes.

Naadir faisait partie de ces exceptions. On le disait précoce, il l'était. On le disait génial, peut-être l'était-il. En tout cas, platement, il était exceptionnel.

Depuis le CP, ses bulletins portaient la mention : « Élève exceptionnel. » Parfois, l'instituteur inscrivait « excellent élève », pour changer, mais avec le vague regret d'avoir manqué l'expression juste. Parfois « élève brillant », ce qui n'était pas mal, grâce à l'idée de lumière. Et il est vrai que dans les sombres classes que Naadir avait traversées, cet élève attentif, gentil et brutalement invraisemblable de maturité et de maîtrise dans ses réponses écrites et orales était d'un éclat émouvant. À chaque niveau, l'instituteur avait convoqué la mère de Naadir.

« Madame, je suis étonné(e), vous savez. Les devoirs de Naadir… Est-il aidé à la maison ? Vous-même, votre mari ? A-t-il des frères et sœurs ? »

La mère, Nercia, souriait. Elle devinait bien où l'on voulait en venir. Mais Naadir ne trichait pas. Aucun des parents ne pouvait l'aider, et les lentes et trébuchantes réponses de la mère l'établissaient aussitôt. Les frères ? Si seulement l'un d'entre eux avait pu avoir son brevet. Non, Naadir était seul. Un instituteur avait même déclaré : « Il pourrait devenir ministre. »

La mère n'y avait pas cru. Parce que là encore cela ne voulait rien dire.

Au collège, rien n'avait changé. Simplement, c'était le principal qui, à chaque conseil de classe, avait dû user de synonymes. Élève exceptionnel, d'exception, excellent d'exception, qui exceptionnalise l'exception tout en l'excellentisant. Et curieusement, cet être sur qui auraient dû se déclencher les foudres de la classe, lui le bouffon, la victime, le bouc émissaire, bref le « bolos » se relevait indemne de ces compliments, suscitant même parfois une certaine fierté : ils étaient dans la classe du ouf. Et chez un ouf, il y a à boire et à manger. Le ouf suscite toujours le respect, parce qu'il est capable d'actes extrêmes, comme d'attaquer la police. Le ouf scolaire était bien entendu une aberration mais, par-delà les jalousies, certains n'étaient pas loin de l'admirer. Et puis de toute façon, Karim était son frère. Alors il valait mieux accepter Naadir parce que personne n'aurait jamais osé déplaire à Karim. Qui aurait fait connaître un tout autre genre de folie.

En somme, Naadir se disait que sa famille avait atteint une forme d'excellence : lui-même était excellent à l'école, son frère Karim était merveilleux et Mounir avait atteint la perfection de la bêtise. Et comme Naadir adorait sa mère, il songeait que l'excellence ne pouvait venir que d'elle.

Le soir, en rentrant à la maison, il prit un goûter composé de pain grillé et d'un peu de crème de roquefort tartinée, le tout avec un bol de chocolat chaud. Il s'assit à côté de son père sur le canapé du salon et regarda la télévision tout en mangeant. Parfois, il jetait un coup d'œil à son père. Il ne savait jamais si celui-ci, les yeux fixes, regardait vraiment la télévision ou s'il était perdu dans ses pensées.

Le père, à un moment, maugréa.

— Oui, c'est très bon, papa, répondit Naadir.

Lorsqu'il eut fini, il se réfugia dans sa chambre. Mounir était déjà sur l'ordinateur, en train de jouer à *Grand Theft Auto*. Naadir s'assit sur son lit, installa son casque antibruit, acheté à un ouvrier sur un chantier, et se mit à lire *L'Étranger* de Camus avec la même fascination que la veille. Il rentra dans la vision solaire et hypnotique. Tout d'un coup, le livre vola. Ahuri, Naadir contempla ses mains vides. Son frère était déjà parti. Il songea à la scène du *Rouge et le Noir*, lorsque le père de Julien, le voyant encore en train de lire, fait chuter de sa poutre ce « chien de lisard ».

Il ramassa son livre par terre, soulagé de le retrouver en parfait état, et se remit à sa lecture. Que pouvait-il faire ? Mounir avait quatre années de plus, il était beaucoup plus fort et il passait son temps à le frapper. Son seul avantage était d'avoir des manuels de français de BEP dans lesquels Naadir puisait ses références pour ses lectures. Toujours à la recherche de livres à lire, il manquait de conseils. Il n'osait pas franchement demander aux professeurs depuis un épisode de CM2 où l'institutrice lui avait conseillé des livres de son âge qu'il avait trouvés à la médiathèque et qu'il avait estimés parfaitement débiles.

La bête rentra dans la chambre.

— Tu as fini tes devoirs ? demanda Naadir, provocateur.

Sa voix résonna dans le casque.

L'autre lui lança un coup de pied mais le petit frère avait vite ramené ses jambes à sa poitrine et le coup ne fit que l'effleurer. Mounir ne s'arrêta pas à cet échec et s'installa de nouveau à l'ordinateur, en quête de sites intéressants, c'est-à-dire sexuels. Comme il l'affirmait souvent, l'air pénétré, l'informatique était sa passion. Au moins, pendant ce temps-là, il ne frappait pas son cadet.

Naadir reprit sa lecture au moment du procès. Il était bien évident que Meursault était condamné pour n'avoir pas pleuré à la mort de sa mère. À la seule évocation de cette mort maternelle, les yeux de l'enfant se remplirent de larmes. Il avait beau souffrir de l'injustice faite à Meursault, il ressentait physiquement l'étrangeté de cet homme qui n'avait pas pleuré.

Sa mère entra dans la chambre. Elle n'avait pas encore ôté son manteau. Naadir avait honte de son émotion. Il se leva pour l'embrasser, ce qui donna le temps à Mounir de quitter le site dont il se délectait avant que Nercia n'aille vers lui et ne lui passe la main dans les cheveux.

— Vous avez passé une bonne journée ?

Il y eut encore des mots et encore des images. Il y eut des mots à table lorsque Naadir parla de sa lecture de *L'Étranger*, que seule sa mère écouta, alors que son fils, gêné, dissimulait l'absence de pleurs de Meursault, et ces mots étaient couplés d'images et de sons provenant de la télévision. Il y eut des mots aussi de Mounir, qui expliqua qu'il aimerait bien travailler un peu en plus de l'école, pour se faire de l'argent, déclaration à laquelle sa mère répondit que seule l'école importait et qu'elle se chargeait de l'argent. Il y eut encore des mots et des images lorsque Mounir traita son frère de « sale pédé » au moment où celui-ci lui avoua en avoir marre de ses sites porno, qui trouaient l'obscurité de la chambre quand Naadir voulut dormir.

Mais les mots qui le frappèrent le plus furent inaudibles. Ils surgirent du cœur de la nuit, dans le couloir de l'entrée. L'enfant s'était brutalement réveillé. Il perçut des chuchotements d'adultes, au milieu desquels il crut reconnaître la voix de son frère Karim. Les murmures étaient vifs, pressés, trop rapides. Une inquiétude monta en lui. Il tendit l'oreille mais les murmures se dérobaient toujours. Mounir dormait.

Naadir s'approcha de la porte fermée et y colla son oreille. Les murmures s'étaient tus. Il voulut se remettre au lit mais l'inquiétude ne le lâchait plus. Alors, lentement, avec d'infinies précautions, redoutant le moindre grincement qui, par miracle, ne se produisit pas, il entrouvrit la porte. Et là, par l'interstice lumineux, pressant la vérité de la vision dans quelques millimètres qui n'auraient pas dû exister, il découvrit sa mère entourant d'une bande le torse ensanglanté de Karim.

7

Les deux sœurs avaient pris le bus. Dans l'incessant hoquet des suspensions, sur les pistes de terre et le goudron défoncé, elles s'étaient engourdies dans l'exil, traversées par les images d'autrefois et repérant dans les nouveaux paysages qui les entouraient les formes coutumières.

Elles avaient changé de véhicule dans des relais où se pressaient des foules rassurantes, des vieilles femmes chargées, des couples, des mères de famille. Même la densité de ces corps les confortait. Elles n'avaient pas peur d'être suivies, conscientes que les paramilitaires ne dépassaient pas le quartier, mais tout homme n'en restait pas moins une menace. Il n'avait même pas besoin de porter des armes, il suffisait d'un détail : regard trop appuyé, carrure trop forte, bottes de l'armée, solitude inquiétante. Mille signes du rôdeur, de l'errant.

Mais elles ne rencontrèrent aucun danger. Rien que l'engourdissement du mouvement et des paysages, avec des odeurs fortes qui leur venaient aux narines.

Parfois, croisant de jeunes gens, elles étaient partagées entre la méfiance et la curiosité : étaient-ils aussi des migrants ? Voulaient-ils aussi traverser la frontière ? Mais ceux-ci descendaient à l'arrêt suivant. Et elles dodelinaient de la tête dans le bus brinquebalant, emportées plus loin, toujours plus loin.

Le bus traversait des bourgs de tôle, des plaines rases puis quelques vallées. Il allait par les forêts, rouillé et puant, tortillant sa noire fumée dans les ciels immenses. Toujours il allait. Et les passagers aussi allaient et venaient. Ils montaient dans le bus, les sœurs leur jetaient un coup d'œil, épiaient les faces épaisses et sillonnées de profondes rides, avant de détourner la tête, rassurées, replongeant dans l'agréable torpeur.

Il leur semblait qu'elles allaient au bout du monde et c'était en effet le cas. L'étroit lopin de terre avait été dupliqué des dizaines de milliers de fois, toute l'enfance et ses visions explosant dans la multiplicité des paysages. L'unique décor s'était étoilé à l'infini et le cadre rassurant de l'enfance, si dur soit-il, avait volé en éclats. Oui, elles allaient jusqu'au bout du monde, par-delà les rivières, les déserts et les fleuves, par-delà les vallées. Elles dépassaient toutes les distances et toutes les représentations, n'imaginant pas que la terre fût aussi grande.

Lorsqu'elles eurent faim et qu'elles eurent épuisé leurs provisions, on leur donna des œufs et des bananes. Elles remercièrent. Lorsqu'elles cherchèrent leur direction, on leur indiqua l'arrêt et le bus à prendre. Ces hommes n'étaient pas ceux qu'elles avaient connus. Et elles continuèrent leur trajet.

Et puis deux jeunes filles arrivèrent au bout du monde. Le bus qu'elles avaient emprunté la veille s'arrêta, presque vide. Tout le monde était progressivement descendu. Elles se levèrent, descendirent elles-mêmes les quelques marches, et se trouvèrent en face d'une vaste étendue d'eau, par-delà laquelle on apercevait des collines d'un vert profond. Elles demandèrent s'il s'agissait là du Río Grande. Le chauffeur éclata de rire, indiquant de la main d'infinies distances. Le bus repartit, les laissant seules sur la rive. Les trois passagers qui restaient s'étaient éloignés, à l'évidence familiers des lieux. Le baluchon sur le dos, ils remontaient la colline.

— Il faut traverser ce lac, dit Norma.

Sa sœur acquiesça. Elles attendirent. Pour des orphelines apeurées, elles manifestèrent une confiance étonnante, puisqu'elles n'attendaient en fait que le miracle d'une apparition. Qui se présenta sous la forme d'une barque, dont le moteur tressaillait sur les flots en dessinant un orbe, estafilade liquide sur le lac au crépuscule, dans les heures calmes du soir. Un homme sur la barque, les traits figés, torse nu et en jean, leur demanda où elles allaient.

— Au Mexique, dirent-elles.

Elles savaient qu'il ne fallait rien révéler mais la nature, la paix du soir achevaient de les mettre en confiance. Le paysage derrière le lac était celui de leur enfance et elles comprenaient que tout ce chemin n'avait fait que les ramener à leur vision originelle, cette forêt primitive que jamais la main humaine n'avait touchée.

L'homme les fit monter. Il n'avait prononcé que quelques mots. Il tendit le doigt vers l'ouest, de l'autre côté du lac. Et la barque repartit, en échange de quelques billets. La traversée dura une heure, sur la barque lente, rôdant sur l'eau comme un promeneur nonchalant, mais progressant tout de même, au rythme routinier et sûr de son pilote. Les sœurs observaient les collines, ces écroulements touffus, humides et brumeux de la jungle. Durant leur périple, elles avaient senti la mer et la sécheresse des côtes écrasées de chaleur. En rentrant dans les terres, en revenant vers la montagne, elles retrouvaient la chaleur humide et familière, les nuages sombres du lointain, toujours à même, vers le soir, de crever dans le ciel lumineux soudain chargé d'ombres. Et surtout, surtout, elles retrouvaient le cœur dérobé de la forêt, la respiration fourmillante et silencieuse, derrière les façades arborées, son étalement à l'horizon. Et cette présence multiple, cette palpitation de l'infime, ce grouillement, loin de les inquiéter, les attirait.

Lorsque leur regard basculait vers le lac, c'était au contraire pour elles une étendue plane et lisse, ouverte vers les lointains, une surface sous laquelle elles ne soupçonnaient aucune vie. Juste la toile grise sur laquelle glissait la barque monotone, avec un balancement qui leur faisait finalement retrouver l'engourdissement du bus, une sensation d'alanguissement semblable à celle qui s'emparait de la nature autour d'elles, à mesure que le soleil baissait sur l'horizon.

Et puis la barque ralentit, le pilote sauta dans l'eau, tirant l'embarcation. Il leur dit qu'au bout du chemin se trouvait un ranch tenu par un Américain qui pourrait peut-être les aider.

Les sœurs marchèrent encore et ce n'est qu'à la tombée de la nuit qu'elles arrivèrent au ranch. Elles pensaient qu'il s'agissait d'une grande propriété parce que le chemin était net et bien tracé. Après avoir traversé un pont de bois sur une rivière, elles pénétrèrent dans une propriété, en passant sous une grande inscription : « Rancho Dalo ». Elles dépassèrent d'abord des prairies où se dressaient, sentinelles immobiles, des chevaux, puis longèrent une grande porcherie où se massaient les formes basses des cochons avant d'arriver à la résidence principale.

Un Blanc d'une soixantaine d'années, barbu, leur ouvrit. Découvrant les deux jeunes filles qui se tenaient devant la porte, il les regarda avec étonnement.

— Nous venons de loin, dit Sonia. Nous cherchons un refuge pour la nuit.

D'un œil méfiant, l'homme sonda l'obscurité.

— Vous êtes seules ?

— Oui.

L'homme épia encore le silence.

— Si vous l'êtes vraiment, vous avez tort. Ce n'est pas prudent pour des adolescentes comme vous de voyager seules.

— Nous ne sommes pas des adolescentes, fit Norma, vexée. Et par ailleurs, nous connaissons le danger mais nous n'avons pas le choix.

Le Blanc les considéra.

— Des migrantes, hein ?

Elles ne répondirent pas. L'homme haussa les épaules. Puis il désigna un bâtiment dans l'ombre.

— Installez-vous là-bas pour la nuit. C'est là que dort le personnel. Ils vous donneront un lit et une couverture. Nous nous verrons demain.

Le lendemain, elles le retrouvèrent. Il était assis à une table, une tasse de café à la main. Il fumait.

— Vous avez bien dormi ?

La réponse ne semblait pas plus l'intéresser que la question mais on sentait qu'il avait fait un grand effort d'amabilité. Les sœurs acquiescèrent.

— Merci, dit Sonia. Sans vous, je ne sais pas ce que nous aurions fait.

De sa main brune et lourdement veinée, les doigts tachés de nicotine, il ôta des brins de tabac de sa langue. Sa bouche, dans sa barbe d'un blanc sale, faisait comme une ouverture animale, une chose rouge.

— Où allez-vous ?

— Vers le nord.

Du regard, il évalua les deux jeunes filles, remontant des pieds à la tête, s'arrêtant sur les seins.

— Vous avez tort.

Elles ne répondirent pas.

— Vous ne passerez pas, poursuivit-il. Je sais où vous allez. Vous avez tort.

— Nous passerons, affirma Norma d'un ton sec.

L'homme soupira.

— Je ne dis pas cela pour vous décourager. Je le dis parce que j'ai raison. Vous ne passerez pas. Beaucoup tentent le passage, c'est vrai. Et certains y arrivent. Aux États-Unis, je veux dire. Parce que c'est là que vous allez, hein ? Mais ce ne sont pas des jeunes filles. Et lorsqu'il y en a, elles sont accompagnées. Vous ne vous rendez pas compte. Il y a des hommes sur le chemin. De mauvais hommes. Ils vous feront du mal.

— Nous prenons le risque, dit Norma.

— Cela vaut le coup, dit Sonia. Aux États-Unis, les gens sont riches et il n'y a pas de bandes. On est en sécurité. On vivra bien là-bas.

L'homme sourit.

— Je suis américain. Je viens de là-bas. Je n'ai pas jugé mon pays si merveilleux que ça.

Il fit un grand geste de la main, embrassant sa propriété, le ciel et la forêt.

— Rien qui puisse se comparer à cela.

Surprises, les deux jeunes filles le regardaient.

— Nous connaissons cela, fit Norma. Nous aussi, nous l'avons aimé. Mais des soldats nous ont chassés, et des paramilitaires ont tué notre père. Nous devons partir.

Le visage de l'homme était buriné, aussi lourd et noueux que ses mains. Il porta la tasse de café à sa bouche.

— Colombie, hein ?

Norma hocha la tête.

— Notre mère est restée là-bas. Nous, nous passerons.

L'Américain haussa les épaules.

— Avez-vous de l'argent ?

Elles ne répondirent pas. Il fixa Norma.

— Avez-vous de l'argent ?

Une répulsion inexplicable la saisit. Comme si on voulait lui extorquer un secret. Et puis, elle songea qu'elles n'avaient rien à perdre.

— Presque plus rien.

— Vous aurez besoin d'argent. C'est votre seule chance. Il vous faudra aller le plus vite possible à travers le Mexique, payer les passeurs à la frontière,

70

payer les policiers s'ils vous arrêtent. Et si les bandes tombent sur vous, peut-être que l'argent leur suffira.

— Nous n'avons rien, répéta Norma.

— Travaillez. Restez ici. Restez quelque temps, je vous payerai bien. Vous n'aurez pas de dépenses. Vous serez logées et nourries. Je pourrai même vous donner des vêtements. J'ai besoin d'ouvriers. Il manque toujours des bras ici.

Elles réfléchirent puis acceptèrent.

Elles eurent raison. Les mois passés au ranch furent heureux. Et chaque semaine accrut leur pécule. Il fallait s'occuper des bêtes et des plantations car le ranch vivait en autarcie, limitant le plus possible les apports extérieurs et les achats au bourg, distant d'une vingtaine de kilomètres. Le domaine, qui s'enfonçait dans les collines et s'étendait jusqu'à un coude de la rivière, bruissant et agité, était encore plus vaste qu'elles ne l'avaient pensé mais tout n'était pas cultivé, loin de là. Simplement, l'Américain avait voulu s'assurer le plus grand domaine possible. Et là, seul avec deux ouvriers, vingt ans auparavant, il avait délimité, planté et bâti son territoire, avant que d'autres ne les rejoignent. Il avait construit sa maison et les dépendances, les habitations pour les ouvriers et les étables pour les bêtes, ainsi que le hangar qui se dressait un peu plus loin. Il avait acheté les chevaux, les vaches, la volaille et les porcs, dont il s'était fait une spécialité, jurant qu'il s'agissait des porcs les plus propres d'Amérique. Et en effet, on n'avait jamais vu d'étable aussi bien tenue, ni de porcs mieux lavés, gris et roses, avec une curieuse absence d'odeur. Et c'étaient eux qui rapportaient l'argent. On disait que c'étaient les meilleurs cochons de l'État. L'Américain affirmait que c'étaient les meilleurs du monde et il les faisait payer en conséquence. Des plantations à flanc de colline fournissaient les légumes et les fruits. Quant aux chevaux, ils semblaient n'être là que pour le regard et le plaisir. Jamais ils ne travaillaient, jamais ils n'étaient vendus ou tués. Au nombre d'une vingtaine, ils paissaient paisiblement, rarement montés.

— Je suis du Texas, disait l'Américain. On n'a jamais vu un Texan sans chevaux.

C'était un cavalier lourd mais expérimenté. Il connaissait parfaitement les chevaux et surtout il les aimait. Il disait que c'étaient les meilleures bêtes du monde, tendres et peureuses. Des bêtes fragiles, des bêtes à rêves et cauchemars, des animaux nerveux, affectueux, parfois un peu vicieux mais uniquement par peur. Il mettait ses mains énormes sur leurs naseaux, les caressait. Et lorsqu'il les pansait, il mettait sa joue contre leurs flancs, respirant l'odeur fauve, éprouvant la palpitation, sentant la bête.

Cela plaisait beaucoup à Sonia, qui se disait que si tous les Texans étaient comme cet homme, il fallait vraiment qu'elles s'établissent au Texas. Elle ne comprenait pas bien s'il s'agissait d'un pays ou d'un État. C'était une forme de contrée merveilleuse où tout le monde se déplaçait à cheval. Lorsque l'Américain s'occupait de ses bêtes, elle contemplait le vieil homme avec attendrissement, comprenant qu'il avait trouvé là tout son bonheur et son point fixe en ce monde.

— J'espère qu'un jour nous trouverons notre lieu, disait-elle à sa sœur.

— J'en suis sûre, répondait Norma.

Elles avaient appris à monter à cheval, ce qui signifiait simplement que l'Américain leur avait choisi des bêtes douces et calmes et avait posé dessus les deux sœurs. Puis elles s'étaient débrouillées, avec quelques conseils prodigués au fur et à mesure. Elles montaient correctement. Sonia avait montré plus de dispositions et d'intérêt que sa sœur mais toutes deux galopaient avec plaisir.

Quant à lui, il aimait aussi les regarder, parce qu'il les trouvait belles. Sans doute ne l'étaient-elles pas vraiment, mais pour lui elles l'étaient, parce qu'elles étaient jeunes et parce qu'il percevait en elles une innocence qui le ravissait. Lorsqu'elles se baignaient dans la rivière, il prenait des jumelles pour les observer, trouvant un plaisir tout aussi innocent à les voir nues, une sorte de contemplation simple et heureuse du beau. Les sœurs avaient bien compris qu'il se rinçait l'œil mais ne s'en souciaient pas, certaines qu'il n'y avait là aucun danger. Elles l'oubliaient d'ailleurs, tout à leurs jeux. Comme elles ne savaient pas nager, elles pataugeaient, barbotaient, s'aspergeant d'eau froide, glissant sur les galets durs, s'essayant à des mouvements de jeune chiot, battant avec furie des pieds et des mains. Et l'Américain contemplait en riant les gamines, comme il les appelait, dans les jaillissements et les cris. Lorsqu'elles rentraient, les cheveux mouillés, les étoffes légères plaquées sur le corps par l'humidité, il jetait un coup d'œil déçu sur les habits qui les couvraient, regrettant que la convenance ne lui permette pas de prolonger son plaisir, en observant de plus près le libre jeu de la chair et des muscles, cette splendide vitalité de la jeunesse que le temps lui avait ôtée.

Deux ou trois fois, elles avaient dû repousser, d'un sourire et d'une main ferme, des avances trop pressantes des ouvriers mais tout cela n'était rien : simples jeux, déclarations franches du désir. Rien d'inquiétant, rien de troublant non plus. Juste deux virginités voyant grossir le désir alentour, avec un mélange de plaisir et de surprise. Lorsqu'elles rentraient dans le dortoir des filles, elles mettaient le verrou pendant la nuit, voilà tout, plutôt pour signifier leur refus par le bruit du loquet que par véritable précaution. Dans ce ranch, rien ne pouvait se passer. Elles étaient protégées, elles le savaient. Pendant la nuit, des chiens rôdaient, à l'affût, et si des fauteurs de troubles s'étaient aventurés sur le domaine, l'Américain possédait dans sa chambre un râtelier avec six fusils.

— Pourquoi ne resterions-nous pas ici ? dit un jour Sonia. Après tout, nous sommes heureuses. Et je suis sûre que l'Américain nous laisserait vivre dans le ranch aussi longtemps que nous le voudrions. Nous pourrions même faire venir maman.

— J'ai envie d'autre chose, répondit Norma. Et je ne crois pas que maman serait heureuse ici.

— Nous n'avons jamais connu mieux. Et plutôt moins bien durant notre enfance.

— Justement. J'ai découvert qu'il y avait autre chose que la jungle. Il y a en Amérique de grandes villes et une autre vie. Nous trouverons du travail là-bas, nous aurons de l'argent, nous ferons venir maman.

— Qu'est-ce que tu connais de ce pays ?

— J'imagine.

Norma imaginait. Il y avait quelques livres sur le Texas au ranch. Même si elle ne savait pas lire, les photos de ce bout d'Amérique la faisaient rêver. Pas les étendues désertiques, pas les plaines rases non plus, avec ces érections dérisoires d'arbres et de buissons de loin en loin, mais les villes. Les grandes villes de fer et d'acier, les constructions humaines, les tours immenses. Ces visions la subjuguaient, bien plus que la contemplation journalière de la forêt. Ces mêmes photos qui laissaient Sonia indifférente hypnotisaient Norma. Elle restait figée devant ces accumulations humaines, ces bouleversements minéraux de la plaine horizontale. Son plaisir était géométrique, et fasciné. Elle voulait aller là-bas. À l'Américain, elle avait demandé le nom de ces villes. Houston et Dallas, avait-il répondu, un peu triste. Il lisait sur son visage le désir du départ. Il savait qu'il ne pourrait la retenir et il le regrettait, parce qu'il perdrait le plaisir de la contemplation et parce qu'il était inquiet pour les deux jeunes filles.

— C'est beau, avait-elle dit.

— Ce sont des photos.

Mais que peut-on contre l'imaginaire ? Élevée dans la jungle, Norma était une fille des villes. Le lieu, pour elle, se trouvait là-bas. Sonia se sentait heureuse dans les visions d'autrefois. Elle était une fille des forêts. Celle qui voulait partir l'emporta contre celle qui voulait rester avec d'autant plus de facilité que c'était leur projet initial et le désir de la mère.

Le jour du départ, elles retrouvèrent l'Américain dans son bureau.

— Vous nous donnez beaucoup trop, lui dirent-elles quand il leur tendit leur dernier salaire.

— Je n'ai pas su vous retenir. Alors j'essaye de vous protéger avec les seuls moyens dont je dispose. L'argent est une protection.

Il leur offrit aussi des sacs à dos solides, dans lesquels il avait placé deux pantalons de toile, deux pulls et deux cirés.

— Ce sont de bons vêtements. Lorsque vous aurez froid, ils vous serviront.

Elles trouvèrent également, dans une poche extérieure, un couteau à cran d'arrêt.

— Vous en avez chacune un. La lame est la plus ferme que j'aie pu trouver.

L'une après l'autre, il les serra dans ses bras, en leur palpant les fesses, car il était comme cela. Elles se laissèrent faire.

— Amado vous conduira à cheval et il vous mettra entre de bonnes mains. Bonne chance, mes petites.

La pluie tomba sur eux alors qu'ils faisaient l'ascension de la première colline après la rivière. La pente était raide, les chevaux avançaient lentement. Les deux filles sortirent leurs cirés. Dégoulinants de pluie, les chevaux se suivaient, l'un dans le pas de l'autre, relevant parfois la tête lorsque des mottes de boue giclaient. Le ruissellement faisait fondre la terre, les sabots s'y engluaient. Sur les lacets du chemin, les chevaux glissaient, se rattrapant d'un écart difficile, curieusement malhabile. Malgré les cirés, la nappe d'eau s'infiltrait, coulait sur les poils de la monture puis imbibait les pantalons. Les filles se tenaient un peu raides, les mains ramassées sous le ciré, tenant à peine les rênes, les yeux levés vers ce ruissellement ininterrompu qui diluait le paysage dans un fantasmagorique effondrement d'eau et de brume d'où émergeaient, fantomatiques, les pointes dressées des arbres. Le sentier s'amollissait graduellement, cédant sous les sabots des chevaux, qui s'enfonçaient jusqu'aux jarrets en une marche toujours plus lente et difficile dans laquelle ils s'obstinaient patiemment, effort monotone et déterminé de la bête, tendue vers le pas suivant et néanmoins indifférente à tout cela, comme se prêtant malgré elle à un jeu dont elle ne connaîtrait jamais les règles. La terre devenait vase et succion mais les chevaux progressaient tout de même, les pattes enrobées de gangue, comme avalées lentement, mordillées d'abord par les giclements de la boue puis absorbées. Et les formes des êtres, des bêtes et des choses semblaient trembler, glisser, s'évanouir, diluées dans la brume de cet écroulement liquide.

Et c'est ainsi que, dans l'effacement de toutes choses, les deux sœurs, sous la conduite du jeune Amado, abandonnèrent l'heureux séjour.

8

Nouvelle réunion de la commission. Un universitaire. Urribal le considérait avec méfiance. Les seules études qu'il avait suivies étaient celles de l'école de police. Pas comme les dirigeants actuels, qui avaient tous fait Harvard, l'université des fils à papa capables de payer cinquante mille dollars l'année. Lui n'avait rien eu. Il avait simplement travaillé dans les champs et lorsqu'il en avait eu assez et qu'il s'était rêvé un autre destin, il avait naturellement pensé à la police. Durant toute sa jeunesse, il n'avait jamais aperçu d'universitaire et il ne savait même pas que cela existait. Et désormais, ils étaient de toutes les commissions, bavards autorisés professant leurs avis éclairés, qu'Urribal accueillait avec ce mélange de suspicion et de gêne des autodidactes.

Il observa la mauvaise coupe du costume, la cravate bariolée du professeur endimanché. Cela le rassura. Il avait le droit de mépriser. Lui-même portait un costume Versace bleu sombre, avec une chemise d'un blanc éblouissant marquée à ses initiales.

Comment pouvait-on s'être spécialisé en criminologie ? L'homme était sans doute un pervers. Quand on enseignait à l'université, on était professeur de droit ou d'économie, on n'était pas « criminologue ». Qui inventait pareilles terminologies ? Tout ça pour avancer de telles banalités. Au moins le policier suant et puant avait manifesté une certaine émotion, un peu ridicule certes mais touchante, en somme.

Les considérations sur la différence entre une mafia, avec son initiation, son histoire, son organisation et le cartel, atomisé et fruit d'alliances variables, furent d'un ennui insondable, surtout lorsqu'il s'agit de détailler les oppositions entre les mafias invisibles de l'Italie, corrompant en sous-main le pays, minage aussi souterrain que les émiettements de constructions en Italie du Sud ou la pollution cancérigène des déchets enfouis, et les cartels se dressant armes à la main et levant cent mille hommes pour intimider Calderón. Quant aux considérations psychologiques sur le caractère criminel, avec des individus soumis à l'immédiateté, puisque le long terme n'existe pas pour des hommes promis à une mort rapide, elles lui semblèrent prolonger l'insolente banalité des propos, tout autant que l'affirmation selon laquelle les criminels ne créaient pas les failles de la société, mais s'engouffraient dans les faiblesses existantes. Ce qui mettait en cause, dit le professeur en se redressant comme une pythie, nos propres sociétés.

Pendant tout ce temps, le sénateur songea à sa visite de la veille. La femme était belle. Et elle était jeune. Les prostituées de Mexico étaient les plus belles du pays, surtout payées à ce prix. Il avait bien aimé sa timidité de jeune fille. Pour une pute qui se faisait prendre plusieurs fois par jour, elle était d'une innocence remarquable. À moins qu'on ne lui ait donné une presque-vierge, une nouvelle arrivante. Il préférait les vierges mais n'en obtenait pas toujours. Les inégalités de la distribution, comme pour tout. Avec une vierge, on pouvait se lâcher, abandonner le préservatif. Et laisser la preuve rouge sur le drap. La fille de la veille n'était pas vierge. Mais elle était timide. Dans l'entrée, elle s'était tenue droite, avec un air effarouché, les pieds serrés.

« Bonsoir, monsieur le sénateur », avait-elle dit.

C'était simple mais bien. On l'appelait toujours par son titre, c'était normal. Une question de respect. On prévenait les filles à l'avance. On leur disait d'être polies et bien élevées car le sénateur ne supportait pas la vulgarité. Des filles habillées avec élégance, maquillées légèrement, et arrivant en parfait état. Pas d'usage de drogue préalable. Jamais ce vacillement du regard. Des filles fraîches, jeunes et innocentes. Même lorsqu'elles se vautraient dans la boue de la ville, ce soir-là, elles devaient être des jeunes filles de bonne famille. Car, au fond, il n'y avait rien de mieux. S'il avait eu le temps, le sénateur s'y serait consacré. Beaucoup de jeunes héritières auraient aimé être courtisées par le riche sénateur Urribal, le membre influent du PRI dont on connaissait la toute-puissance dans le Nord. Mais les prostituées réclamaient moins d'efforts. Et puis on les choisissait avec tant de goût que c'étaient à peine des prostituées. Juste des filles qui recevaient des cadeaux.

Celle-là en tout cas avait pris son cadeau en rougissant presque. C'était à mettre à son actif. D'autant qu'il en avait eu pour son argent. Innocente et habile. Avec un très beau corps. Le sexe poilu. Pas comme les odieuses Américaines épilées. C'était une exigence absolue.

« Tu les mets à poil et tu vérifies avant de me les amener. »

On lui apportait toujours le meilleur.

Le criminologue s'était désormais lancé dans un historique du trafic de drogue au Mexique. Il était remonté aux années 1920 dans le Sinaloa! Avant de faire le portrait de Miguel Ángel Félix Gallardo, fondateur du premier véritable cartel, celui de Guadalajara, dans les années 1970. C'était lui qui, plus tard, avait fondé l'alliance avec les Colombiens.

— Vous oubliez Rivera, l'interrompit Urribal.

La précision était sans importance, mais Urribal avait toujours eu une certaine tendresse pour Rivera. Il l'avait connu autrefois, au début des années 1980, lorsqu'il était garde du corps de García López, qui dirigeait la section du PRI à Mexico avant d'être élu député puis gouverneur. Rafael Rivera était l'un des plus grands chefs des cartels, célèbre pour sa magnificence et ses énormes fêtes. Du temps de sa grandeur, on ne pouvait s'empêcher d'éprouver de l'admiration pour sa démesure. L'un des ranchs de Rivera, El Aguila, avait d'ailleurs été l'un des modèles d'Urribal. Cette propriété de dix kilomètres carrés où près de neuf mille paysans cultivaient la marijuana. Une vraie production locale, à l'époque. Un immense domaine agricole, surveillé par des hélicoptères et des centaines d'hommes qui assassinaient les réfractaires et les déserteurs. Bien sûr, ils y allaient un peu fort mais cette idée de créer un domaine parfaitement irrigué, dans lequel travaillaient des milliers d'hommes attirés par les salaires élevés et rassemblés dans des dortoirs sommaires, l'avait à jamais marqué. Créer son territoire, son propre État dans l'État. Sa propre police.

Le criminologue battit des paupières.

— Je ne l'oublie pas, monsieur le sénateur. Mais il faut bien dire que Rafael Rivera est plutôt un contre-exemple. C'est parce que El Aguila, en novembre 1984, a été investi par les soldats que Gallardo a décidé d'abandonner la marijuana au profit d'un accord d'importation de cocaïne avec les Colombiens du cartel de Medellín, Pablo Escobar et les frères Ochoa. Ceux-ci s'occupaient de la cocaïne, la transportaient en avion et le cartel de Guadalajara mettait en place au Mexique des pistes clandestines, déchargeait la marchandise et lui faisait passer la frontière des États-Unis.

Le bavard se redressa et, d'un ton assuré, conclut comme s'il achevait son cours :

— On peut dire que les cartels modernes sont issus de cet accord historique.

Urribal hocha la tête. L'homme connaissait son sujet. Lui-même avait oublié la date de la destruction d'El Aguila : novembre 1984. Il était jeune à cette époque. Un policier sans importance engagé au PRI et garde du corps d'un homme qui allait en devenir un membre éminent. Un moyen comme un autre d'arriver au pouvoir.

Le sénateur Juan Cano prit la parole :

— La situation a totalement changé, toutefois. Les cartels mexicains ont pris leur autonomie.

Urribal n'écoutait plus. Il était figé dans le passé, dans le moment charnière qui avait décidé de son existence. Persuadé que toute la vie se jouait dans quelques moments décisifs, il avait souvent songé à ces années. Il les avait vécues intensément, avec douleur parfois, mais surtout il les avait revécues, rêvées, revues et analysées mille fois. Le paysan écœuré par la terre avait embrassé la carrière de policier. Le policier avait fait les patrouilles, écrit les rapports, calmé les poivrots et les braillards. Il avait connu les collègues, il les avait appréciés, parfois méprisés. Le policier s'était fait respecter. Il s'était bâti une réputation de courage et de dureté. C'était sans doute pour cela – du moins il l'avait toujours cru – qu'au moment où García López avait eu besoin de quelques hommes sûrs pour l'escorter durant ses campagnes électorales, on avait fait appel à lui.

Et là, il y avait eu un de ces moments-clés. Le rendez-vous avec García López. Celui-ci était un homme sans charisme, toujours très bien habillé, avec d'étranges petits yeux trop enfoncés qui provoquaient le malaise. Même Urribal s'était senti intimidé. La rencontre s'était déroulée à Ciudad Juárez, dans un local dénudé du PRI. L'homme l'avait sondé d'un regard et ce qu'il avait cru lire lui avait manifestement plu. Il l'avait engagé. Cela avait été tout simple. Et pourtant, son existence en avait été progressivement changée. Parce qu'il avait fait un pas. C'était en fait le deuxième, car la décision la plus importante avait peut-être été de quitter la terre, mais le lent dégoût avait été si progressif qu'on ne pouvait en extraire un de ces moments charnières. Ce pas-là, c'était un de ceux qui expliquaient sa présence ici, dans la commission du Sénat.

García López n'avait pas été un modèle, pourtant. Urribal n'aimait pas son autoritarisme, sa mesquinerie frustrée, cette espèce d'arrivisme sans grandeur qui le poussait à gravir un à un les échelons du pouvoir, en grappillant. Mais il fallait lui reconnaître de l'efficacité. Un vrai sens de l'organisation, une impressionnante capacité à avancer ses pions, sans relâche, en ne perdant jamais de vue ses intérêts. Un travail de réseau qu'il effectuait en permanence. Et cela payait. Adhérent du PRI, dirigeant local, député puis gouverneur. Urribal était arrivé juste au moment de la campagne qui allait envoyer García López à l'Assemblée. Il l'avait suivi dans tous ses déplacements, dans les arrière-cours crasseuses, dans les cafés, sur les marchés. Il l'avait vu faire des discours devant des salles de dix personnes. On n'était pourtant pas à une époque où le PRI devait s'employer à l'élection de ses députés. Mais peu importait. Ce que García López voulait, c'était s'imposer devant ses rivaux. Et il avait réussi.

S'il n'avait pas aimé García López, Urribal lui était pourtant reconnaissant. Non pas que le député l'eût aidé, puisqu'il n'aidait que ceux qui pouvaient lui être utiles. Mais il lui avait montré les règles, et cet enseignement avait été irremplaçable, parce qu'il n'en aurait tout simplement pas eu l'idée sans lui. Il lui avait montré l'ambition, l'argent, le pouvoir. Il lui avait montré que tout était possible – qu'un homme dur et sans scrupules pouvait s'imposer, même s'il n'avait pas fait d'études, même s'il était fils de paysan. Et cela, Urribal l'avait compris insensiblement, en le suivant dans les déplacements, en conduisant sa voiture, en entendant les conversations et en l'escortant chez ses maîtresses. Par une lente imprégnation.

C'est avec García López qu'il avait connu Rivera, à l'occasion d'une des immenses fêtes que celui-ci donnait dans ses propriétés et pour lesquelles il rassemblait la jeunesse dorée de la région et ses relations professionnelles. Tout le monde se côtoyait alors. Urribal avait passé les portes de la propriété comme on pénètre dans un château de conte de fées. Une vingtaine d'hommes en armes surveillaient les portes et contrôlaient les arrivants sur la liste d'invitation, deux hommes se détachant chaque fois du groupe pour accompagner la voiture jusqu'au parking. Lorsqu'il était descendu de voiture, Urribal avait levé le regard et était resté stupéfait devant l'immense hacienda flamboyante de lumières, encerclée d'arbres et de verdure, oasis luxuriante devant laquelle s'arrondissaient deux piscines où nageaient des jolies filles. Un grand buffet avait été dressé sur le côté tandis qu'une centaine d'invités déjà arrivés discutaient et buvaient. García López possédait une jolie maison, une voiture, et un peu de pouvoir le poussait dans la vie. Le chef du cartel était d'une richesse défiant l'entendement et il faisait partie des « gens du haut pouvoir », comme on appelait les trafiquants : il décidait des vivants et des morts.

Rivera était venu saluer García López. À cette époque, il avait trente-cinq ans, un smoking sanglait ses cent kilos, et il se promenait avec un large sourire satisfait.

— Bienvenue, monsieur le député, avait-il dit.

La douceur presque fragile de sa voix surprenait et inquiétait de la part d'un tel colosse.

García López n'était pas encore député mais il ne fit aucune observation. Il se contenta de remercier Rivera pour son invitation et le félicita pour sa maison.

— Les affaires marchent bien, dit Rivera.

— Je m'en doute, répondit García López en souriant.

Trois ans plus tard, on retrouverait Rivera criblé de balles dans sa voiture, à la suite d'un contrôle policier. Il portait un jean troué, une barbe et un tee-shirt plein de taches. Entre-temps, les vertiges de la toute-puissance l'avaient happé. Il avait volé ses partenaires, il avait séduit leurs femmes, il avait couché avec la fille de García López, il avait frappé et tué. Son bon plaisir était devenu absolu : il tuait parce qu'il le voulait, sans raison. Il tuait parce qu'un geste l'avait énervé, parce qu'un homme avait une belle femme, parce qu'un visage ne lui revenait pas. Il tuait un inconnu qui bavardait avec ses associés, il tuait un fils de famille parce qu'il n'aimait pas cet air de fils de famille. C'était une grenade dégoupillée. Il s'était aliéné jusqu'à ses proches. Plus personne ne voulait de lui : le roi était devenu fou. Le haut pouvoir l'avait fait et défait, il s'était emparé de lui comme un démon s'empare d'un homme et l'éclatant homme d'affaires était devenu un fou meurtrier.

Mais en cette soirée, Rivera était au sommet de sa puissance, juste au moment où tout va se renverser, lorsque le succès tourbillonne en éclats lumineux avant d'emporter dans la chute celui qu'il a élu. Tout lui souriait. Urribal, depuis, avait compris cela : c'est au moment où les êtres sont enveloppés de lumière qu'ils commencent à chuter. On croit qu'ils brillent alors qu'ils brûlent. À l'époque, il avait tourné dans les jardins comme un homme ivre, dévoré de jalousie et d'amertume, lui le pauvre protecteur de la loi, le policier aux cent pesos. Il avait croisé les gens du haut pouvoir et les politiques, les hommes d'affaires et les acteurs, il avait vu la beauté des femmes et il avait lu sur le visage de chacun les marques de la réussite. Il n'avait parlé à personne, tant l'envie des autres et la honte d'être soi le rongeaient. Il avait seulement ouvert les yeux, d'un immense regard plongeant au fond des choses et bouleversant tout en lui.

Voilà le moment qui avait décidé de sa vie. Pour le meilleur et pour le pire. En un sens, il ne s'en était jamais remis. Son existence en attestait.

Urribal fit l'effort de revenir au présent. L'universitaire parlait toujours.

« Il y a une géographie de la drogue. Tout est toujours affaire de géographie… »

Plusieurs sénateurs sourirent de ce ton professoral.

« Trois pays dans le monde concentrent la production de la cocaïne : le Pérou, la Bolivie et surtout la Colombie, qui contrôle en fait la production des deux autres pays. Quatre-vingt-dix pour cent de cette production est destinée aux États-Unis, le reste étant expédié vers l'Europe, à travers le portail espagnol, et vers l'Afrique de l'Ouest. Il va de soi que les États-Unis considèrent qu'il s'agit à la fois d'un problème de sécurité et de santé publique, d'autant que la diffusion de la drogue fait proliférer des milliers de bandes sur leur territoire. Ils combattent donc la drogue avec détermination sur le continent américain, avec tout ce que cela suppose d'ingérence dans les affaires intérieures des pays… »

Pourquoi parlait-il ainsi ? Urribal avait perdu le fil de l'audition.

« … au moment même où Pablo Escobar devenait la septième fortune du monde, selon le magazine *Forbes*, le président Bush rassemblait en Colombie les présidents des trois pays andins producteurs de cocaïne pour leur proposer une aide financière et des moyens militaires contre la drogue. Trois mois plus tard, l'armée colombienne donnait l'assaut contre les trois mille hommes chargés de la protection d'Escobar. Celui-ci s'échappe, se rend un peu plus tard puis s'évade. En 1993, il est repéré par la police et tué de douze balles. C'est la fin du cartel de Medellín. »

Urribal songea à Escobar. Comment expliquer la fascination des Colombiens pour cet homme ? Pablo Escobar était une légende, maintenant. On faisait des tee-shirts à son effigie, on voulait transformer la maison où il avait été tué en musée, des agences de voyages proposaient des circuits Escobar, d'Envigado, le bidonville de sa naissance, à Itaqui où il était enterré. Curieux destin pour le petit voyou devenu le plus illustre des narcotrafiquants. Et curieuse mythification du chef du cartel de Medellín, inexplicable sans doute sans ses actions de charité, sans les logements bâtis pour les pauvres, sans le zoo ouvert gratuitement à Medellín, sans les matchs de foot qu'il encourageait.

Les trafiquants mexicains s'inscrivaient dans la même tradition. Ils payaient les frais d'hôpitaux des pauvres, ils offraient des cadeaux à Noël, ils payaient des maisons. Ils étaient les pères et les protecteurs. Mais pour les adolescents qui rêvaient de s'enrôler, qu'importaient les offrandes ? Ils voulaient devenir « narcos » pour obtenir la toute-puissance. Ils pensaient à l'argent, aux femmes et aux voitures mais au fond d'eux-mêmes c'était de toute-puissance dont ils rêvaient. Dire « je veux » et l'obtenir, sans règles, sans interdits. Sans effort. Par la simple et miraculeuse puissance de la peur. Ils étaient prêts à donner leur vie pour cela. Dès lors qu'ils prenaient l'arme qu'on leur tendait, dès lors qu'ils s'enrôlaient, ils savaient qu'ils pouvaient mourir. Mais peu importait. Parce qu'ils étaient jeunes et éternels, mais surtout parce qu'ils étaient prêts à mourir pour vivre intensément. Et tant pis si leur existence sans gloire de soutier du crime s'achevait à dix-huit ans dans l'éclatante douleur d'une balle qui leur traversait la tête ou pire encore dans l'effroi mortel d'une machette qui s'abattait sur eux ! Ils n'avaient rien eu, ni l'argent, ni les femmes, ni la toute-puissance, mais ils avaient vécu d'images. Ils avaient cru en eux-mêmes.

— Je me suis toujours demandé si Pablo Escobar n'était pas un faux problème, dit Juan Cano. Typologiquement, je veux dire.

Urribal regarda le président de la commission. *Typologiquement*. Qu'est-ce que ça pouvait bien signifier ?

— Pablo Escobar a régné par la violence, continua Cano. Les rues de Medellín et de Bogotá étaient à feu et à sang. Escobar donnait des primes à ses *sicarios* lorsqu'ils abattaient des policiers. C'était une situation de désordre institutionnel où personne n'avait rien à gagner. Le danger était partout. À ce titre, Escobar ne pouvait pas survivre. Aucune société n'aurait pu le tolérer. C'est le cas de tous les criminels trop violents. Ils sont trop visibles. Par là même, ils s'exposent et sont tués.

Le professeur hochait la tête.

— Je partage totalement votre avis, monsieur le sénateur. Pablo Escobar était célèbre dans le monde entier. Trop célèbre.

— Nous devons réprimer ces criminels et les enfermer. Mais il existe une autre forme, moins visible, plus sournoise, qui s'insinue par la corruption et qui prend le contrôle de la société. Vous en parliez pour l'Italie. N'était-ce pas le cas du cartel de Cali ?

La question était évidemment rhétorique : Juan Cano avait l'air de connaître parfaitement la situation de la Colombie.

— Tout à fait, répondit le professeur. Le cartel de Cali des frères Orejuela avait assis son pouvoir sur la corruption. De façon minutieuse, étudiée, les frères minaient les institutions et achetaient tout le monde. Et le résultat était étonnant. Ils s'étaient imposés en Colombie, ils avaient noué des alliances au Mexique bien sûr mais aussi en Europe, en Afrique de l'Ouest et en Russie lorsque le régime soviétique s'était effondré. Le cartel possédait une flotte aérienne de sept cents appareils pour expédier la drogue aux États-Unis.

— C'est exact, approuva Juan Cano.

On se demandait qui était le professeur.

— Mais ce que vous ne dites pas, et qui me semble plus remarquable encore, poursuivit le sénateur, c'est la façon dont les frères Orejuela ont infiltré l'économie normale. L'économie blanche, comme on dit. Et c'est à cela que nous devons être attentifs, aussi, dans notre pays. À toute normalisation apparente de la criminalité, qui s'emparerait, grâce à ses énormes capitaux, de tout le pays. Les frères Orejuela avaient besoin de précurseurs chimiques pour transformer la coca. Comment ont-ils fait ? Le plus légalement du monde. Grâce à divers prête-noms, ils ont acheté La Rebaja, la plus importante chaîne de pharmacies de Colombie. Ils ont eu tous les précurseurs chimiques dont ils avaient besoin.

— Cela n'a pas empêché le cartel de Cali de tomber. Et pas très longtemps après Escobar, objecta Urribal.

— Grâce à l'action des Américains, dit Juan Cano. Ce sont eux qui ont mis au jour le système du cartel et qui l'ont fait tomber. L'État colombien était trop infiltré pour y parvenir.

— Il ne me semble pas souhaitable qu'un pays, fussent les États-Unis, s'immisce dans les affaires de tout le continent.

— Il ne me semble pas souhaitable, répondit vivement Juan Cano, que des criminels s'emparent d'un pays. De toute façon, poursuivit-il d'une voix plus douce, comme pour éviter tout débat, notre réflexion est typologique. Nous voulons seulement repérer les différents types de criminels afin de mieux les combattre. Le fait est que la chute des grands cartels colombiens a permis aux cartels mexicains de s'imposer sur tout le continent. Notre combat est quotidien et des soldats, des policiers meurent tous les jours. Mais notre combat est aussi intellectuel : nous devons comprendre le fonctionnement des cartels.

C'est pour cela que s'est rassemblée cette commission : pour démonter les rouages de la criminalité.

Urribal n'avait jamais cru à la douceur de Juan Cano. Il ne croyait pas non plus, d'ailleurs, à ses apparences de parfait serviteur de l'État. L'homme était un ambitieux comme les autres. Plus fort et plus habile, mais un ambitieux. Au moment où les fers s'étaient croisés, dans ce bref éclat qui avait échappé au président de la commission, il avait perçu une menace directe.

— Nous combattons la violence visible des cartels, sénateur Urribal. Les affrontements à Ciudad Juárez nous inquiètent au plus haut point, bien sûr. Mais nous ne pourrons pas combattre ces véritables armées si le sol est miné. Je veux dire par là que je crains un autre type d'adversaire : le criminel institutionnel. Le criminel qui a toutes les apparences de la légitimité tout en étant absolument hors la loi. Parce que celui-là nous tirera dans le dos au moment où les bandes se réuniront devant nous.

9

On ne comprit pas très bien comment cela arriva. Il y avait eu bien sûr des signes annonciateurs mais personne n'y avait vraiment pris garde car tous y étaient trop habitués. Dans un autre contexte, on aurait réagi aux insultes étouffées, aux gestes nerveux et aux visages fermés. On aurait empêché les insultes de devenir plus audibles. Mais personne n'avait réagi. Déjà, les réflexes étaient engourdis par la lente habitude, la dérive des comportements. On ne voyait plus comment il fallait faire.

La proie était faible, comme toute proie. Elle ne l'était pas uniment, elle présentait quelques faiblesses, qui s'étaient élargies avec le temps. Les agresseurs étaient divisés mais capables de se regrouper pour une attaque, par une sorte d'irrationalité mouvante et perverse, comme un balancement aléatoire qui, sur une crispation, peut brusquement tourner à la tempête.

Pourquoi Mme Moenne ? Sans doute parce qu'elle était pâle. Cette sale pâleur, un peu maladive, qui annonçait la faiblesse. Et puis cette sécheresse, qui n'était pas la sécheresse dure, remparée, de l'ordre établi, mais la sécheresse de façade, trahissant la peur sous-jacente. Enfin elle parlait trop. Elle parlait toute seule. Tout en écrivant trop au tableau.

Alors voilà. Ils étaient une classe normale, juste un peu gangrenée par l'environnement, et Mme Moenne était une professeure normale, juste un peu ennuyeuse et un peu pâle. Mais il fallait que le calme apparent, un peu léthargique, se fissure. Parce que c'était ainsi. Parce que trop de choses se fissuraient par ailleurs. Et la faille avait besoin de se prolonger. Il y avait une nécessité tellurique de l'effondrement. Cela cédait aux points les plus faibles de la structure. Et Mme Moenne était un point faible.

Mme Moenne rendit les contrôles. « Naadir, 20/20. » Celui-ci était inquiet et fatigué depuis la découverte de la blessure de Karim. Il se sentait nerveux. Cette note, si habituelle qu'elle soit, lui fit plaisir. Comme si l'ordre revenait. D'autant que c'était un grand contrôle. Un contrôle sur 20, ce que détestait la classe, qui préférait l'amortissement du devoir sur 10, plus modeste, plus rattrapable aussi dans la moyenne. La classe avait peur des grands contrôles. Ce mélange assez étrange de paresse absolue et de peur de la mauvaise note, phase cruciale, avant le glissement dans l'indifférence totale aux notes qui marque l'abandon.

Mme Moenne, qui n'était pas si ancienne, avait adopté certaines méthodes à l'ancienne qui l'avaient sans doute marquée durant sa propre scolarité et rendait les notes dans l'ordre décroissant, ce que détestait la classe. Et elle notait assez bas, ce que détestait également la classe. Mme Moenne affirmait qu'en mathématiques, lorsqu'on ne trouve pas de points, on n'en trouve pas. Même avec la meilleure volonté du monde. Et Mme Moenne n'en avait pas beaucoup, parce qu'elle estimait que la classe ne travaillait pas assez. Elle l'avait dit au conseil du premier trimestre.

Bric attendit longtemps sa copie. Affalé sur sa chaise, il faisait semblant de s'en foutre. Il ricanait devant les mauvaises notes des autres, tout en sachant que son cas serait pire encore. Il ricanait, s'en moquait tout en souffrant par avance. Contre toute raison, il espérait. Un sursaut de sa part, une erreur dans le classement décroissant.

Mme Moenne rendait les copies. Les notes étaient faibles, même par rapport à d'habitude. Le chapitre n'était pas facile, le contrôle non plus. Une atmosphère pesante s'installait. Un silence trop profond. Naadir, mal à l'aise, sentait la tension revenir. Il lisait les quelques indications sur sa copie, tâchant de se concentrer pour échapper au malaise.

Mme Moenne passait entre les tables. Plus les notes étaient faibles, plus elle se dirigeait vers les derniers rangs.

La copie échoua sur la table de Bric. 2/20. Bric regarda la note et ricana. Mme Moenne lui jeta un coup d'œil puis, un peu inquiète, s'éloigna. Peut-être perçut-il cette inquiétude. D'un air résolu, il froissa sa copie, en fit une boule et la jeta contre la professeure.

— Je m'en fous de ta copie de merde, espèce de prof de merde.

Saisissant son sac, il repoussa violemment sa table devant la femme paralysée. Et il quitta la salle, bousculant encore plusieurs tables, prolongeant la menace de la violence, comme un animal qui veut faire peur.

Personne ne dit un mot.

Mme Moenne revint à sa place. Elle était encore plus pâle que d'habitude.

— Je vais faire un rapport, dit-elle pauvrement.

Normalement, tout aurait dû se calmer. Les éclats cathartiques de la violence apaisent totalement les groupes, qui assouvissent leur pulsion puis se dispersent.

— Il a raison, c'est trop mal noté, dit une fille. C'est pas normal, des notes comme ça.

Cela continuait. De plus, la fille n'était pas une mauvaise élève. Mme Moenne se tourna vers elle. Si un cancre avait parlé, la classe aurait considéré que c'était une parole de cancre. Ce n'était pas un cancre.

— Ouais, on a tous eu des mauvaises notes. C'est que le cours était pas bon.

Mme Moenne se tourna vers le nouvel intervenant. Elle ne répondait toujours pas. Elle faiblissait. Les élèves ne savaient pas qu'elle faiblissait, ils le sentaient intimement, comme un instinct vorace, affamé.

Elle sut qu'il fallait parler.

— Vous n'avez pas assez travaillé.

La voix était aigre. Une tonalité différente dans laquelle s'était inscrite la peur. Un silence total lui répondit. Une brume envahit la femme. À la fois un poids et une angoisse. Des enfants, de simples enfants se tenaient devant elle, et voilà qu'ils se muaient en accusateurs, un tribunal plus sévère et surtout plus cruel que celui qu'elle aurait pu connaître dans une vraie salle de justice.

Le poids se faisait toujours plus lourd.

— Le contrôle n'était pas difficile. C'est le programme, vous savez, le programme officiel, je m'y tiens.

Naadir suivait cette scène avec une compassion immense. Il voulut intervenir, se sentit submergé par l'impuissance. Il n'osait pas. Mme Moenne parcourut du regard l'assemblée, saisit en une fulgurance affolée cette présence amicale, tenta maladroitement de l'utiliser.

— Naadir a eu 20. Il suffisait de bien travailler.

Du fond de la classe, anonyme, une voix masculine, vint la réponse.

— Lui il est pas normal. Ça veut rien dire. Ça veut pas dire que vous êtes pas une prof de merde.

Le jugement était prononcé.

La femme, réfugiée derrière son bureau, les contempla. Naadir sentit tant de tristesse chez elle qu'il ferma les yeux.

Et il entendit soudain des sanglots. De terribles sanglots qui lui firent refermer davantage encore les paupières, tirant les rideaux devant son regard.

Il n'ouvrit les yeux que lorsque la porte claqua. Une jouissance un peu gênée se répandit dans la classe : la prof avait pleuré, la prof s'était enfuie. Le territoire leur appartenait. Et comme Bric l'avait insultée, tout retomberait sur lui. Certaines filles ricanaient, mal à l'aise. Naadir, retourné, contemplait ses camarades avec ahurissement. Une sorte d'angoisse se mêlait à sa surprise. Tout lui semblait violent. Le brouhaha de la salle lui faisait mal à la tête. Il plaqua les mains sur ses oreilles et, concentré, fixa le tableau.

La conseillère d'éducation poussa la porte. Elle cria, les mains sur les hanches. Personne ne disait plus un mot. Puis elle parla. Naadir, dans la même position, n'entendait toujours rien. Il ne voulait plus entendre. Il voulait juste que le monde reprenne son harmonie. Il aurait lui-même pu se mettre à crier, en un cri unique et strident. Il aurait fermé les yeux et crié.

Des élèves levèrent la main et parlèrent. Certains avaient l'air outré. Ils faisaient des gestes, tournaient la tête de droite à gauche. De tout cela, Naadir eut également assez. Et, non content de ne plus entendre, il ferma de nouveau les yeux.

Lorsqu'il les rouvrit, un autre cours avait commencé. Aussitôt, il fourragea dans son sac, prit le cahier d'histoire, traça à la règle un grand trait horizontal et recopia le titre du cours : « Les caractéristiques du chevalier au XIIe siècle. »

Puis, se penchant vers son voisin, il aperçut le numéro de la page, ouvrit son propre livre et suivit la lecture du document n° 1, dans lequel un historien racontait la cérémonie de l'adoubement. On entendit à ce moment un énorme éclat de rire. Les élèves venaient d'entendre parler de la *paumée*, la gifle reçue par le chevalier, lointain souvenir des douleurs de l'initiation. Tous se déchaînèrent, chacun donnant des claques à son voisin et hurlant : « Je te fais chevalier ! Je te fais chevalier ! » Sans broncher, un sourire aux lèvres, le professeur d'histoire attendit que la tempête se calme.

— On reprend, dit-il.

Il n'y eut plus que quelques claques. La lecture se faisait à nouveau.

Et voilà que l'angoisse s'effaçait. Absorbé par le cours, plongé dans le Moyen Âge, Naadir reprenait pied, happé par les rites rassurants de l'apprentissage. Karim n'était plus blessé, Mme Moenne n'était plus humiliée. Au milieu des dangers, le chevalier Naadir se dressait de nouveau, chevalier aux doux rêves, bien incapable de tenir la lourde épée mais combattant à sa façon, en garçon aimant et bien élevé, apeuré et curieux, étrange chevalier que le maître mot du Moyen Âge, la *vaillance*, ne concernait que de très loin mais qui manifestait tout de même sa propre forme de bravoure – celle du refus de toute violence et de toute cruauté.

Lecture d'un extrait de *chanson de geste* : le chevalier *adoubé* partait au combat, la couleur des batailles était le *vermillon*, les ennemis, monstres informes, multiples, étaient des *païens*. Naadir leva la main.

— Les païens, ce sont en fait les musulmans ?

Le professeur acquiesça. Il y eut un silence stupéfait. Puis on s'exclama :

— C'est raciste ! C'est tous des racistes, là-dedans !

Naadir tressaillit. Qu'avait-il dit là ? C'était sa faute, cette fois. Et en effet la classe, excitée par la défaite de Mme Moenne, cherchait une autre proie. Un tumulte s'éleva, que M. Pou, inquiet de la tournure prise par les événements, essaya de réfréner.

— C'était le Moyen Âge, dit-il, le temps des croisades, une vision du monde particulière, manichéenne…

— Arrêtez les mots qu'on comprend pas. Vous parlez, là, vous dites ça mais c'est pas vous qu'êtes dedans !

Hector, un grand du fond de la classe, pointa un doigt furieux.

— Ouais, c'est raciste et si vous l'défendez, c'est vous l'raciste !

Le silence se fit. Le moment était grave. Il s'agissait cette fois de choses sérieuses. Pas d'un contrôle de maths foiré, non, mais de *la* question. La seule qui vaille vraiment. L'accusation suprême – et donc réitérée. Mais M. Pou eut une réaction étrange. Au lieu de rougir, de se justifier, de balbutier de grands mots, il regarda juste Hector, un sourire aux lèvres, et soudain il éclata de rire. Un rire énorme, inextinguible. Le professeur ne pouvait plus s'arrêter. Sa mince silhouette, en jean et chemise, se pliait, tressautante. Et cette réaction si simple, qui montrait si franchement qu'il n'avait pas peur d'eux, qu'il se moquait de tous les procès et qu'il les considérait comme ce qu'ils étaient, à savoir des gamins excités, les désarçonna tellement que les procureurs se mirent aussi à rire, d'abord faiblement puis d'une façon terrible, outrée, comédienne, chacun se vautrant dans ce rire qu'ils aimaient. Et Naadir lui aussi riait, heureux de cette harmonie humaine, baigné dans ce tumulte salvateur.

Et c'était bien ainsi que cela se passait : un clou chassait l'autre. Une tragédie dans un cours devenait une comédie dans l'autre. Et tout était oublié le jour suivant, parce qu'ils étaient avant tout des forces de vie, promis à beaucoup de désillusions mais d'une énergie étonnante, tournant dans le vide et cherchant donc des cibles, des marottes, des objectifs. Ils ne savaient rien, ils savaient à peine lire et écrire, mais ils étaient de la vie concentrée, des fureurs et des gaietés.

Lorsque Naadir rentra à la maison, il fut soulagé d'abandonner cette difficile journée d'école. On ne se remet pas si facilement d'une belle victoire, surtout contre un professeur de mathématiques, matière éminente, et la classe avait été versatile, remuante, comme chargée d'électricité. Ces émotions agitaient désagréablement Naadir. Plaque sensible, il oscillait au gré des sentiments d'autrui, algue ballottée dans les courants de la mer.

En ouvrant la porte de l'appartement, il découvrit Karim, en pull, devant la télévision. Il alla vers lui, l'embrassa.

— Ça va, p'tit frère ?

Naadir grimpa sur le canapé en souriant.

Depuis qu'il l'avait surpris par l'entrebâillement de la porte, il voulait demander à son frère si sa blessure était grave mais il n'osait pas. Lui qui, à certains égards, avait une intelligence très mûre, était souvent d'une timidité de petit enfant, incapable de pénétrer ce ciel des étoiles fixes que représentait l'univers des adultes. Il se contenta d'observer Karim. Celui-ci sourit, prit le nez de Naadir entre le pouce et l'index, le serra affectueusement.

— T'as appris quoi à l'école aujourd'hui, Einstein ?

— Beaucoup de choses. Mais ce que j'ai préféré, c'est que la principale qualité d'un chevalier est la vaillance, qu'il se donne pour mission de protéger les pauvres et les faibles, et que la couleur privilégiée des chansons de geste est le vermillon, c'est-à-dire le rouge.

— J'aimais bien les chevaliers, moi aussi, dit Karim, qui n'avait pas dépassé la troisième et qui avait été

101

un élève redoutable, violent et insolent. Protéger les pauvres et les faibles, poursuivit-il, c'est un bon programme, non ?

— Oui. Mais on a aussi vu un texte disant que ce n'était pas la réalité. Dans la pratique, les chevaliers étaient des brutes et des pilleurs.

Karim éclata de rire. Mais un rictus de douleur l'arrêta.

Ils passèrent la soirée ensemble, comme autrefois. Le grand frère resta dîner. Il parla beaucoup, raconta des histoires, discuta même un peu de politique, posément. Il semblait de bonne humeur. Il bougea très peu, allongé tout le temps sur le canapé, ne se levant que pour venir à table puis reprenant sa place devant la télévision. Il fallut à la fin se coucher mais Naadir laissa la porte ouverte. Ainsi, il pouvait contempler la tête de son frère dépassant du canapé, vision rassurante et aimée du dieu vivant qu'il admirait, drapé dans la douleur des blessures comme un vrai chevalier. Le bruit de la télé était un peu trop élevé mais, rassuré par la permanence de cette vision, l'enfant, bercé de pensées à la fois douces et un peu inquiètes, finit par s'endormir.

10

Elles se tenaient tapies dans les buissons, à l'écart, sur une petite hauteur. Elles attendaient. Elles avaient passé la nuit là, en se faufilant, le cœur battant, attentives au moindre bruit, instruites des dangers. La tristesse leur serrait le cœur car elles comprenaient que le temps de la peur était revenu.

Le ranch de l'Américain avait fondu dans un autre espace et une autre époque, très loin derrière elles. Ou dans une autre dimension. Avec Amado, lorsque la pluie s'était calmée, elles s'étaient lavées de la boue sous une cascade glacée, en culotte, les pieds nus sur les rochers. Le tonnerre des eaux s'était abattu sur leurs têtes et leurs épaules, en gifles suffocantes, presque drôles dans leur violence. Puis les chevaux avaient repris leur route, à travers la jungle, et Amado les avait confiées, dans un village, à un passeur de sa connaissance, en qui il avait toute confiance. Le jeune homme les avait prévenues que rien n'était plus dangereux qu'un passeur inconnu, qui pouvait les détrousser, les violer ou les vendre à des Maras, ces gangs de jeunes qui parcouraient toute l'Amérique, du nord au sud, par centaines de milliers, des armées éparses et adolescentes, avec d'immenses tatouages sur le visage et le corps, signalant leur appartenance. Faire attention aux passeurs, faire attention aux Maras, faire attention à la police des immigrants, la Migra. Faire attention à tous et à tout. Elles pourraient passer. Amado était plus confiant que l'Américain. Beaucoup passaient. En permanence. Un flot qui remontait du sud au nord, comme des fourmis, allant chercher de quoi vivre aux États-Unis. Mais c'était dangereux. Il fallait faire attention, très attention. La peur était bonne conseillère.

Le jeune homme les avait serrées dans ses bras, avec regret. Parce qu'il était beau et gentil, les jeunes filles l'avaient embrassé, avec regret aussi. Mais elles avaient pris une décision. Elles ne pouvaient plus reculer. Elles iraient là-bas. C'était loin. Trois mille cinq cents kilomètres depuis la frontière du Mexique, avaient-elles entendu.

Le passeur, un vieil homme silencieux, muet le plus souvent, très maigre, les avait guidées à travers les routes et les forêts. Il n'habitait pas à côté de la frontière et ne faisait passer les gens que rarement, lorsqu'on venait le trouver. Mais il était habile, il connaissait très bien le terrain. À la frontière, son silence était devenu plus profond encore, plus opaque. Ils avaient fait un grand détour d'une vingtaine de kilomètres pour éviter le poste-frontière. Le regard du passeur était attentif à tout. Ils avançaient lentement. Les envols d'oiseaux donnaient des indications, comme les froissements dans les herbes. L'homme les avait prévenues : les

Maras, les voleurs ou les tueurs se cachaient dans les herbes ou les arbres, dans l'attente des migrants. C'était si facile et ils pouvaient gagner tant d'argent. Il suffisait d'être patient. Les proies venaient toutes seules. Toutes rôties et délicieuses. Mais leur passeur avait été malin, plus malin que les Maras. Il connaissait parfaitement la région, une des plus dangereuses, aussi dangereuse que celles du Nord. Le départ et l'arrivée, c'est là qu'attendaient les prédateurs, près des flots, comme des caïmans paresseux. Tous les chemins lui étaient familiers, il semblait respirer l'odeur du danger, comme les Indiens. Les Indiens étaient les meilleurs guides. Mais le passeur les égalait. Il marchait trente pas devant elles, afin de leur laisser quelques secondes pour s'enfuir, au cas où les ennemis surgiraient des herbes. Parce qu'elles étaient jeunes et élancées, elles avaient une bonne chance de s'échapper. Le passeur avait été si habile, il avait si bien choisi les sentiers, était si au fait des endroits les plus dangereux qu'elles n'en avaient pas eu besoin. Il les avait conduites à la gare, où elles étaient arrivées à la tombée du jour. Et puis lui aussi les avait quittées. Et voilà qu'elles attendaient le train.

Elles n'étaient pas seules. En contrebas, sur les rails, entre les wagons de marchandises, remuaient les formes d'autres migrants. Certains avaient allumé des feux contre le froid. Ils devaient être une vingtaine, par groupes épars, parfois seuls. Surtout des hommes mais aussi des femmes. Les lumières du feu éclairaient leurs visages. Des jeunes, pour l'essentiel. Vingt ans, parfois trente. Les deux sœurs auraient pu les rejoindre, elles auraient même pu demander une place auprès du feu, peut-être les auraient-ils accueillies. Mais elles préféraient le froid et l'ombre, sous les buissons, où elles avaient le sentiment d'être protégées. On leur avait assez répété d'être prudentes.

Elles attendaient le train.

Elles dormirent par roulement. Celle qui veillait restait aux aguets, le couteau ouvert. La nuit l'environnait, ainsi que le silence. En bas, les feux avaient baissé, les ombres s'étaient enroulées sur le sol et seuls se dressaient les guetteurs. Vers 7 heures du matin, un tressaillement général s'empara des groupes. Tous se levaient, rassemblaient les affaires dans les sacs, éteignaient les feux.

Le train arrivait. Les deux sœurs tournèrent la tête. C'était un train de marchandises massif et rouillé, avançant poussivement. Entre les wagons, leurs yeux se fixèrent sur les échelles qui permettaient d'accéder aux toits. C'était là qu'elles devaient monter. Dans l'engourdissement du matin, tout semblait calme. Il faisait beau et une nouvelle étape de leur vie commençait. Elles descendirent la colline. D'autres groupes faisaient de même. Surgis d'improbables cachettes, des migrants rejoignaient les rails, souvent des individus solitaires ou des femmes, les plus faibles, ceux qui craignaient le plus les attaques.

Et c'est à ce moment qu'ils surgirent aussi. Un hurlement sortit de leurs gorges et soudain tout s'affola. Les migrants s'égaillèrent en courant tandis que des coups de feu retentissaient. Les Maras voulaient l'argent mais ils voulaient aussi la chasse. Ils avaient patienté jusqu'à l'arrivée du train, sachant par expérience que tout le monde apparaîtrait au dernier instant. Et maintenant venait le grand moment, la chasse, la poursuite, l'excitation. L'un d'entre eux, un sifflet entre les dents, déchaînait d'effrayants appels de meute, la stridulation intense de la peur. Ils étaient une dizaine seulement mais c'était leur territoire et ils avaient les armes et la terreur pour eux. Tous les migrants fuyaient et les deux sœurs, pleines d'effroi, couraient aussi, sans se cacher, sans chercher la bonne solution, parce qu'elles fuyaient seulement les chasseurs, droit devant, vers le train et la sauvegarde. Celui-ci n'allait pas vite, elles avaient tout le temps de l'attraper et de monter à l'échelle, il fallait seulement que les chasseurs leur laissent le temps, un peu de temps, juste le temps d'atteindre le train, de sauter sur l'échelle et de gagner le toit.

Déjà ils bondissaient sur les derniers échappés. Ils les agrippaient, ils leur pointaient l'arme sur la tête, ils les rouaient de coups, avec une jouissance hurlante.

Au détour d'un wagon, une main voulut s'emparer de Norma. Elle fit un écart affolé et redoubla de vitesse, gagnant sur le train. D'un regard, elle vit la main se refermer sur un migrant au tee-shirt rouge, qui tentait de se dégager, mais une barre de fer s'abattit sur lui juste au moment où elle saisissait l'échelle, frénétiquement, se hissant sur les barreaux, relevant les jambes et s'accrochant à l'échelle comme à sa survie. Un coup d'œil lui montra Sonia juste derrière. Elle grimpa sur le toit où se trouvaient déjà trois hommes, qui détournèrent la tête. Elle comprit qu'aucune aide ne viendrait d'eux. Se retournant vers sa sœur, elle voulut l'aider. Sonia se trouvait déjà à mi-hauteur mais un homme au visage noir de tatouages, le pied sur le premier barreau de l'échelle, l'avait attrapée à la cuisse. La main, sur le jean, était mitraillée de points bleus. Norma les aperçut en une vision hallucinée. Sonia donnait des coups de pied pour se débarrasser de l'agresseur mais celui-ci les encaissa sans lâcher prise. Tenant d'une main la cuisse de Sonia et de l'autre s'agrippant à un barreau, il ne pouvait pas sortir son arme. Il ne voulait plus que sa proie. Il essayait de la faire tomber du train, dont la vitesse s'accélérait, mais Sonia, accrochée des deux mains à l'échelle, tenait de toutes ses forces, ruant pour le détacher. Alors l'homme, d'un effort furieux, sauta plusieurs barreaux pour monter à sa hauteur et lui enserra la taille. En un cri désespéré et bestial, le couteau ouvert, Norma, se couchant sur le toit du wagon, se jeta sur la main qui tenait le barreau supérieur. Elle ne savait pas ce qu'elle faisait mais quelque chose en elle trancha les doigts de l'homme, parce qu'elle voulait sauver sa sœur. Sans doute serait-elle tombée à ce moment au bas du train si l'un des trois hommes dont elle n'espérait aucune aide ne s'était précipité sur elle, lui retenant les jambes.

Et voilà qu'elles se retrouvaient toutes deux, haletantes, sur le toit du wagon, tandis que le train s'éloignait de la scène du désastre. Là-bas, on voyait des migrants à terre, encerclés par des hommes tatoués, torse nu, affirmant ainsi leur puissance, comme s'ils allaient battre leurs poitrines de leurs poings. Mais c'était bien cela, au fond, qu'ils faisaient, hurlant leurs cris de victoire, juste avant de détrousser les hommes, de fouiller leur anus pour y découvrir l'argent, et de violer et vendre les femmes. Car ils étaient bien cela, des animaux à peine humanisés, des barbares d'un Moyen Âge improbable, armés pour la guerre et défendant les droits de leur bande. La loi de la force et de la violence. Et ce n'était pas un groupe isolé, c'étaient des milliers et des dizaines de milliers de bandes, des centaines de milliers d'hommes sur tout le continent qui n'obéissaient qu'à la loi immémoriale du plus fort. Voler, tuer, violer, prendre, battre. Et sous la poussée brutale de ces êtres eux-mêmes nés des guerres et de la misère, les sociétés entières s'effondraient.

— Merci, dit Norma.

L'homme hocha la tête, le visage inexpressif. Norma considéra sa sœur. Elle s'aperçut que celle-ci tremblait. Alors elle se rendit compte qu'elle tremblait également, de nervosité, de peur et de haine, jusqu'à claquer des dents. Elle voulut en vain arrêter le mouvement de ses membres, raidissant ses jambes, refermant ses poings. La peur avait été trop forte. Les corps avaient fui, sauté, tailladé mais désormais l'effroi reprenait son empire et s'insinuait dans un frissonnement. Oui, le temps de la peur était revenu. De nouveau, elles étaient menacées, pourchassées. La fuite qui avait commencé dans un bus colombien se poursuivait désormais au Mexique. La perte du lieu fixe et la fuite.

Leur lieu, désormais, c'était un train. Un train qui était plus qu'un train puisqu'il était la voie du salut autant que de la perte. Tout le monde savait qu'il n'y avait pas d'autre moyen pour traverser le Mexique. Les trains de passagers n'existaient plus, les bus s'arrêtaient sans cesse, ce qui multipliait les dangers, d'autant que c'étaient des espaces fermés : une fois à l'intérieur, plus moyen de s'échapper. Restait la marche – mais trois mille cinq cents kilomètres, c'était long. C'est pourquoi il fallait prendre le train aussi longtemps que possible, sauter de train en train, toujours penser en fonction du train. Le train mythifié par les noms dont on l'affublait, la « Bête » ou le « Ver d'acier », perçant son chemin à travers les forêts et les déserts, machine anonyme dont on ne voyait jamais les conducteurs, fragment de liberté mais aussi de malheur puisque c'était sur le trajet que se multipliaient les dangers et les attaques.

Norma enfila un pull. Puis elle ramassa ses jambes et les enserra de ses bras, le menton contre ses genoux. Le train avait atteint sa vitesse de croisière et sur le toit il ne faisait pas chaud. Son sauveteur avait rejoint ses deux amis. Il venait du Guatemala, avait-il dit. Il était petit et large, avec une grosse face ronde marquée de taches noires. Il ne parlait pas beaucoup mais il l'avait aidée. Les trois hommes se tenaient serrés pour se protéger du froid. On sentait qu'ils se tiendraient serrés jusqu'au bout. Ils passeraient ensemble ou ne passeraient pas. Sonia, elle, s'était allongée sur le toit, recroquevillée, les yeux fermés, après avoir également mis un pull. Elle ne dormait pas, évidemment, et à intervalles réguliers des tressaillements l'agitaient.

— Tu devrais ouvrir les yeux, Sonia. Ce n'est pas bon de penser à tout ça. Regarde autour de toi, ouvre les yeux.

Sonia fronça les sourcils sans ouvrir les yeux. Elle se recroquevilla davantage. Peut-être pensait-elle au ranch de l'Américain. C'est Norma qui l'avait forcée à partir. Si elles étaient restées, elles seraient en ce moment en train de finir leur petit déjeuner, en buvant un délicieux café au lait très sucré. Au lieu de cela, elles avaient échappé de justesse à la mort, avant de s'exposer à d'autres dangers, avec peu de chances d'y échapper encore. Et il était impossible de rebrousser chemin. Jamais elles ne pourraient dépasser l'obstacle de la gare et surtout de la frontière. Sans le passeur, il était même inutile d'en rêver. La voie était coupée. L'étonnant royaume n'existait plus pour elles, comme s'il avait été rayé de la carte. De la carte de leurs vies, en tout cas. Il fallait aller de l'avant, marcher vers l'avant. C'était ça le piège : une fois qu'on était engagé, il fallait aller jusqu'au bout parce que de toute façon il était aussi dangereux d'arrêter que de poursuivre.

Le regard de Norma se porta sur la tête du train puis à l'arrière. Elle compta les wagons. Neuf. Et sur chacun d'eux se tenaient des migrants, assis avec des sacs entre les jambes. Il y avait quarante-six hommes et femmes. Tous ceux qui avaient pu passer. Ils allaient tous jusqu'à la frontière. Dans quelques jours, ils se retrouveraient au fleuve, probablement au même endroit à peu près, là où les eaux n'étaient ni trop larges ni trop bouillonnantes, peut-être sous la conduite d'un même passeur, qui se ferait une petite fortune avec eux, en les aidant ou en les trahissant. Évidemment, son intérêt serait de les trahir puisqu'il gagnerait deux fois plus d'argent. C'était ainsi. Il faudrait s'en méfier et lui faire confiance, parce qu'il n'y avait pas le choix. Ils n'y pourraient rien. Mais en tout cas, et c'était cela qui la surprenait, comme s'il y avait là un merveilleux mystère, les migrants allaient cheminer ensemble. Ils ne se connaissaient pas, leur arrivée commune était un pur produit du hasard et peut-être ne s'adresseraient-ils jamais la parole mais ils remontaient ensemble, par le même chemin, par les mêmes trains, affrontant les mêmes périls. Ils se retrouveraient dans les maisons de migrants, ils se retrouveraient peut-être dans les mêmes cellules de la Migra, ils seraient peut-être battus ensemble, tués ensemble. Tout cela sans échanger peut-être un seul mot, mais ils étaient liés. Une sorte de communauté un peu fatale, un peu morne, accrochée à la *Besta*, attendant son destin avec une détermination sombre et un peu triste.

Le train avançait à travers la jungle. Il n'y avait aucun danger ici. Juste des étendues immenses, moutonnantes et vertes qu'il crevait d'un acier maussade. Personne ne se serait risqué à se frayer un chemin jusqu'à la voie. Aussi longtemps que le train traverserait cette partie de la jungle, les migrants seraient tranquilles.

Une goutte d'eau tomba. Elle s'étala devant Norma, large, menaçante. La jeune fille soupira. Elle sortit son ciré de son sac puis, allongeant le bras, fit de même pour sa sœur.

— Mets-le. Ça va tomber.

Ça tombait. Il y eut d'abord un résonnement de tambour sur les larges feuilles de palmier, puis la pluie s'abattit. Les trois hommes déployèrent autour d'eux une bâche de plastique et un peu partout sur le train d'autres groupes s'enveloppèrent de la même aile craquante et protectrice, qui claquait dans le vent avant de se replier autour des corps. Norma sourit en pensant à l'Américain et à ses luxueux vêtements : les cirés les protégeaient parfaitement. Ils descendaient très bas, au point qu'on pouvait replier les jambes dessous, et la capuche était à la fois large et solide. Un vrai vêtement de migrant. À croire que l'Américain avait lui-même pris le train.

Tous recourbés sous l'ombre hachurée de la pluie, dans le grondement régulier des machines, ils allaient, migrants de fortune et d'infortune, cramponnés à leur destin. Une brume humide et nuageuse suintait des arbres, happant les formes humaines et les diluant dans la grisaille. On ne voyait plus l'avant du train, qui s'enfonçait dans le brouillard.

Norma, pelotonnée contre sa propre chaleur, tâchant de s'enfermer en elle-même, songeait aux pluies de son enfance. Lorsque les brumes humides glissaient des arbres, avec leurs nappes de froid, nimbant les collines de leur halo gris, métamorphosant tout le paysage, son père avait pris l'habitude d'allumer le feu. Et il semblait à la petite fille qu'un combat important se menait là, la guerre du feu contre la brume, dans la cabane encerclée de vent et de pluie. Le père était l'artisan de cette guerre sans fin, contre un ennemi ambigu qui avait aussi sa grandeur et sa bonté, puisque la pluie était nécessaire – mais il y avait toutes sortes de pluies et la pluie des brumes glacées, bien loin des chauds écroulements tropicaux, à la fin des journées trop lourdes, était la plus nocive –, et Norma éprouvait toujours un grand réconfort à le voir s'agiter, sans un mot, autour du foyer, rassemblant les mousses et les brindilles, soufflant sur les flammèches, embrasant les branches.

Elle jeta un coup d'œil à sa sœur, repliée comme elle sous son ciré. Que devenait leur mère ? Les pas du père affairé autour du feu la ramenaient à Yohanna, dans son bidonville de réfugiés. Qu'avait-il bien pu se passer pour que leurs vies explosent ainsi ? Il n'y avait plus rien désormais, plus de feu, plus de père et plus de mère, juste Sonia et elle, suspendues à un train. Norma se répétait ce mot, « rien », « *nada* », comme une litanie enfantine qui épousait la litanie grondante du rail et le tintamarre noyé de la pluie sur l'acier en un sourd grommellement de la vie, monstre tapi qui les avait trahies, qui ne les avait pas prévenues que tout pouvait se retourner, que le rythme régulier des saisons et des récoltes n'était qu'un subterfuge.

Ainsi rêvait la jeune Norma, sautant de pensée en désordre, de nostalgie en crainte, et si les mots avaient scruté les consciences des quarante-cinq autres migrants, ils auraient accroché d'autres craintes, d'autres espoirs, d'autres nostalgies, des pensées très simples aussi, comme la seule volonté de resserrer le plastique ou l'observation d'un coin de ciel plus clair. Fragments multiples de consciences, démultiplication d'espoirs et de pensées, pauvres êtres sans importance et sans poids, jetés au vent et à la pluie, soumis à toutes les violences, miettes de vie dans l'immensité. Rêveuses formes, petits bouts d'êtres fouettés par les rafales. Rien, moins que rien. Ils n'étaient rien.

Et la comptine du rien se faufilait entre les gouttes.

11

Carmen, la fille d'Urribal, aperçut son père par la vitre. Un sourire lui vint aux lèvres tandis que celui-ci s'extrayait de la voiture et marchait jusqu'au restaurant. « Avec amour ou avec haine mais toujours avec violence », songea-t-elle en contemplant l'homme-rapace, avec son nez grand et busqué, ses lourdes mâchoires et ses joues un peu tombantes. Le visage immobile exprimait toute sa dureté. Dans quelques instants, il s'animerait, les lèvres s'arrondiraient autour des mots à prononcer et le masque prendrait vie. Mais là, il n'y avait que la dureté, les yeux noirs enfoncés sous les arcades sourcilières, les traits accusés. Oui, du Cesare Pavese dans le texte. « Toujours avec violence. »

À présent qu'elle vivait à Mexico, loin de son père, ou du moins loin de son pouvoir immédiat, hors de son domaine et le plus loin possible de Ciudad Juárez, Carmen avait retrouvé une certaine tendresse pour le sénateur Urribal. Elle se faisait peu d'illusions sur lui mais, outre qu'il était son père et qu'elle était habituée à lui, elle éprouvait une certaine admiration pour le trajet de cet homme, à partir de sa campagne natale, et pour l'intensité qui émanait de lui. Elle le savait dur et sans scrupules, et elle n'ignorait pas ce qu'on racontait à son sujet. Mais, d'une certaine façon, elle l'aimait. À distance. Ils déjeunaient ensemble deux fois par mois, lorsqu'il venait à Mexico.

Elle se leva pour accueillir son père, notant le grand sourire, l'animation du regard. Il semblait heureux de la voir. La dureté du visage avait pris vie, au profit d'une sorte de séduction inconsciente, qui était à la fois la séduction d'une vitalité naturelle et le besoin effréné de plaire, de convaincre, d'emporter l'adhésion. Elle reconnaissait cela. Elle l'avait rencontré tant de fois chez les politiques. Ce n'était pas un mensonge mais une disposition de leur être. Ils étaient nés comme cela. Ils voulaient plaire. Même entre père et fille.

Il fit une plaisanterie. Elle sourit. Elle se sentait assez bien. Elle était contente de le voir et le restaurant lui plaisait. Cela avait toujours été un de ses restaurants préférés. Et un des plus chers de la ville. Mais elle se sentait accueillie. Elle aimait être accueillie. Et évidemment son père n'aurait pas supporté de ne pas l'être. Si le patron n'était pas venu le saluer, il ne serait jamais revenu. C'était déjà arrivé, autrefois, lorsqu'elle était enfant. Mais cela n'arrivait plus depuis longtemps.

Il lui demanda des nouvelles de son travail. Il lui dit qu'il l'avait encore regardée la veille, en rentrant du bureau, tard. Qu'elle était vraiment très bonne. Une excellente journaliste. Il dit qu'il s'était senti très fier.

Sa fille présentait le journal. S'il avait réussi quelque chose dans sa vie, c'était au moins ça. Il rit.

Elle rit aussi, plus doucement. Tous deux savaient qu'elle n'aurait jamais présenté le journal sans l'influence de son père. Le patron de cette chaîne du câble était un de ses amis. Carmen était une bonne journaliste et elle était jolie, ce qui était devenu une exigence pour présenter le journal, mais il y avait d'autres jolies journalistes. Carmen avait eu à cœur de saisir l'occasion. Et tous les soirs, en duo avec Ramón Reyes, elle essayait de bien faire son travail, ce qui remplissait son père de fierté.

Il était fier d'elle et ne l'était pas de ses deux fils, Adolfo et Acosta. En d'autres termes, il était fier de celle qui ne l'avait pas supporté et qui n'avait eu de cesse de quitter le domaine, tandis qu'il – quel était le mot ? – méprisait, dédaignait… non, peut-être un mot différent, un mot moins dur, juste le désenchantement d'un homme trop dominateur pour respecter des fils qui lui ressemblaient sans avoir sa force. Alors même qu'ils lui avaient obéi, qu'ils avaient tâché de suivre son modèle, prenant d'ailleurs la direction du domaine, avec toutes les terres, demeurant sous l'obédience du sénateur Urribal, en son point de force, en son lieu.

Son point de force à elle, Carmen Urribal, la cadette et la mieux aimée, c'était le désordre de la mégalopole, avec sa population innombrable, ses réseaux multiples, là où toutes les influences s'effilochaient. Bien entendu, toute ville, si immense soit-elle, trouve toujours ses maîtres mais cela n'avait rien à voir avec l'État de Chihuahua où se trouvait le territoire de son père. Là-bas, porter le nom d'Urribal était étouffant.

Ici, c'était presque sans importance. Le sénateur était une influence diffuse, diluée, perdue au milieu de mille autres.

Le sénateur parlait. Il lui racontait sa semaine. Carmen n'y prêtait pas grande attention. Elle savait qu'il mentait comme un arracheur de dents, n'offrant qu'une image contrôlée. Il évoqua la mort d'un taureau reproducteur, qui avait fait tant de beaux enfants au domaine. Il avait fallu l'abattre, il était trop faible, ses genoux s'affaissaient sous lui. Il l'avait tué lui-même, d'une balle dans la tête. Il en avait été malade. Son père avait été malade du taureau malade, se dit Carmen. D'ailleurs, elle se souvenait vaguement de cette bête, un énorme taureau noir aux immenses cornes qui avait gagné plusieurs concours. Elle avait toujours trouvé absurde l'attachement de son père pour cette bête baveuse et agressive. Il lui parla aussi des débats à la commission antidrogue. Il dit que ça ne servait vraiment à rien, que de toute façon, avec une situation aussi grave, les bavardages étaient totalement inutiles.

Carmen se sentait mal à l'aise. C'était un sujet qu'elle traitait chaque soir, de façon superficielle, estimait-elle. Le décompte macabre des morts. Certains journalistes en faisaient des plaisanteries, établissaient une compétition entre les villes de la mort. Ciudad Juárez, Chihuahua, Tijuana, Nuevo Laredo. Ce soir, cinq morts ici, sept là. Ah, Juárez a gagné. Carmen ne faisait pas cela mais elle n'était pas satisfaite. Elle parlait. Sans aller jusqu'au fond des choses. Aux causes, aux structures, à la description du système. Mais c'était difficile, parce que opaque, par définition, et dangereux. Les journalistes mouraient par dizaines. Les narcos n'aimaient pas qu'on raconte leurs affaires et détestaient qu'on les cite, au point qu'un journal, après un nouveau meurtre, avait même demandé ce qu'ils avaient le droit de dire : « Donnez-nous les sujets. Dites-nous ce qu'on doit faire puisque vous nous tuez. »

La voix de son père s'était faite plus solennelle. Il prenait la pose. Sénateur Urribal. C'était toujours le moment où il mentait le plus. Elle préféra l'interrompre.

— Tu ne m'as pas dit que tu avais rendez-vous avec Gutiérrez cet après-midi ?

Le sénateur jeta un coup d'œil à sa montre.

— Dans un peu plus d'une heure.

— Pourquoi ce rendez-vous ?

— Parler de choses et d'autres. Nous voir.

Il restait évasif. Gutiérrez et lui-même étaient amis autrefois au PRI. Puis Gutiérrez était passé au PAN, évidemment pour de nobles raisons – il ne cessait d'ailleurs de cracher sur son ancien parti –, et le transfuge avait été récompensé d'un poste de ministre. Ministre de l'Intérieur de surcroît, ce qui lui donnait la haute main sur les renseignements et la police, avec toutes les capacités de pression que cela conférait.

— J'espère que vous allez faire du bon travail, à la commission antidrogue.

Pourquoi avait-elle dit cela ? Le sujet était clos, non ? Ils étaient passés à autre chose. Son père hocha la tête, avec une lueur indéfinissable dans le regard. N'était-ce pas de la moquerie ?

— Les cartels nous menacent tous, poursuivit-elle. Même en dehors de leurs crimes permanents. On dit qu'ils ont acheté entre trente et quatre-vingts pour cent du personnel des municipalités.

Dialogue à une voix, et même sa voix était faible.

— Certains résistent tout de même, répliqua pour la forme le sénateur. Nous ne sommes pas tous corrompus. Je te rappelle que je suis également maire et que rien de tel ne se passe dans ma commune.

Elle ne répondit pas.

« Tu sais ce qu'on dit », pensa-t-elle, comme si elle allait commencer un discours. Discours que même la fille prétendument rebelle n'osait tenir à son père. À quoi bon, d'ailleurs ? Pourquoi parler avec lui de ce qu'il tairait évidemment ?

Oui, il savait ce qu'on disait et il était inutile d'en discuter. Que pouvait-il faire à part jouer au sénateur Urribal ?

— Tu as vu mon nouveau costume ? reprit-il, indiquant sa veste du doigt.

Allait-il lui montrer la marque ?

— Ton tailleur de Washington ? fit Carmen, nonchalante.

— Oui, je l'ai acheté quand je suis allé à la dernière réunion de la commission des affaires étrangères.

— Ah oui ? Sur quoi travaillez-vous en ce moment ? L'immigration, comme toujours ?

— Oui, bien sûr. Mais tu sais ce que disait Fox : « Je me risque à signaler que dans dix ans, les États-Unis supplieront et prieront le Mexique de lui envoyer des travailleurs… »

— « … et le Mexique ne le fera pas car ses gens seront occupés », compléta Carmen en souriant.

Urribal éclata de rire. « Il connaît son rôle par cœur », songea Carmen. Cette citation grotesque, qu'il ne cessait de répéter, comme un acteur de théâtre, conforté dans sa plaisanterie par les centaines de milliers de Mexicains qui émigraient chaque année vers les États-Unis, confirmait ce que Carmen pensait de son père : ses différentes vies et ses masques divers ne pouvaient se juxtaposer que grâce à la part intense de comédie qui le faisait gesticuler. La pantomime de son être. Mais une question subsistait : qui était-il, à ses propres yeux ? Quel masque choisissait-il pour se contempler de l'intérieur ?

Et puis pourquoi taper en permanence sur Fox, qui avait fini son mandat ? Toutes ces plaisanteries vieillissaient. Le président, c'était maintenant Calderón dont son père, pourtant, se moquait très peu. Voulait-il devenir ministre lui aussi ?

— Les Américains ne changent jamais, poursuivait le sénateur. Ils veulent que nous limitions l'émigration. Et nous ne changeons jamais. Nous demandons à la fois une aide financière et un assouplissement de leur politique d'immigration.

— Intéressant, comme programme. Vous répétez la même chose à chaque séance ?

— Oui. Les mots varient un peu mais en gros nous parlons de la même chose, sans jamais trouver de solution. En attendant, les Américains renforcent les patrouilles sur la frontière mais, comme il y a trois mille deux cents kilomètres, les migrants passeront toujours.

— Sauf ceux qui meurent, signala Carmen.

— Sauf ceux qui meurent, accepta le sénateur avec un sourire.

— Ce n'est pas un peu ennuyeux de tout le temps se répéter ?

— Non. Inutile et comique, peut-être, mais pas ennuyeux.

Urribal fit un geste pour demander l'addition. Le rendez-vous était terminé. Il avait vu sa fille, fait son devoir, sans doute avec plaisir d'ailleurs, du moins elle l'espérait, mais ils ne s'étaient rien dit : il avait tenu son rôle et elle avait tenu le sien. L'intelligente journaliste, jolie tête bien pleine, toujours à l'affût des affaires du monde – le plus beau métier qui soit, disait-elle, car elle était « payée pour être curieuse » –, la fille rebelle un peu distante, un peu critique. Un peu. Très peu. Surtout pas trop. Il allait payer maintenant et puis il s'en irait pour d'autres rendez-vous, en lui souriant.

Elle avança la main, voulut parler. Il eut un air surpris, lui tapota le bras et se retourna pour prendre l'addition.

Carmen fit une moue désenchantée. Elle devrait monter un sujet sur lui. Voire une émission d'enquête. Cinquante-deux minutes sur la vie et les activités du sénateur Fernando Urribal, afin de prolonger le rendez-vous et de passer sous les masques. Si c'était possible. S'il était possible de montrer un homme, en lui ôtant ses discours et ses fables. En enquêtant comme un policier sur le passé et le présent. Pour secouer la pantomime et pour voir à quel point son père pouvait être dangereux. Jusqu'où irait-il pour l'arrêter ? De simples pressions amicales sur la chaîne ? Des rumeurs lancées sur son compte ? Un scandale ? Ce serait intéressant de savoir cela. De quoi était-il *vraiment* capable ? De tout, avait-elle toujours pensé. Mais n'était-ce pas le moment de le vérifier ?

Et en même temps, elle savait bien que de ce petit jeu fantasmatique elle ne réaliserait rien. D'abord parce qu'il était sans doute impossible à un journaliste de mener une enquête sur le sénateur Urribal. Il avait beaucoup trop de pouvoir pour cela. Seule une commission d'enquête le pouvait, dont la seule existence, si elle se montait, prouverait le déclin de son influence. Et puis parce qu'elle se sentait incapable d'attaquer son père. Elle n'était pas de taille. Fille rebelle, oui, elle le pouvait, à sa petite mesure, en égratignant la statue. Mais l'attaquer de front était au-dessus de ses forces. Trop faible, trop chancelante en face de l'autorité de son père. Comme soudain dépourvue de toute énergie, vidée de toute agressivité, de toute vitalité aussi. Il y avait une magie là-dedans. Approcher son père lui était impossible. Bref, pensa-t-elle, elle se dégonflait. Mais non, rectifia-t-elle, elle ne se dégonflait pas puisqu'elle n'y avait même jamais songé sérieusement. Juste un petit fantasme.

Le sénateur l'embrassa, lui sourit et s'en alla. À travers la vitre, Carmen vit que le chauffeur lui tenait déjà la porte ouverte. Elle se recula sur sa chaise. Elle se sentait fatiguée.

Dans la voiture, Urribal songeait à son rendez-vous avec Gutiérrez. Il ne comprenait pas pourquoi celui-ci l'avait appelé. Bien sûr, il allait lui parler de Ciudad Juárez, de la criminalité, etc., mais en quoi cela l'intéressait-il ? Le ministre connaissait parfaitement la situation, au moins aussi bien que lui, et ce n'était pas un entretien de plus qui allait pouvoir l'aider. La période était compliquée pour tout le monde, même pour les cartels, qui jouaient leur va-tout. Gutiérrez savait bien tout cela. Après tout, ils avaient été ensemble au PRI. Il savait bien comment tout cela marchait… Tout le monde savait bien. Alors, qu'on arrête de jouer les saints. Et Carmen elle-même qui s'y mettait. « On dit qu'ils ont acheté entre trente et quatre-vingts pour cent du personnel des municipalités. » Crache-le donc, pendant que tu y es. Vas-y. Dis clairement à ton vieux papa ce que tu penses de lui. Mais elle n'osait pas, évidemment. Trop contente de sa belle vie à Mexico, de son bel appartement, de l'argent qu'il lui donnait, de l'emploi qu'il lui avait trouvé. Ce n'était pas un peu facile, tout ça ? De cracher dans la soupe, de jouer à l'intellectuelle et à la journaliste engagée lorsqu'on est une poupée de luxe qui sort avec un banquier américain ? Parce qu'elle ne le savait pas, mais il était parfaitement au courant de l'existence de cet abruti. Encore un fils à papa de Harvard qui jouait au démocrate et à l'humaniste tout en spéculant sur le pétrole mexicain. Un grand con d'Américain à gueule blanche et blonde, donc fade, avec de larges épaules. Tout ce qu'il détestait. Pas étonnant que sa fille l'ait choisi. Elle avait toujours aimé mordiller, comme les petits chiots mordillent la main de leur maître. Mais, en définitive, ce n'était qu'un jeu. Cela rendait la relation plus piquante. Et puis, après tout, se reprit Urribal, il ne pouvait pas se plaindre. En somme, elle se débrouillait bien et elle ne faisait pas honte à son nom, loin de là. C'était même plutôt flatteur, cette jolie fille sur les écrans de télé. « Cela dit, les gens manquent d'honnêteté intellectuelle », conclut Urribal, satisfait de lui.

Dès son arrivée au ministère, on le conduisit au bureau du ministre. Il passa devant l'antichambre, où patientaient trois personnes – il reconnut un directeur de journal mais qui pouvaient bien être les deux autres ? –, et la secrétaire le fit entrer aussitôt. Gutiérrez paraphait quelques documents, un membre du cabinet, dressé comme dans une cérémonie militaire, faisant tourner les pages signalées à l'auguste signature du ministre.

— Deux minutes, mon ami, dit Gutiérrez. Je finis ça et je suis tout à toi.

Puis il referma un lourd classeur, fit un geste, et l'homme dressé s'évanouit avec les dossiers. Le ministre, se levant, serra la main d'Urribal, lui fit l'accolade, suivie de trois tapes dans le dos, avant de lui serrer de nouveau la main. Soit l'*abrazo* traditionnel, dans lequel le sénateur lut une manifestation outrancière d'amitié qui suscita sa méfiance. Bien entendu, les deux hommes se connaissaient bien et se faisaient toujours l'accolade, mais à ce point… Décidément, il n'aimait pas ce rendez-vous.

Ils échangèrent des nouvelles de leurs familles respectives. Quelques plaisanteries sur la sortie véhémente du député Camarro, la veille, devant les caméras. Un petit député qui avait besoin qu'on parle de lui. Il s'était un peu trop excité. On allait le recevoir, lui donner quelques brimborions pour s'amuser.

— Refile-lui la commission antidrogue, lança Urribal.

Ils rirent. Mais ils savaient tous les deux qu'Urribal voulait en venir aux choses sérieuses.

— Que penses-tu de Juan Cano ? demanda le ministre.

Urribal se tendit. C'était donc cela ? La commission antidrogue ?

— Un homme compétent, je pense. Vous avez bien fait de le nommer président de la commission.

« Un sale petit fouinard habile, onctueux et fluide comme un courant d'air. »

Gutiérrez s'assit sur son bureau.

— Je n'y suis pour rien. Le président ne m'a pas demandé mon avis. Il a l'air d'avoir pleine confiance en cet homme. Toi, qu'en penses-tu ?

Urribal décida de parler franchement.

— Je ne l'aime pas. Un peu trop malin à mon goût sous ses grands airs. À mon avis, c'est un arriviste…

— Qui ne l'est pas ? l'interrompit le ministre en souriant.

— Disons que je préfère les jeux à découvert. Quoi qu'il en soit, sur le sujet qui te concerne, j'ai bien l'impression qu'il n'est pas dans les mains des cartels.

— Je te le confirme. Il n'a aucun lien avec les cartels et l'argent ne l'intéresse pas. Et il n'y a même aucun scandale qu'on pourrait lui reprocher.

— Un vrai chevalier blanc, commenta ironiquement Urribal.

— Je ne suis pas sûr qu'il t'aime beaucoup, dit le ministre.

— Je ne le pense pas. Mais peu m'importe.

La phrase ne fut pas relevée. Le silence qui suivit dura quelques secondes, juste assez pour le remplir de signification. Urribal avait compris. Gutiérrez s'était remis à parler. Il parlait de l'action du gouvernement relative à l'immigration, des relations avec les États-Unis, et du rôle plein que le sénateur devait jouer. Tout cela n'était que bavardage. Les choses avaient été dites et, pendant qu'Urribal répondait machinalement, sa pensée fuyait, cherchait, agrippait, se dérobait de tous côtés pour trouver le sens de l'avertissement. Où était la menace ? Il était reconnaissant au ministre de l'avoir prévenu et il en était même surpris : la bienveillance n'était pas sa plus grande qualité. Mais il est vrai que leur ascension commune au sein du PRI avait forgé des liens et ils savaient beaucoup de choses l'un de l'autre.

— Quand doit avoir lieu la prochaine réunion à Washington ?

Évidemment, Gutiérrez n'en avait rien à foutre de cette prochaine réunion. Mais qu'avait-il voulu lui dire exactement ? Que Calderón soutenait Cano et que Cano voulait sa peau. Ça suffisait, non ? Mais en quoi Cano pouvait-il être vraiment dangereux ? Que savait-il ? D'accord, des rumeurs circulaient sur son compte, de mauvaises rumeurs. De là à concentrer l'action de la commission sur lui… Parce que c'était ça peut-être, cette commission, un rideau de fumée destiné à dissimuler la véritable cible. Il était en première ligne. Le policier avait beaucoup insisté sur Ciudad Juárez. Et en même temps c'était bien normal. Comment ne pas parler de sa ville dans une commission antidrogue ? Il n'avait tout de même pas inventé le cartel de Juárez. Ils n'allaient pas lui mettre ça sur le dos, au moins. Mais quant à la dernière diatribe de Cano… sa sortie sur les criminels légitimes ou un truc du genre… c'était tout de même dangereux. Et encore… quel était le problème ? Même s'ils proclamaient haut et fort ce qu'ils pensaient, les rats, parce que ce n'étaient rien d'autre que des rats, s'ils proclamaient devant lui, à gorge déployée : « Tu es un pourri », qu'est-ce que ça pouvait bien changer ? Outre qu'il pouvait tout aussi bien leur retourner la pareille, parce qu'il n'était pas sans informations lui aussi – après tout, pas mal d'entre eux se tenaient par la barbichette –, tout ça rentrerait dans la rumeur, la grosse nuée sale de la rumeur.

Mais pourquoi le prévenir ? Si le ministre l'avait fait venir, c'est bien qu'il y avait une menace. Sinon il n'aurait rien dit. Ou alors, y aurait-il un lien avec… avec l'autre ? Celui qui les avait rassemblés, si l'on peut dire, autrefois, au PRI. Le juge. Si longtemps après les faits ? Cela semblait incroyable. L'affaire était classée.

Le sénateur regardait Gutiérrez. Il tâcha de lire la vérité dans ses yeux rougis par la fatigue et l'alcool. Son péché mignon, ça, l'alcool. Il y avait toujours quelque chose derrière cet homme. Il avait beau faire son ministre, le caleçon n'était pas propre. On sentait toujours du pas net. Les traits brouillés, l'alcool, le passé pas clair. À la télévision, il passait bien. Bonne allure, débit assuré. Mais de près, ce malaise des êtres troubles. Même si, évidemment, on ne lisait rien en lui. Trop malin pour ça. Et puis trop trouble, justement. Trop de passé, trop d'histoires. Écheveau compliqué.

Bon. L'accolade.

— Merci, Tomás.

C'était sorti tout seul. Parce que oui, il fallait le remercier. Il l'avait prévenu. C'était à Urribal de s'en tirer, mais maintenant il serait sur ses gardes.

La réunion de la commission avait lieu à 18 heures. La dernière de la semaine. Ce serait le moment d'observer la situation. Il n'avait pas été assez attentif jusque-là. Il avait écouté des faits et des idées. Il n'avait pas surveillé les mouvements souterrains.

En attendant, le pas ferme et le dos droit, le sénateur Fernando Urribal sortit du ministère. Il n'était pas encore mort.

12

Lentement, la voiture avançait, vitres ouvertes. Une BMW flambant neuve, lavée, lustrée. Un bras sortait de la fenêtre avant gauche, noir et tatoué, épais. Un bras maigre, adolescent, sortait de la fenêtre avant droite. À l'arrière, juste une main, une main baguée, trois cercles d'or et d'argent, une main posée délicatement sur le rebord. Une main d'homme.

Il y avait la musique, forte, rythmée. Il y avait cette lenteur progressant dans l'après-midi de la ville. À l'avant, le conducteur hochait la tête en cadence. Lunettes de soleil, tête massive, noire, les cheveux ras, le cou épais. Tous ses gestes étaient lents et même lorsqu'il tournait le volant, tout était lent, cérémonieux. Et musical, par martèlements. À côté de lui, dissimulé par sa masse, l'amateur d'informatique visuelle et érectile, Mounir, ivre de fierté : il roulait avec les Grands. Et derrière se tenait Karim, en capitaine d'industrie conduit par son chauffeur.

Les vitres étaient baissées à cause de la température douceâtre, un peu écœurante pour un jour d'hiver, avec un soleil luisant. On était dans un hiver-été, dans le lent mouvement de la voiture, dans l'avertissement lourd d'une musique, oui tout un ensemble un peu écœurant, un peu lent et lourd, avec ces trois jeunes qui traversaient la ville. La voiture roulait entre les tours et les immeubles, près de la dalle. Parfois des piliers sous le béton laissaient entrevoir, plus éloignés, d'autres immeubles, et encore d'autres, avec sans doute d'autres voitures qui tournaient, moins bien lustrées peut-être, et beaucoup plus vieilles.

— Putain, c'est la pollution.

— Quoi ?

— C'est la pollution qui fait cette chaleur. On s'croirait en été.

— Ouais, c'est la fin du monde.

— C'est Satan.

— Qu'est-ce qu'il vient faire là, Satan ?

— Satan, c'est le roi du monde. Tout le monde le sait.

— *Bullshit*.

— Bouffe mes couilles. Tout le monde le sait. Sinon y aurait pas tant de haine et de vérole dans le monde.

— La vérole, elle est dans ton cul.

La voiture ralentit, ralentit, s'arrêta. Deux jeunes arrivaient en sens inverse. Survêtements. Ils se cognèrent les poings pour se saluer.

— Ça va, mon frère ?

— Tranquille.

— Cool.

— Ta caisse elle est trop belle. Mon cousin, il l'avait jamais vue.

Les occupants de la voiture regardèrent le cousin avec soupçon, méfiants devant l'inconnu.

— Ma caisse, c'est ma femme, dit Karim.

La voiture repartit, à la même allure. Musique un peu plus forte.

— C'est qui ce cousin ?

— Je le connais pas. Il est pas de la cité.

— Il a une sale gueule.

— Ouais.

— Mohammed, il me doit du fric.

— Depuis quand ?

— Depuis trois, quatre mois.

Il y eut un silence plein de signification. Karim dans ses œuvres, si différent du fils élégant et poli qu'on aurait dit un autre homme.

Ils se garèrent sur le parking du supermarché. Ils croisèrent deux jeunes. Tous se cognèrent les poings rapidement, sans s'arrêter, sans parler. Mounir alluma une cigarette, inspira, tâcha de faire comme un Grand. Tous trois entrèrent dans le supermarché, passèrent à travers les rayons, d'un pas décidé, comme s'ils savaient exactement où aller. Et en effet, ils se dirigèrent d'abord vers les vêtements, que Karim examina d'un air détaché, avec un petit regard tout de même pour les baskets de marque.

— Pas assez de recherche, pas assez d'allure. Du produit de grande consommation. Pas la vraie classe.

Mounir le regarda en souriant puis psalmodia :

— Karim le grand, le chercheur, le trouveur, le prince de la fringue.

Karim passa la main dans les rayonnages, épuisa une pile, une autre, encore une autre, avec une rapidité qui dénotait une grande habitude. Puis il tira un tee-shirt, col ras, vert et jaune. Il eut un air approbateur.

— Un p'tit truc. Juste un p'tit truc de con.

Ils se dirigèrent vers les télévisions. Des écrans colorés. Ils restèrent plantés un quart d'heure devant les images. Parfois, ils riaient.

— Allez, on se casse, on est pas des plantes, fit Karim.

Ils allèrent voir les DVD, tournèrent dans les rayons, puis arrivèrent aux portables, avec un regard aigu, très attentif, de Victor, le chauffeur, sur les nouveautés. Passage rapide devant l'étalage des laitages, prise rapide d'une boisson pêche, pas d'attente aux caisses, toujours choisir la meilleure et puis payer rubis sur l'ongle, jusqu'au plus petit centime d'euro. Noblesse oblige.

Sur le parking, ils burent la boisson aux pêches. Une fille passa, escortée de trois regards.

— Bonne.

— Beau cul.

Ils jetèrent l'emballage de carton par terre. Bruit mat. Retour à la BMW, main de Karim très douce sur sa promise. Il se mit au volant, le chauffeur s'assit derrière.

— On va aller prendre de l'essence.

— Il en reste encore plein.

— C'est pas grave, ça lui fera du bien, elle en a besoin.

— Une bonne giclée.

Retour à la cité.

— Tu sais quoi ? dit Mounir.

— Quoi ? fit Karim.

— J'aimerais bien taffer avec toi.

Karim fit la moue.

— T'es trop jeune.

— Iech ! Y en a qui bossent à dix ans !

— Pas dans la famille, dit Karim, qui conduisait aussi doucement que son camarade à l'aller.

— Je peux t'aider. Je veux commencer à m'débrouiller, je voudrais gagner du fric, j'en ai marre de coûter aux remps et de pas pouvoir m'acheter ce que je veux.

— Je sais. Maman m'en a parlé. Elle a dit que l'école passait d'abord. J'suis d'accord.

— Pour ce que t'y as foutu les pieds ! dit Mounir.

Il se rencogna, craignant un coup pour cette insolence.

— Maman a décidé.

— Mais c'est toi qui décides ! C'est toi qu'es le boss ! T'es le patron dans la famille ! C'est toi qui donnes l'argent.

Karim se retourna pour lui envoyer une gifle, qui lui effleura la tête.

— Respecte ta mère et ferme ta gueule. Elle a dit que tu continuerais l'école, alors tu continues.

Mounir eut une dernière résistance.

— Putain, c'est une voie de garage, c'est le chômage assuré.

— T'as qu'à être bon. Regarde ton frère.

— Lui, c'est un taré, il est complètement ouf, on sait pas d'où il sort tellement il bosse. Ça me rend dingue de le voir asmeuk, avec ses bouquins et ses cours. Moi je suis pas comme lui, je peux pas faire autrement.

— Naadir, il fera plein d'études. Ce sera le meilleur de la cité, de toute la ville même. Il sera avocat ou un truc comme ça. C'est lui qui viendra nous chercher en zonzon, dit Karim en riant.

Puis il se tut.

— Pour toi, on verra, reprit-il, pensif. Je me développe en ce moment. Y aura peut-être du taf pour toi. En attendant, tu bosses à l'école et tu fais pas de conneries.

Un grand sourire s'élargit sur les lèvres de Mounir. Il avait eu sa promesse. Une amorce, du moins. Mais ça lui suffisait amplement. Lorsque Karim le laissa devant l'immeuble, il sortit de la belle voiture le visage illuminé et la démarche virile. Et lorsque son petit frère lui demanda ce qu'il avait fait, il répondit presque gentiment pour une fois, avec des étoiles dans le regard.

— C'était génial ! J'étais dans la voiture de Karim, on est allés chez Carrouf.

Puis, sentant qu'il n'avait pas la bonne tonalité, il se tourna vers son ordinateur et ajouta d'un ton rogue.

— On a discuté. On avait des choses à s'dire.

Naadir hésitait. Il ne s'adressait jamais à son frère, qui lui répondait toujours par des insultes et des coups. Ce n'était pas qu'ils se détestaient, pas forcément, c'était juste comme ça, c'étaient leurs rapports. Mais il brûlait tellement de savoir si son frère était rétabli qu'il se lança, avec les mots les plus neutres possibles.

— Et Karim, il allait bien ?

Un grognement lui répondit.

La BMW était repartie. Quelques rues plus loin, elle plongeait dans un garage. Là, Victor sortit et fit quelques pas avant d'ouvrir la porte d'une grosse Audi. Puis la BMW rejoignit l'autoroute où elle accéléra pour atteindre la vitesse maximale autorisée. À cet instant, l'Audi émergea du garage et emprunta la même route, avec une vingtaine de kilomètres d'écart. Les téléphones portables étaient allumés. Mais Karim n'avait presque rien à signaler. Aucun barrage de police en tout cas. La voiture suiveuse pouvait tracer son chemin. A10, E50, N230, A63, puis passage en Espagne, Autopista del Cantábrico, Autopista del Norte, E80, A1, Autopista M-50/M-50, Radial 2 en passant près de Zaragoza (Karim se souvenait de ce nom, celui de son professeur d'espagnol au collège), Radial 4R-4, Autovia de Sierra Nevada, bref passage sur l'Autovia de Málaga, AP-46, A-7, puis sortie 186 jusqu'à Torremolinos. Là, ils s'arrêtèrent sur un parking pour dormir deux heures. Puis ils se vidèrent une bouteille d'eau sur la tête avant de retrouver deux hommes avec qui ils échangèrent une poignée de main, quelques paroles, chargeant ensuite, très vite, la marchandise. Alors ils reprirent le même chemin pour le retour, avec une prudence accrue. Pas d'excès de vitesse, attention aux radars fixes et mobiles, aux péages, aux frontières. L'écart entre les deux voitures devait rester immuable, ils s'appelaient toutes les demi-heures pour le vérifier, en s'appuyant sur les bornes kilométriques. Résister au sommeil, à l'appesantissement des paupières en avalant des litres de café en thermos. Faire halte dans trois stations-service pour prendre de l'essence et s'ébrouer. Songer à la marchandise dans le coffre lorsqu'on en avait assez. Ils roulèrent toute la journée et une partie de la nuit avant d'arriver à destination : ils étaient de retour dans la cité.

Ils se garèrent au bas d'un immeuble, prirent dans le coffre un sac de sport et montèrent au deuxième étage. Ils poussèrent la porte d'un appartement très propre mais presque vide, meublé seulement d'un canapé et d'une table. Un fusil à pompe, dans un coin, faisait face à un aspirateur. Ils déchargèrent la plus grande partie du sac dans un placard où se trouvaient déjà de gros pains de résine. Karim passa un coup de téléphone. Puis ils sortirent de l'appartement, descendirent l'escalier de l'immeuble et reprirent la voiture. Ils s'arrêtèrent devant un autre immeuble, à l'apparence rigoureusement identique. Au quatrième étage, un grand type maigre, pieds nus et en marcel, les attendait sur le pas de sa porte. Ils se saluèrent puis l'homme s'effaça avec un air craintif pour les laisser passer. Karim et Victor, comme s'ils étaient chez eux, traversèrent le salon et entrèrent dans la chambre. Une femme en chemise de nuit était allongée sur le lit en train de regarder la télé. Sans un mot, ils allèrent directement vers le placard où ils laissèrent le sac avec le reste de la marchandise. Des briques de cannabis s'y trouvaient également, comme dans l'autre appartement, mais en maigre quantité. Puis ils ressortirent et Karim donna un autre coup de fil.

En passant dans le hall, il dit d'un ton martial :

— « Aucune rue, aucune cave, aucune cage d'escalier… »

Tandis que Victor poursuivait :

— « … ne doit être abandonnée aux voyous. »

Ils éclatèrent de rire comme pour une vieille blague.

Au matin, des gamins se mirent à tourner autour de l'immeuble. L'un d'eux s'entraînait avec son VTT.

Deux jeunes, capuche relevée, traversèrent le square devant l'immeuble puis entrèrent dans le hall. Ils s'installèrent dans l'escalier. Un gars, une barre de fer sur l'épaule, descendant l'escalier avec un sourire, bloqua l'entrée. L'homme maigre, sortant de son appartement, en baskets cette fois, salua les deux jeunes et leur donna un paquet. Puis il remonta chez lui. Et bientôt des hommes commencèrent à passer par le hall puis à en ressortir quelques minutes plus tard.

Karim, quant à lui, dormait du sommeil du juste. Ces trajets en voiture étaient épuisants. Les jeunes ont toujours besoin de beaucoup de repos.

Pendant ce temps, Naadir s'était tourné et retourné dans des rêves tourmentés, au milieu desquels rougissaient des blessures et des plaies, avant de subir la stridence du réveil. Puis il était allé à l'école. Malheureusement, ce jour-là, il n'y avait pas cours d'histoire, si bien qu'il ne put entendre parler des preux chevaliers.

13

Le train filait. Entre la terre et le ciel, hommes et femmes, allongés ou assis, patientaient. Haut, tout là-haut sur les toits des wagons, à la hauteur de la mer buissonnante de verdure, rompant l'alignement monotone qui moutonnait à l'infini, les passagers de ce bateau fuselé et rouillé avançaient. Ils ne faisaient pas un mouvement et pourtant ils avançaient, sur ces wagons d'un marron terreux et sale qui les embarquaient dans leur marche aveugle. Engin primitif, robuste, progressant avec un fracas régulier, assourdissant chacun des passagers, tous prisonniers volontaires de cet étrange convoi de migrants qui évoquait à la fois une prison roulante et, par contraste, les antiques visions de trains bondés et hilares de la révolution mexicaine, chargés d'hommes en armes, les torses sanglés de ceintures de munitions jaillissant des fenêtres. Mais eux ne partaient pas pour la guerre, plutôt pour une expédition périlleuse et solitaire, et ils ne manifestaient aucune joie, juste une détermination triste.

Norma regarda sa main : elle était couverte par des traînées noires de suie. Sa sœur, toujours recroquevillée en chien de fusil, fermait les yeux. Norma observa les traits à la fois jolis et lourds, dénués de toute délicatesse, la petite bouche rouge qui avançait en une moue permanente. Lorsque la pluie avait cessé, Sonia avait enlevé son ciré et elle s'en était fait un oreiller, sur lequel reposait à présent sa tête boudeuse, chiffonnée, comme pour un caprice d'enfant.

Les trois Guatémaltèques avaient aussi ôté la toile de plastique qui les recouvrait. Ils ne parlaient pas. Norma, elle, avait toujours été bavarde, elle aimait exprimer ses émotions, les détailler, parler du présent et du futur. Sa mère s'en était assez plainte. C'était la seule dans la famille d'ailleurs, au milieu des taiseux. Son père ne disait jamais un mot. Parfois, il rentrait de sa journée de travail, prenait un verre, le remplissait d'alcool et restait là des heures, sans rien faire, sans rien dire, s'animant un peu pour dîner – c'est-à-dire qu'il élevait la fourchette à sa bouche – avant de reprendre sa position, comme un homme de pierre, un rocher. Cela la rendait folle. Pendant très longtemps, elle avait trouvé ça normal. C'était une enfant après tout, les attitudes des parents lui étaient loi. Mais durant son adolescence, ce mutisme lui était devenu insupportable. Elle, elle voulait parler. Et elle voulait qu'on lui parle. Un jour, de toute façon, elle serait partie. Pour des lieux où les gens parlaient, pour des lieux où il y avait des lumières et de la vie. Là où il y avait la télé et la radio, comme elle l'avait vu au village d'Harmosa,

140

avec des images dansantes sur lesquelles elle était restée fixée. Que ce soit à Bogotá ou ailleurs, au Brésil ou aux États-Unis, elle serait partie, parce qu'elle avait besoin de parler.

Mais personne n'avait l'air de vouloir parler sur ce wagon. Les grappes de migrants ne communiquaient pas. Sonia manifestait clairement qu'elle voulait rester seule, alors qu'elle aurait justement dû parler, pensait Norma, pour expulser l'attaque du Mara, et les hommes à côté restaient là comme des pierres, comme son père. Plus loin, il y avait d'autres groupes. Elle pourrait peut-être aller à leur rencontre, pour s'informer. Mais la perspective de se traîner là-bas l'effrayait. Elle n'oserait jamais se lever et marcher sur un train en mouvement – si lent soit-il.

Alors Norma décida de ne pas bouger. Et donc de ne pas parler. Sous le soleil qui était monté dans le ciel, elle resta là, comme les autres, à attendre. Et comme le vent était tombé, elle eut vite chaud, trop chaud, après avoir eu froid, trop froid. Mais ce n'était qu'un maigre désagrément, après les Maras.

Combien de temps passa ? Elle ne le sut pas. Dormit-elle ? Peut-être. Mais brusquement, une angoisse la traversa et elle sentit que quelque chose n'allait pas. Elle se rendit compte que les êtres autour d'elle s'étaient pétrifiés et soudain elle craignit une nouvelle attaque, ou une intervention de la police, mais non, ce n'était pas ça, alors pourquoi étaient-ils tous figés comme cela ? Tandis que la conscience lui revenait clairement, elle comprit : quelqu'un était tombé du train.

C'était cela qui l'avait réveillée : l'affreux hurlement d'une femme, sur un autre wagon, qui s'était endormie et qui avait glissé. Les petits granulés de suie ou de poussière, le balancement du train, le glissement… et tout d'un coup le corps basculait, en plein sommeil, et il n'y avait plus, sans doute – mais que pouvait-on en savoir, de l'extérieur –, que la déchirante douleur des membres tranchés par les roues, disloqués.

La vérité se répandait. Oui, c'était cela, une femme, sur le wagon suivant, à vingt mètres. Elle s'était endormie et elle avait glissé. Personne n'avait rien pu faire. Il fallait veiller les uns sur les autres. Prendre des gardes.

On vit alors un homme descendre l'échelle. Il se tint sur le dernier barreau, hésitant. Puis tout d'un coup, profitant d'un terre-plein, il sauta. Il trébucha, roula à terre puis se releva, sain et sauf. Il se mit à courir pour rejoindre la femme tombée du train. Et bientôt, il disparut.

Norma se rapprocha des Guatémaltèques. Ils ne savaient rien. Ils supposaient que les deux se connaissaient. Qu'ils étaient ensemble, peut-être. Alors Norma marcha, pliée en deux, une main toujours sur le toit. Elle avait peur mais elle avait besoin de savoir qui étaient cette femme et cet homme. Elle descendit du wagon, grimpa sur le suivant, avant de rejoindre, toujours courbée, deux hommes dont la tête restait tournée vers les disparus. Elle ne savait pas comment les aborder. Les deux hommes lui sourirent, les yeux pleins d'angoisse.

— Elle est tombée.

— Elle s'est endormie, on n'a pas fait attention et elle n'était plus là.

— On a juste entendu son cri.

Elle leur demanda d'où ils venaient.

— Du Honduras.

Ils étaient partis à quatre. Ils étaient du même quartier de Tegucigalpa. Ils se connaissaient bien. Surtout Mario et Adelina. Ils étaient amis d'enfance. Ils avaient grandi ensemble. Alors, il ne l'avait pas abandonnée. Lorsqu'elle était tombée, il avait sauté. Si elle était vivante, il l'accompagnerait jusqu'à la prochaine ville. Il la sauverait. Même si son bras ou sa jambe avait été coupé par la Bête. Si elle était vivante, il la sauverait. Ils hochaient tous les deux la tête, sûrs de leur fait. C'était peut-être pour se rassurer mais ils en étaient certains. Peut-être parce qu'ils se sentaient coupables.

Ils dirent que cela arrivait souvent. Qu'il fallait faire attention. Souvent, des gens tombaient. Et parfois ils revenaient, avec leur moignon, pour retenter leur chance. Ils ne se décourageaient pas. De toute façon, on n'arrivait pas toujours à passer la première fois. La Migra renvoyait de l'autre côté de la frontière. Il fallait annoncer qu'on venait du Guatemala, surtout pas le vrai pays d'origine. Comme ça, on se retrouvait de l'autre côté de la frontière et on pouvait recommencer.

— Moi, je ne recommencerai pas, dit Norma. Je n'en aurai jamais le courage. Il faut que je passe. Je préfère mourir plutôt que de ne pas passer.

Ils la regardèrent avec compassion. Sans doute ne la croyaient-ils pas. Peut-être avaient-ils raison.

Elle ne préférait pas mourir, évidemment. Mais elle ne recommencerait pas, ça non. Tout cela était trop effrayant.

Les deux hommes disaient qu'ils en avaient eu assez de leur vie au Honduras. Le matin, à l'aube, ils entendaient des coups de feu et lorsqu'ils sortaient dans la rue, ils retrouvaient des douilles. On ne pouvait se rendre dans certains lieux que quelques heures par jour, en plein midi. Sinon on se faisait braquer. Et puis chaque semaine, le jour de la paye américaine, ils ne supportaient plus de voir les queues devant les banques et la grande fête qui s'ensuivait, jusque tard dans la nuit, dans le flamboiement des bouis-bouis et les cascades d'alcool. Tous ceux qui avaient des migrants dans leur famille en bénéficiaient mais eux n'avaient rien. Et les femmes, les mères insistaient : « Pourquoi n'y vas-tu pas ? Nous avons besoin d'argent, il faut faire comme les autres, regarde les voisins comme ils en profitent bien. Ils ont même arrêté le travail, ils attendent juste la fin de la semaine, en Amérique, pour qu'on leur envoie l'argent, sinon ils dorment et ils mangent. Ils ne font que ça. Et toi tu ne veux donc pas nourrir ta famille ? Tu ne nous aimes pas ? » Adelina avait dix-huit ans. Sa mère lui répétait toujours d'aller en Espagne pour se faire embaucher comme femme de ménage. Mais comment aller jusqu'en Espagne ? L'Europe, c'était tellement loin. Et puis elle ne voulait pas de l'Espagne, elle voulait rester. Elle n'était pas si mal à Tegucigalpa, avec sa famille, ses amis. Cela lui suffisait. Mais sa mère la harcelait tant, toujours à pinailler, à criailler, à lui dire qu'elle était une bouche en plus, une bouche en trop, que tout serait mieux si elle partait travailler en Espagne. Alors un jour où les trois hommes, et surtout Mario, oui, son copain d'enfance, ils n'étaient pas ensemble, ça on ne peut pas dire, mais ils s'aimaient tendrement – et l'un des Honduriens fit un geste de tendresse, en se tenant les épaules –, parlaient encore des États-Unis, elle avait déclaré, d'un ton ferme : « Je viens avec vous. » Et elle était venue. L'autre Hondurien se mit à pleurer.

Mais le train continuait. La machine anonyme poursuivait son chemin et les emportait, les marchandises serrées dans les wagons clos, sans jamais s'arrêter, sans jamais prendre garde au moindre destin perdu. Elle poursuivait son chemin avec deux passagers en moins. Et Norma songeait qu'il y avait tout de même un conducteur dans ce train, peut-être même deux, pour se relayer. Elle avait besoin d'imaginer une présence humaine, un homme avec deux bras et deux jambes, pour arrêter la course régulière et mécanique. C'en était peut-être plus inhumain encore car elle savait que le conducteur ne se préoccuperait jamais des parasites agrippés au flanc du train, comme une horde de singes, mais ce n'était pas grave : il lui fallait une présence humaine, même un bloc d'indifférence. Tout plutôt que la simple Bête – et même ce nom ne la satisfaisait plus, car ce n'était pas une bête, avec du sang et des nerfs, mais un assemblage mécanique, un ensemble d'acier, de boulons et de rivets, une chose.

Comme Norma discutait avec les deux hommes, d'autres migrants s'étaient rapprochés d'eux et les entouraient. Plusieurs tapotaient amicalement les épaules des Honduriens. On ne sait comment, tous les wagons maintenant connaissaient l'histoire des quatre Honduriens et des amis d'enfance. Les migrants hochaient tristement la tête. C'étaient eux-mêmes qui étaient tombés. Cette femme leur ressemblait tant. Et plusieurs s'étaient mis à discuter. Des groupes d'hommes qui ne se connaissaient pas s'étaient rassemblés, se demandaient leur origine, leur parcours. Ils venaient d'un peu partout en Amérique centrale, surtout du Honduras et du Salvador, ainsi que du sud du Mexique. Personne de Colombie. C'était trop loin. Les deux sœurs étaient les seules. Chacun s'était mis à raconter les dangers traversés. Tous disaient que l'attaque de la gare avait été la plus dangereuse et ils semblaient en être encore effrayés. La chute d'Adelina libérait les langues, comme si personne ne supportait qu'elle ait échappé aux Maras pour tomber ensuite si stupidement. Tout le monde revenait sur l'attaque, la peur et la brutalité des Maras. Ils prenaient le nom de fourmis, de *marabuntas*, et ils étaient nombreux comme des fourmis mais ils n'étaient pas comme elles, c'étaient des animaux plus sauvages, plus meurtriers, avec une volonté de faire mal qui n'existait pas chez les fourmis. C'étaient plutôt des fauves. Mais quelqu'un dit en ricanant que justement ce n'étaient pas des fauves mais des hommes, c'est ça qui expliquait leur cruauté. Et ils se mirent tous à rire.

Une femme, à part, ne disait rien. On chuchotait qu'elle avait été violée, près de la frontière, par le passeur qui la guidait. Il avait voulu plus d'argent, elle n'en avait pas, alors il l'avait violée. Norma l'observa : elle devait avoir une trentaine d'années, avec une longue chevelure noire et une peau marquée de traces d'un ancien acné. Un autre homme expliqua qu'il était tombé dans une embuscade des Maras, qui avaient sauté des branches où ils se tenaient, immobiles et silencieux, mais qu'il avait réussi à s'échapper parce qu'il était très rapide, depuis toujours. À l'école – et l'homme s'excitait en disant ça, comme affolé et enthousiasmé par sa propre rapidité –, il était déjà le plus rapide et il s'était entraîné par la suite, il aurait bien aimé devenir coureur de fond, en professionnel, mais ça n'avait pas été possible, tant les structures manquaient dans son pays, au Salvador. Ça lui avait quand même sauvé la vie ou au moins le cul, ricana-t-il. Déjà plus personne ne le croyait, c'était un mytho avec ses histoires de courses. Et il continuait à parler, à expliquer comment il s'en était tiré, en fuyant à la vitesse de l'éclair, sautant dans les herbes, le cœur comprimé, sentant de toute sa peau et de tous ses nerfs la présence des assaillants à ses trousses, avant que les bruits décroissent et qu'il se retrouve seul, toujours courant, courant, bien plus fort que les Maras, bien plus fort que les lentes fourmis. Et l'homme rit nerveusement. Tout le monde était un peu gêné. Alors l'homme se tut. Puis il alla s'asseoir et il fixa le ciel.

Quelqu'un affirma qu'il était parti de sa maison le jour où il avait été braqué par un Mara de douze ou treize ans.

— C'était un gamin et il tenait son revolver de côté, à plat, comme dans les films. Il m'a pris tout mon argent, c'est-à-dire presque rien, et il m'a dit : « On contrôle ce quartier et on reviendra. Je te promets qu'on reviendra te voir. »

Il n'avait même pas eu vraiment peur, il était simplement stupéfait devant ce gamin haut comme trois pommes, déjà défiguré par les tatouages – il portait le nom de sa bande sur le visage, en initiales : MS 13 –, qui le menaçait et qui voulait le tuer s'il ne lui donnait pas ses piécettes.

— Ils ont pris le pouvoir chez moi. Alors j'ai préféré partir.

— Tu les retrouveras en Amérique, dit quelqu'un. Les MS 13 viennent de Los Angeles.

Plusieurs opinèrent de la tête. Mais d'autres haussèrent les épaules.

— Ils ne feront jamais la loi aux États-Unis. C'est un grand pays, il y a la police, les marines, tout ça. C'est pas des gamins qui vont faire la loi.

— Il faut encore y arriver, aux États-Unis, dit un homme à la voix douce.

— Combien de temps faut-il jusqu'à la frontière ? demanda Norma.

Quelqu'un dit qu'il fallait une semaine. Plusieurs se récrièrent. C'était comme ça avant mais plus du tout maintenant. Il y avait trop de problèmes avec les trains. Il fallait marcher, souvent passer par les montagnes. Ça s'était vraiment allongé. Il fallait plutôt compter deux mois, deux mois et demi.

— Deux mois et demi ! répéta une voix.

Norma se retourna. C'était Sonia. Elle s'était enfin levée. Et ce qu'elle venait d'entendre n'était pas pour la rassurer.

— Ça peut aller plus vite. Mais en moyenne, c'est le temps qu'il faut.

Le visage de Sonia prit un air plaintif. Norma lui entoura les épaules de son bras. Les hommes fixèrent les deux sœurs.

— Vous êtes jeunes, dit quelqu'un.

— Toi aussi, répondit Norma.

Et il est vrai que le Salvadorien qui avait parlé, petit et mince, avait à peine plus de vingt ans. Il sourit.

— Pas tant que vous. Et puis je suis un homme.

— Nous passerons, dit Norma avec détermination, autant pour l'homme que pour sa sœur.

Le Salvadorien approuva, une flamme dans le regard, et dans le groupe plusieurs firent de même. Ce discours leur plaisait.

— Oui, nous passerons, répéta le petit homme. Nous passerons tous. Ou du moins on essayera. Les gars de la Migra ne nous rejetteront pas comme ça. On s'accrochera comme des morpions.

— Surtout toi. T'en as déjà la gueule.

Et certains éclatèrent de rire.

C'est alors que le train se mit à ralentir. L'allure baissait nettement. Tous se tournèrent vers l'avant avec inquiétude, guettant les alentours. Ils ne voyaient rien mais le train ralentissait de plus en plus.

— Le pont. Il y a un pont là-bas. Il va s'arrêter avant le pont.

Tout le monde regardait l'ouvrage jeté sur une rivière assez étroite. Au fur et à mesure que le train avançait, on s'apercevait que le pont était brisé en son centre et qu'une partie s'écrasait sur l'eau. Muets, les yeux fixes, tous contemplaient la catastrophe.

Le train s'arrêta. La machine était immobilisée devant l'obstacle. Sur les toits des wagons, tout le monde s'était mis debout mais personne non plus ne bougeait et un silence complet avait succédé à l'habituel fracas. Une sorte d'hébétement, comme après un coup violent, les assommait. Le train devait les emporter une centaine de kilomètres plus au nord. Que faire à présent qu'ils étaient arrêtés dans la jungle ? Puis un homme, à l'avant du train, se mit à descendre l'échelle, lentement, presque cérémonieusement, comme s'il rompait un équilibre précaire. Il sauta à terre, marchant vers le pont détruit, avant de rester là, à un mètre du vide, les mains sur les hanches. Et lui aussi demeura immobile. À cet instant, le train eut une secousse. Ce mouvement, que personne n'avait prévu, en fit trébucher plusieurs. Le train repartait en arrière. Personne n'eut le temps de réfléchir. Ce fut une fuite générale, l'un suivant l'autre, comme des moutons effrayés se jettent dans le vide. Dans un mouvement de panique, les échelles furent prises d'assaut, et tous se précipitèrent vers le sol, tant bien que mal, en s'accrochant et en sautant, en glissant et se reprenant.

Le train s'éloignait déjà. Lentement, en un ron-flement poussif d'animal dérangé dans sa routine, il repartait en sens inverse tandis que la troupe des migrants, désemparée, contemplait l'éloignement de la bête dangereuse qui devait les mener vers une autre vie. Et Norma, dont le regard fouillait la machine, cherchait toujours à en trouver l'âme, dans l'antre de la locomotive, derrière la vitre sale. Mais elle ne discernait rien. Rien d'autre que le museau épais de la Bête, aussi terreux que le corps. Il n'y avait rien.

Les migrants étaient seuls.

14

Tous s'asseyaient. Ils s'étaient salués, certains s'étaient donné l'accolade. Deux sénateurs du PRI avaient embrassé Urribal. Évidemment, il ne s'y fiait pas. Après tout, l'*abrazo* n'était-il pas destiné autrefois, pendant la révolution, à vérifier l'absence d'armes de son interlocuteur ? Mais c'était tout de même une manifestation de soutien. Urribal préférait ne pas être isolé, au moins dans les formes. On attaque plus facilement celui que même les apparences perdent. Et les poignées de main n'avaient pas été plus fuyantes que d'habitude. Il demeurait le sénateur Fernando Urribal.

La commission auditionnait le juge Corzal. Urribal le connaissait de réputation, comme tout le monde dans la salle. C'était un vieil homme à l'air pincé, avec une large moustache anachronique, qui faisait profession de moraliste. Combattant de l'intégrité, il avait eu un temps une certaine célébrité médiatique. Et puis le juge s'était fatigué de ses discours inutiles. Mais dans son activité quotidienne, il était redouté, au point que les trafiquants avaient mis sa tête à prix. Plusieurs gardes du corps l'escortaient en permanence.

Juan Cano le présenta. Ce qu'il attendait de lui, qui observait la criminalité depuis tant d'années, n'était pas, dit-il, une nouvelle description des cartels mais un défrichage – il employa bien ce mot, défrichage, comme s'il s'agissait d'un labour – de ce qu'on pouvait appeler l'*économie grise*. Parce que lui-même était persuadé que les cartels s'étaient nourris de cette ambiguïté.

Le juge Corzal hocha la tête. Urribal eut le sentiment que les deux hommes se connaissaient parfaitement. Cette conversation, sans doute l'avaient-ils eue mille fois. Le juge prit la parole. Il ne regardait pas les sénateurs, il parlait bas et d'un air fatigué. Il semblait se parler à lui-même, concentré sur ses propos. Mais tout le monde l'écoutait, y compris Urribal, invinciblement attiré par ce murmure.

Le juge expliqua que les images d'économies noire, blanche et grise n'étaient pas satisfaisantes. Qu'en soi aucune d'entre elles n'existait. Que les hommes fixaient les frontières et les normes. Qu'on pouvait très bien considérer que tout était valable en ce monde pour faire de l'argent. Et que tout ce qui se passait actuellement traduisait un glissement de civilisation.

Tous les sénateurs fixèrent l'homme rabougri, tassé contre le petit bureau, murmurant dans le micro.

Un glissement de civilisation. Parce que la mondialisation et son corollaire, la dérégulation financière, à laquelle s'étaient ajoutés des événements historiques majeurs, au premier rang desquels se situait l'écroulement de l'URSS, qui avait projeté dans le monde global des pays en déréliction, dont des pans entiers d'économie étaient passés au contrôle de criminels – « disons, chuchota le juge, des hommes que les normes peuvent désigner comme des criminels, si l'on considère encore que le vol et le meurtre sont des activités à réprimer » –, eh bien tous ces facteurs avaient créé une situation particulière, oui, particulière, pouvait-on dire, parce que d'immenses flux de marchandises, d'hommes et d'argent s'étaient mis à transiter à travers le monde, de façon à la fois matérielle et immatérielle, avec une rapidité et une densité telles qu'il était devenu impossible de les maîtriser. Et le juge soupira lorsqu'il prononça ces derniers mots.

Tous les flux s'étaient mêlés, en particulier dans les paradis fiscaux, qui survivaient avec la bénédiction des États les plus puissants, malgré leurs beaux discours, souvent capables de les créer sur leurs propres territoires, et l'on pouvait songer aux États-Unis ou à l'Angleterre, bien sûr, tandis que des micro-États comme le Liechtenstein ou le Luxembourg se logeaient dans l'ombre de leurs bienveillants voisins de l'Union européenne, de sorte que les banques, les États, les entreprises, les particuliers, les associations, et donc les criminels, qui n'étaient du point de vue financier que des organisations un peu spécifiques, se confondaient de façon inextricable. Et c'était là que la norme devenait mouvante, parce que si tout se mêlait, comment fixer la norme ? L'économie noire, criminelle, utilisait des banquiers, des juristes, achetait des produits financiers comme les autres, se mêlait aux grands travaux, s'infiltrait partout, tandis que l'économie blanche passait elle-même par les paradis fiscaux, toute banque digne de ce nom y ouvrant des filiales, et se mêlait à des flux multiples, aux origines indifférenciées, dans un flot immense d'argent qui avait tout emporté, soulevant les économies de certains pays sous-développés, couvrant les dettes immenses de l'Occident, suscitant une convoitise infinie partout, des désirs sans limites. Le flot faisait sauter toutes les normes, toutes les morales, on ne parvenait plus à distinguer le légal du criminel.

Une question interrompit ce murmure étouffant.

— Pourriez-vous être plus précis, monsieur le juge ? En quoi tout cela concerne-t-il le Mexique ?

Après le murmure, la voix parut grondante et croassante, la question naïve. Le juge ne regarda pas son interlocuteur, un sénateur assis tout au bout de la table.

— Cela concerne le Mexique comme tout autre pays. On peut estimer que les capitaux des cartels ont investi quatre-vingts pour cent de l'économie mexicaine. Vous savez, monsieur le sénateur, tout criminel d'envergure voudrait simplement être un entrepreneur. C'est beaucoup plus tranquille. Le fait est que les grands dirigeants de cartel abandonneraient tous la criminalité, trop dangereuse, trop concurrentielle, s'ils pouvaient se fondre entièrement dans l'économie grise, à partir d'une accumulation de capital réalisée par la drogue. Songez à Amado Carrillo, du cartel de Juárez.

Urribal se trompait-il ou la petite forme lui avait-elle lancé un coup d'œil ?

— En 1997, poursuivit le juge, El Señor de los Cielos a proposé au président Zedillo de cesser toute violence, de se transformer en entrepreneur de la drogue, pacifiant tous les cartels en collaboration avec la police. Il ne vendrait plus de drogue au Mexique. Il payerait des impôts. Il demandait seulement la paix et la moitié de son patrimoine. Bref, il voulait devenir un entrepreneur. Le président Zedillo a refusé et il a eu raison mais dans la pratique Carrillo l'était déjà en partie devenu.

— Je me souviens, approuva le sénateur, voulant sans doute rattraper la naïveté de sa question, qu'il avait acheté une banque, le Grupo Financiero Anáhuac, pour blanchir l'argent et le placer dans le paradis fiscal des îles Caïmans.

— Oui, et on peut même se demander dans quelle mesure sa célèbre proposition ne peut pas être comparée à une simple campagne de communication d'entreprise.

La célèbre proposition. Inutile de la préciser. Chacun dans la salle se souvenait de l'incroyable proposition de Carrillo, déclarant au milieu de la crise des années 1990 qu'il était prêt à rembourser la dette du Mexique. On disait qu'il était un des hommes les plus riches du monde. Le chiffre qui circulait était de vingt-cinq milliards de dollars. Un chiffre proprement ahurissant. Mais Carrillo contrôlait le ciel. C'était lui qui avait changé le rapport de force avec les frères Orejuela. Alors que les Colombiens payaient autrefois un simple pourcentage, ils devaient désormais donner la moitié de la marchandise et c'était aux Mexicains de la distribuer à travers les rues des États-Unis. 1994. La date du premier vol d'un Boeing 747 pour transporter la drogue de la Colombie au Mexique. La date de la prise de pouvoir des cartels mexicains sur le continent.

Urribal restait immobile, attentif. Carrillo avait été pour lui une erreur de jeunesse. Et le juge pouvait bien le savoir. À cette époque où tout s'était mêlé et où lui-même avait manqué de lucidité, traversant les milieux de l'argent, en tant que garde du corps, policier ou, un peu plus tard, membre local du PRI. C'est alors qu'il avait rencontré Rafael Rivera et bien sûr Carrillo. Il avait été invité à une fête de celui-ci, un baptême se souvenait-il, et il avait commis l'erreur de s'y rendre, à un moment de sa vie où il fallait justement séparer le bon grain de l'ivraie, acquérir une respectabilité. La fête de Rivera, d'accord, il y avait prescription. Et il ne faisait qu'accompagner García López. Mais Carrillo, c'était une erreur. Il avait déjà certaines responsabilités au PRI à l'époque, on commençait à le connaître dans la région, et voilà qu'il se rendait à ce baptême, au milieu de centaines d'invités, tous attendant dans l'église la venue de Carrillo, qui arrivait toujours à l'improviste, pour repartir brusquement, en un envol de corbeaux noirs, avec ses dizaines de gardes du corps. C'était tout de même incroyable : des barrières de protection partout, des centaines d'hommes en armes, en cercles concentriques, des dizaines de kilomètres avant l'église. Et Carrillo était venu, brièvement, il s'était tenu à côté du prêtre, il avait saisi le bébé dans ses bras et tout le monde avait scruté cet homme si secret que seuls ses proches en connaissaient le visage. On disait que même les services de police ne possédaient de lui qu'une vieille photo, avec des traits dissimulés sous la barbe, presque impossibles à identifier. Mais Urribal l'avait bien vu ce jour-là, avec son visage tranquille, assez doux même, son air de petit employé et bon père de famille. Et puis soudain, après qu'un homme lui eut murmuré quelques mots à l'oreille, Carrillo était parti d'un pas vif, sans s'affoler, bien avant la fin de la cérémonie. Et ils étaient tous restés, attendant cette fois, tout aussi calmement, la vaine arrivée de la police.

C'était une erreur incontestable. Urribal n'avait plus jamais rencontré de trafiquants en public. Mais il faut dire qu'il était jeune à l'époque. Et tout ça était si mêlé. Il faisait attention désormais. Il connaissait tout le monde et sinon, il faisait faire des recherches. Mais le juge avait raison : comment distinguer ? À cette époque, on lui présentait des gens fortunés et lui qui venait de son lopin de terre, qui était si ignorant, il ne se demandait jamais d'où venait l'argent. Parfois c'était le pétrole, parfois les terres, parfois les télécommunications. Et parfois c'était la drogue. Il apprenait ensuite que tel ou tel était en prison, le même qu'il avait vu sourire et plaisanter, portant beau. C'était un trafiquant ou un corrompu. Désormais, l'ignorer, à son niveau, relevait de la faute professionnelle. Mais à l'époque, c'était tellement bon d'aller dans les fêtes, de draguer les belles filles, d'admirer toute cette richesse, de manger et de boire comme un trou ! Il faisait des rencontres, il se faisait connaître. Tout était beau et bon, il n'avait pas trop cherché à savoir.

Oui, tout était mêlé. Et ça ne s'était pas arrangé mais au moins maintenant, il savait. C'était quand même ça, le truc : c'était de savoir. Sinon, on subissait, on recevait les gifles du monde comme on reçoit la pluie ou le soleil. Sans rien y pouvoir. Alors que lui, il avait compris. Peu à peu, en pénétrant les rouages. Paysan, il aurait subi la terre et les maîtres de la terre. Il aurait labouré la poussière et n'aurait jamais compris le monde dans lequel il vivait. Mais la vie lui avait offert cette bénédiction d'entrer dans la police. Lui avait donné le pouvoir de connaître. Chaque jour de sa vie, et de plus en plus au fur et à mesure de l'évolution de sa carrière, de sa proximité avec García López, il avait mieux compris comment tout ça se passait. En bien et en mal. Les deux. Mais pas les gifles du vent et du soleil, non, ça, plus jamais. Voir les choses d'en haut, les comprendre, et se tenir du bon côté du manche. Et c'était la police qui l'avait sauvé. Parce que la police était avant tout une entreprise de renseignement. Il fallait savoir, sinon rien ne se passait. Il fallait arpenter le terrain, interroger, trouver des informateurs. Il fallait comprendre les hommes, leurs motivations. Il avait bien sûr fallu constater, mais cela avait été rapide, que deux passions les dominaient, l'argent et le sexe, et en somme cela avait été vite lassant, parce que c'était si primitif. Le crime n'avait jamais d'autre explication. C'en était presque aberrant. Mais il avait aussi fallu comprendre les structures sociales qui pouvaient soutenir ces passions et là, ça avait été un long travail, un très long travail, qui ne finissait jamais. Il les avait lentement infiltrées, grimpant les échelons, s'acharnant, tout en haut de la pyramide. Et au fond il en était encore là, au milieu de cette commission. À comprendre comment tout marchait. À démanteler les structures.

— Vous n'avez pas utilisé le terme de corruption, monsieur le juge, intervint Juan Cano. L'économie grise n'est-elle pas une forme de corruption ?

— Si, bien sûr. Je ne l'ai pas employé parce que tout cela est trop évident. Et puisque nous parlions d'Amado Carrillo, le désastre moral qu'a été la corruption du général Rebollo, le célèbre directeur de l'institut antidrogue, le militaire le plus intègre du Mexique, pensions-nous, est resté dans toutes les mémoires. Et les cartels dépensent toujours des millions pour acheter tous les niveaux de pouvoir. Mais ce sur quoi je voulais insister aujourd'hui, et qui me paraît tout aussi grave, c'est que l'économie grise peut se nourrir en toute innocence d'argent sale. Simplement parce qu'on ne sait pas d'où vient l'argent.

— Et que recommandez-vous, monsieur le juge ?

Celui-ci hésita.

— Je n'ai rien à recommander. Je pense que le monde est mal engagé, voilà tout. Que l'ordre du monde mis en place est celui du chaos. Mais si j'avais une recommandation pour les cartels proprement dits, ce serait… ce serait…

— Oui ? dit Juan Cano, qui semblait savoir parfaitement ce que le juge allait dire.

— Ce serait de légaliser la drogue.

Urribal sourit.

— Vous êtes totalement fou, monsieur le juge.

Plusieurs sénateurs rirent nerveusement. Et pourtant, Urribal pouvait se permettre cette sortie. Parce qu'il était dans son rôle. Le garant de l'ordre moral allait pouvoir parler. Le politicien conservateur, apôtre des sociétés traditionnelles, de l'ordre et de la loi. Le grand rôle dans lequel l'ancien policier se mouvait comme dans des vêtements amples. Robe d'avocat.

Il n'eut même pas besoin de faire sa plaidoirie.

Avant même qu'il ne se lève – mais à vrai dire l'idée même le lassait d'avance –, le président de la commission l'interrompit.

— Nous connaissons vos positions, monsieur le sénateur. Merci de rester correct. D'autant que cette proposition me paraît au contraire tout à fait respectable. Et vous savez que le juge Corzal est loin d'être le seul à l'avancer.

— On peut être plusieurs à se tromper, fit Urribal.

Il souriait toujours, détendu. Il savait que la plupart des sénateurs partageaient son avis.

— Je ne dis pas que j'ai raison, fit le juge, toujours murmurant. Peut-être ai-je tort. Je ne fais qu'observer les résultats de la lutte contre la drogue. En quarante ans de guerre à la drogue, et après des centaines de milliards dépensés par les États-Unis, jamais il n'y a eu autant de drogue sur le continent, jamais les profits des trafiquants n'ont été aussi importants. Des réseaux se sont montés partout, des sommets de la société jusqu'aux ruelles où se faufilent les dealers. Une énorme économie souterraine, parfaitement organisée et destructrice pour les sociétés, s'est édifiée, avec des relais dans tous les pays. Les prisons sont pleines de délinquants liés à la drogue. Si nous légalisons la drogue, nous coupons l'argent. Sans l'argent de la drogue, les cartels s'effondrent.

— Vous vous trompez, monsieur le juge. Je ne dirai pas que vous êtes fou, pardonnez-moi ce mot, que m'a reproché à raison le sénateur Cano, je dirai simplement que votre constat révèle une méconnaissance des cartels. Outre que la libéralisation de la drogue pose de graves problèmes de santé publique – et d'ailleurs les drogues de substitution n'ont jamais empêché le développement du marché de la drogue, ce qui prouve bien que mettre des produits en vente libre dans les pharmacies ne changera rien –, la pensée que les cartels mourront d'eux-mêmes faute de drogue est tout simplement fausse. Les cartels ne tirent pas seulement leur profit de la drogue, mais aussi de la prostitution, des enlèvements, du trafic d'organes, des migrants. Supprimez les revenus de la drogue, la traite d'êtres humains augmentera. Mais soyez-en sûr : les cartels ne mourront pas.

Plusieurs sénateurs acquiescèrent. Urribal n'avait joué d'aucun effet de manche. Il était parfaitement sincère. Pour lui, les cartels ne pouvaient disparaître, parce qu'on n'éradiquerait jamais le crime ou la prostitution. Son pessimisme ancestral s'exprimait là, l'image d'un monde au fond immobile, perpétuant les mêmes inégalités, les mêmes injustices, les mêmes tragédies sous des apparences changeantes. Il n'y avait jamais rien de nouveau sur la terre fatale du Mexique. Rien de nouveau sous ce soleil qui fondait les apparences et les disloquait, ne laissant plus apparaître que le squelette immuable et terrible de la tragédie des hommes, dans le combat immémorial, des Aztèques jusqu'à la révolution, de violence en violence. Le présent ne faisait qu'expérimenter une forme particulière de la violence, pas forcément différente d'une guerre du pouvoir contre des seigneurs locaux. Juste une autre forme et l'attrait de la poudre blanche, glissant comme une poudre d'or dans les rouages, inondant le continent de son ruissellement. Le monde mourrait de son trop-plein.

— Dans ce cas, réagit Juan Cano, pourquoi nous rassemblons-nous ? À quoi sert cette commission ? Si rien ne sert à rien, pourquoi existons-nous ?

« On se le demande », songea Urribal.

— L'État existe autant qu'il le peut, intervint le juge. Et dans les limites de son pouvoir. Tout change, je vous l'ai dit et je le pense absolument. De nos jours, un État, et de surcroît un État comme le Mexique, avec ses insuffisances, ses lourdeurs, ses travers, doit composer avec beaucoup d'autres pouvoirs. Avec les États-Unis, avec les grandes entreprises, avec les marchés financiers, avec les cartels. L'État est un pouvoir parmi les autres. Cette commission est un petit pouvoir, disons une force d'influence, à l'intérieur d'un pouvoir gouvernemental lui-même menacé. Si je peux me le permettre, je dirai que vous ferez ce que vous pourrez. Ce qui est mieux que rien.

Les sénateurs se regardèrent. Mais curieusement, Urribal, qui était entré dans la salle avec la ferme décision d'observer ses collègues et d'évaluer les forces en présence, n'était plus avec eux. La lassitude s'était emparée de lui. Il comprenait bien que des hommes comme Juan Cano ou le juge étaient absolument différents de lui. Même leur vision du monde les séparait. Bien entendu, ils étaient ennemis. Ennemis par essence. Parce que lui, au fond, n'aspirait pas à changer les choses. Le monde ne changerait pas, sinon pour le pire. Eux, peut-être étaient-ils sincères. Peut-être voulaient-ils faire leur travail d'archanges du bien, quitte à perdre la bataille, comme le juge, dont ne subsistait plus que le murmure d'un discours désabusé, traversé d'utopies sans substance. Ils enfourchaient leurs chevaux et partaient en guerre, avec de grands mots et de petits résultats. Parfois en se perdant en route, gagnant avec leur réputation d'intégrité la récompense des faux honneurs et des vraies tromperies, comme un certain nombre de vertueux corrompus qu'il avait pu rencontrer.

Mais oui, ce soir, le sénateur Urribal était fatigué. Et brusquement, il comprit Amado Carrillo. Il comprit sa volonté de devenir invisible. Même ce visage qu'il avait pris soin de dissimuler était devenu trop visible. Il aspirait à abandonner le Mexique, à s'installer au Pérou, disait-on. Alors il avait demandé à des chirurgiens esthétiques de le transformer. Et il était mort sur la table d'opération.

Les meurtriers restent des meurtriers. Carrillo avait commandité quatre cents assassinats et sa mort suspecte avait été vengée d'un cycle de violence sans précédent, à commencer par les chirurgiens, torturés à mort.

Mais même un meurtrier peut vouloir devenir invisible. En tout cas, ce soir-là, Fernando Urribal sentit s'insinuer, lancinant, le désir d'invisibilité.

15

Par la fenêtre, Naadir vérifia que son frère se trouvait toujours dans le square. En effet, tout en bas, Mounir était au milieu d'un groupe d'amis. Deux adolescents se tenaient sur un vélo, les autres discutaillaient. Naadir aimait le terme « discutailler », qui frappait tout discours d'inanité. Donc Mounir discutaillait, avec de fréquents gestes de la main. Parfois, il se levait aussi, pour mieux manifester ses idées. Dans son genre, l'énergie ne lui manquait pas. Cela lui faisait au moins une qualité.

Rassuré par son observation, Naadir sortit plusieurs livres de son cartable, tous empruntés à la médiathèque du collège. Sur sa petite table de travail, il aligna les ouvrages contre le mur, en les serrant délicatement les uns contre les autres. Puis il s'adossa à la chaise en contemplant le résultat final. C'était magnifique : *La Chanson de Roland*, *Tristan et Iseut*, et deux œuvres de Chrétien de Troyes, *Perceval ou le conte du Graal*, *Lancelot ou le chevalier à la charrette*. D'un air sévère, il serra les lèvres car la médiathèque avait été scandaleuse-ment incapable de lui fournir les œuvres complètes du plus grand auteur du Moyen Âge, comme l'avait précisé M. Pou. *Cligès*, *Érec et Énide* ainsi qu'*Yvain le chevalier au lion*, au titre alléchant, manquaient. Puis son visage reprit son apparence habituelle car toute faute mérite son pardon, et il y avait tout de même deux titres.

Il se demanda par quel livre il devait commencer. Chanson de geste ou littérature courtoise ? Indubi-tablement, l'ordre chronologique devait prévaloir, la chanson de geste reflétant une société plus primitive que la lente ouverture à la sensibilité de la littérature courtoise, à la fin du XIIᵉ siècle. C'était très clair. Mais les titres de Chrétien de Troyes étaient meilleurs, surtout à cause du « ou », qui ouvrait chaque fois sur un mystère : *Lancelot* ou *le chevalier à la charrette*. Pourquoi une charrette ? Avait-on jamais vu un chevalier sur une charrette ? Perplexe, Naadir lut les quatrièmes de couverture.

Seigneurs, vous plaît-il d'entendre
Un beau conte d'amour et de mort ?
C'est de Tristan et d'Iseut la reine.
Écoutez comment à grand' joie,
À grand deuil ils s'aimèrent,
Puis en moururent un même jour,
Lui par elle, elle par lui.

Dévoiler la fin n'était pas très malin mais en même temps ce « lui par elle, elle par lui », d'une grande poésie, était très tentant. Il lut également les autres présentations. Le combat de Roland et de Ganelon, Lancelot confronté à la douleur de son amour pour Guenièvre, le naïf Perceval partant en quête. Choix difficile. Il réfléchit. L'histoire du Graal l'intéressait, d'autant qu'ils avaient vu en classe *Sacré Graal*, parodie des Monty Python.

Il opta pour *Perceval*. Un jeune homme élevé dans une forêt solitaire puis devenant chevalier était forcément un compagnon intéressant. Naadir s'empara alors des autres livres et, s'agenouillant, les glissa sous son lit afin de les soustraire à toute nuisance de son frère. Puis il ôta ses baskets et, relevant son oreiller, prit sa position favorite : allongé sur le lit, il commença à lire.

Il ne bougea plus. La lampe faisait un halo autour de lui. À un moment, il changea de position pour se mettre sur le côté mais ce fut son seul mouvement. Il était dans le livre, il se tenait à côté de Perceval. Il suivait totalement cette histoire et il voyait ce qu'on lui racontait.

Nercia rentra. Elle l'appela mais Naadir ne l'entendit pas parce qu'il était plongé dans l'épisode du Roi Pêcheur, ce terrible épisode des occasions manquées où Perceval, voyant passer la lance à la perle de sang puis le Graal à la merveilleuse lumière, n'ose poser aucune question et se réfugie dans la jouissance du dîner qu'on lui propose : « Le nouveau venu voit cette merveille et se raidit pour ne pas s'enquérir de ce qu'elle signifie. C'est qu'il lui souvient des enseignements de son maître en chevalerie : n'a-t-il pas appris de lui qu'il faut se garder de trop parler ? S'il pose une question, il craint qu'on ne le tienne à vilenie. Il reste muet. »

C'est que Naadir comprenait tant le pauvre Perceval, qui avait vécu loin des hommes et du monde, dans la Gaste Forêt solitaire, sans rien connaître des usages, et dont tout le savoir reposait sur les maigres enseignements qu'il avait pu retirer ensuite sur sa route, lorsqu'il avait quitté sa mère. N'était-il pas normal qu'un poids étouffant l'oppresse au moment de demander des explications ?

L'édition scolaire, qui proposait des notes, avançait que Chrétien de Troyes avait peut-être eu cette idée à partir du conte de la ville d'Ys et du thème de la « résurrection manquée ». Un conte rapportait en effet qu'une femme étant venue puiser de l'eau dans la mer, une immense ville surgit des flots devant elle. Elle pénétra par une grande porte et, parcourant les rues, vit s'ouvrir devant elle de magnifiques boutiques, chargées de toutes les richesses, devant lesquelles des marchands, le visage presque suppliant, lui disaient : « Achetez-nous quelque chose. » Mais elle n'avait rien, elle ne pouvait rien acheter, de sorte que la ville s'effaça et disparut, abandonnant la femme seule sur la rive. Aurait-elle acheté le moindre bien que la ville eût existé de nouveau. Mais elle en avait été incapable, de même que Perceval, pour d'autres raisons. Elle aurait pu redonner la vie à ces marchands suppliants, Perceval aurait pu redonner ses jambes à l'invalide Roi Pêcheur, mais ils ne l'avaient pas fait, tous deux étaient restés muets.

Naadir se leva brusquement. Il voulut vérifier par la fenêtre si Mounir était toujours en bas, mais l'obscurité était tombée. Tant pis. Il se dirigea vers l'ordinateur de son frère pour chercher des informations sur la cité d'Ys, dont il n'avait jamais entendu parler. Il s'agissait d'une ville légendaire bâtie dans les flots et protégée de la mer par d'énormes digues et une porte de bronze. Un jour, comme la porte de bronze avait été ouverte, la ville avait été engloutie par les eaux. De nombreuses versions de la légende faisaient varier la responsabilité de l'ouverture de la porte : dans la version du XIXe siècle, la faute en incombait à la fille débauchée du roi Gradlon, Dahut, qui avait donné la clef à un de ses amants, un jeune homme aux cheveux rouges sous l'apparence duquel se dissimulait Satan. Sur certains sites, on disait également que le nom de Paris, suivant une « étymologie fantaisiste », venait de « Par Ys », pareille à Ys, en allusion à l'exceptionnelle beauté des deux villes. Et un distique breton suivait :

Pa vo beuzet Paris
Ec'h adsavo Ker Is

Quand Paris sera engloutie
Resurgira la ville d'Ys.

Naadir n'eut pas le temps de réfléchir à ces nouvelles informations puisque deux mains le jetèrent à bas de la chaise et il se retrouva à terre, martelé de gifles et de coups de poing. Puis Mounir se redressa et, pour faire bonne mesure, lui donna un coup de pied. Et encore un autre, par acquit de conscience. Naadir se releva en pleurant et alla se coucher sur son lit tandis que Mounir s'asseyait sur sa chaise, sans un mot, reprenant son territoire.

Naadir pleurait silencieusement. Il aurait considéré comme une bassesse et une nouvelle humiliation d'aller se plaindre à sa mère, de sorte qu'il pleurait dans son oreiller. Reniflant, il sentit l'âcre odeur du sang, dans son nez puis sa bouche. Et il redoubla alors de sanglots, paniqué à l'idée de tacher son oreiller, comme s'il se rendait coupable d'une grave faute. Il se tint immobile, ravalant les sanglots qui secouaient ses épaules, crispant ses doigts autour de son nez pour stopper l'écoulement du sang, jetant de temps à autre un regard craintif sur son frère, dont il n'apercevait plus que le profil sombre et muet, plein de menace, exaspéré par l'atteinte à son bon droit.

L'enfant songea qu'il fallait ouvrir la porte de bronze. L'être aux cheveux rouges viendrait un jour, s'emparerait de la clef accrochée au cou de Gradlon, et il se dirigerait vers la porte de bronze. Alors les flots submergeraient la ville, emporteraient tous les êtres de violence, tous les êtres tout court, tous les hommes et toutes les femmes, y compris lui-même et sa mère et même Karim, avec la puissance écrasante de l'océan, saccageant les immeubles et les maisons, disloquant jusqu'à l'école et la mairie. Par-delà la ville, le flot gagnerait Paris, au-delà du périphérique, et, dans une explosion, une eau lumineuse et brutale éteindrait la Ville lumière, fracasserait ses richesses jalouses tandis qu'à l'ouest, au loin, renaîtrait la cité d'Ys, dont les morts reprendraient vie. Mais ici, tout le monde flotterait sur les eaux, les yeux ouverts, et Mounir, qui se croyait si fort et qui lui faisait si peur, errerait sur les eaux, le ventre gonflé, le visage vert.

Naadir eut un sourire devant cette dernière vision. Ayant accompli sa tranquille apocalypse, il se releva. Son nez ne saignait plus. Parce que la présence de son frère le dégoûtait, il sortit de la chambre et se faufila silencieusement dans le couloir. Il passa si furtivement devant la cuisine, où sa mère officiait, que celle-ci ne le vit pas, de sorte qu'il put s'installer dans la salle de bains, devant le miroir, pour effacer les rougeurs. Du reste, Mounir était toujours assez malin pour éviter les traces trop voyantes. C'était surtout pour cette raison qu'il privilégiait les coups derrière la tête. Naadir se lava le visage puis, prenant la brosse de sa mère, se brossa les cheveux, lentement, longuement, ce qui lui permettait de se calmer. La caresse piquante l'apaisait comme une main maternelle, la menace s'éloignait et, à regarder ainsi le régulier va-et-vient dans les cheveux, Naadir sentait le monde reprendre son ordre. Il était à la maison, sa mère était à côté, tout allait bien.

Et puis Karim, ce soir, venait dîner. On ne l'avait pas vu depuis une semaine, il disait qu'il était occupé, qu'il avait du travail. C'était un homme important, bien sûr, c'était normal. Descendant son pantalon, Naadir s'assit sur les toilettes. Autre rite réconfortant. Il songea aux devoirs qu'il n'avait pas encore faits. Cela l'ennuyait, même s'il savait bien que cela ne lui prendrait pas beaucoup de temps et que, de toute façon, personne ne songerait à les commencer dans la classe. Mais il fallait malgré tout les faire. La seule idée qu'il puisse se présenter en cours sans avoir fini ses devoirs lui causa une sorte de chaleur désagréable au ventre. Comment faire? Mounir occupait la chambre.

Y songer lui causa une chaleur encore plus désagréable. Il ne voulait pas y revenir, il ne voulait pas être seul avec son frère. Et s'il attendait le dîner, il n'aurait plus le temps…

Il sortit de la salle de bains. De la chambre des parents émanait le bruit de la télévision. Il alla dans le salon, alluma l'autre poste. Sélectionnant une émission comique, il monta le son. Puis il se retira dans la salle de bains, laissant la porte ouverte pour guetter son frère. Comme prévu, celui-ci émergea de sa tanière, un peu courbé. Du seuil, il regarda l'écran de télé, resta un moment immobile puis s'avança. Il s'assit sur le canapé et, d'un air maussade, retrouva un de ses programmes favoris. La voie était libre. Naadir fit rapidement ses devoirs, à moitié tourné vers la porte ouverte, prêt à bondir. La cérémonie des devoirs gardait aux yeux de Mounir une vague légitimité qui pouvait l'impressionner mais qui en général l'énervait car il n'avait jamais supporté de les faire, et d'ailleurs s'en était toujours abstenu, prétendant qu'il était scandaleux d'être poursuivi par l'école jusque dans sa chambre. Il se faisait déjà assez chier pendant la journée.

La sonnette retentit. Naadir était sauvé. C'était Karim. Désormais, il était tranquille. L'ordre régnerait dans la maison. Jamais Mounir n'avait osé le frapper en présence de Karim. Il se leva posément de sa chaise pour aller accueillir son frère. Mounir était déjà debout, ricanant et tout excité. Les frères s'embrassèrent. Naadir comprit que Karim n'était pas tout à fait rétabli puisqu'il ne l'éleva pas jusqu'à sa tête pour l'embrasser mais à part cela, tout semblait aller bien. Le grand frère était de très bonne humeur et il apportait des cadeaux, qu'il déploya sur le canapé. Des vêtements, beaucoup de vêtements, et un iPad.

Mounir s'empara de l'iPad avec des petits couinements de bonheur. Nercia jeta un coup d'œil interrogateur à Karim.

— Je suis passé à la Fnac, dit-il d'un ton apaisant.

Alors elle sourit, rassurée, et prit la veste de tailleur.

— Super, fit Mounir.

Il semblait particulièrement agité ce soir, tournant autour de son frère. Et même à table, il continua, toujours ricanant, parlant fort, au point que Karim le lui fit remarquer.

— Qu'est-ce t'as à bouger comme ça ?

Les narines de Mounir palpitaient. Il balançait la tête d'un air entendu, en faisant des mouvements avec son cou. Des gloussements agitaient ses épaules.

— Putain mais crache ! qu'est-ce que t'as ?

Alors Mounir, dressant le pouce de chaque main, eut un sourire de triomphe.

— Ça a marché ! Ça a très bien marché ! dit-il.

Karim, dédaigneux, regarda longuement son frère.

— De quoi tu m'parles ? dit-il.

— De rien. Bien sûr, de rien. C'est juste des trucs qu'on entend.

Mounir se saisit le nez.

— Sûr. Juste des trucs qu'on entend.

— Quoi, des trucs ? Je sais même pas de quoi tu parles. Alors arrête de faire chier, maintenant !

Nercia tapa sur la table. Le regard de Naadir passait de l'un à l'autre de ses frères. Ce dialogue lui était incompréhensible mais lui semblait chargé de la même aura de malheur que tout ce qui arrivait depuis quelques semaines. Les bouchées de nourriture passaient malaisément dans sa gorge, pâte lourde et amère.

— Il y a eu une attaque dans le centre de Paris, dit Karim pour changer de sujet. Une attaque de bijouterie à la voiture bélier. Il paraît que ce serait un gars d'ici.

— Qui ça ?

— Snooz.

— Snooz, à la voiture bélier ? s'écria Mounir. La vie d'ma mère ! Il s'est fait choper ?

— Évidemment.

— Mais pourquoi est-ce qu'il a fait ça ? intervint Nercia. Il avait un travail à la station-service, ça marchait bien. C'est pas un voleur, Snooz !

Karim haussa les épaules.

— Snooz, il a jamais été très net dans sa tête. Ça m'étonne pas. Il a dû se réveiller ce matin et il s'est dit : tiens, je vais me faire une bijouterie ! Il en a choisi une belle, il est rentré dedans et il a pris tout ce qu'il voulait. Il a toujours aimé ce qui brille.

Naadir baissait la tête. Qui était Snooz ? Et cette histoire de voiture bélier, qu'était-ce encore ? Toujours cette impression que les événements basculaient du mauvais côté. Et qu'avait voulu dire Mounir avec sa ridicule danse des pouces ? Il n'osait poser la question, il savait qu'on ne lui répondrait pas. Il se contentait de manger, silencieusement, avalant avec difficulté. Les autres discutaient toujours de la propension de Snooz aux décisions hâtives.

— La ville d'Ys a été submergée par les eaux parce que quelqu'un a ouvert la porte de bronze, les interrompit Naadir d'une voix fluette.

Interloquée, la mère le considéra. Elle lui passa la main dans les cheveux.

— Tu peux répéter ce que tu as dit ?

— La ville d'Ys a été submergée par les eaux parce que quelqu'un a ouvert la porte de bronze, mais on ne sait pas vraiment qui l'a ouverte.

Il y eut un silence général. Même son père parut soudain attentif.

— C'est quoi, ça, la cité d'Ys, Einstein ? fit Karim.

— Une magnifique cité bâtie dans la mer.

— Jamais entendu parler. Ça a un rapport avec Snooz ?

Naadir hésita.

— Pas vraiment.

— Je me disais aussi…

L'enfant contempla son assiette devant lui. Il lui semblait qu'il ne serait pas mal vu de se remettre à manger, mais la perspective des lourdes bouchées l'écœura.

— Qui a ouvert la porte de bronze ?

Karim sourit.

— Le gars qui était chargé de s'en occuper, peut-être. C'est possible en tout cas.

— La cité a été engloutie.

— C'est dommage. Ça avait l'air sympa. J'y aurais bien fait un tour.

— Ouais, moi aussi, fit Mounir en se balançant sur sa chaise.

Et comme s'il venait de prononcer des paroles d'une drôlerie irrésistible, il éclata de rire. Nercia n'y prit pas garde. Songeuse, elle observait son cadet.

Pendant ce temps-là, à quelques rues, une ambulance aux feux clignotants ramassait un mort. Des policiers se tenaient de part et d'autre du véhicule. L'homme avait été tué d'un coup de fusil à pompe.

16

Le sénateur Urribal parcourait son domaine. À chaque fois qu'il revenait de Mexico, il se débarrassait de la ville détestée en enfourchant un cheval, quêtant dans la solitude de ses promenades le retour à ce qu'il appelait sa pureté. Aucun garde ne l'accompagnait, tout juste un chien.

Cette illusoire aspiration à la pureté pouvait paraître d'autant plus mensongère que le sénateur profitait largement des plaisirs de Mexico. La veille encore, alors qu'il aurait pu prendre un avion pour rentrer plus tôt à l'issue de la commission, il avait joui du petit corps mince qui lui avait été livré. Une fille à la peau mate, une parfaite Latine, comme il avait dit, toute sombre, des pieds à la tête, avec des yeux très noirs et des cheveux aile de corbeau. Elle n'avait pas été très bavarde. À peine quelques mots. Parfois, il faisait parler la fille d'un soir, comme on joue avec une poupée. Il lui posait des questions. D'où venait-elle, vivait-elle à Mexico, qu'aimait-elle faire, où sortait-elle ? Il l'interrogeait sur ses parents. Il aimait bien savoir le métier des parents, c'était important, les parents, l'éducation. On n'était pas bien éduqué sans de bons parents, c'était impossible, et de nos jours les parents n'éduquaient pas assez, un mauvais esprit régnait sur le territoire. Les filles ouvraient de grands yeux interloqués mais elles acquiesçaient.

« Et toi, tu as été bien éduquée ? »

Parfois, elles hochaient la tête, parfois elles dodelinaient de gauche à droite. Urribal leur saisissait la mâchoire.

« Je ne comprends pas bien. Dis-moi si tu as été bien éduquée. Explique-moi. »

De temps à autre, leurs yeux s'emplissaient de larmes. Elles croyaient savoir ce qui les attendait en entrant dans la maison du sénateur et n'imaginaient pas cet interrogatoire de la part de ce vieil homme au regard fixe, avec ses traits de vautour, ses doigts de fer crochetant leurs joues. Et souvent, elles ne répondaient pas. Elles ne pouvaient pas répondre. C'étaient des pauvres ramassées de partout, attifées pour la rencontre, giflées quelques minutes pour leur expliquer l'attitude à adopter en face du sénateur. Des adolescentes effrayées. Bien sûr, on écartait les filles devenues folles mais à quinze, seize ou dix-huit ans, que répondait-on au vieil homme cruel qui vous posait des questions sur votre éducation avant de vous violer ?

Oui, la Latine n'avait pas été bavarde. Elle venait du Pérou. Le sénateur affirmait toujours que le malheur du Mexique, c'étaient les Mexicaines. Elles n'étaient pas assez jolies, minuscules et larges, avec de grosses croupes et de petits seins, des visages épatés.

Dans le tas, on pouvait en trouver de belles mais la moyenne était décevante, très décevante. Il disait ça d'un visage grave, comme une triste découverte sur la nature humaine.

« Les vraies Blanches sont mieux, en moyenne du moins. Les Américaines, les Européennes. Les grandes vaches blondes, avec de gros pis, des longues pattes. Elles sont excitantes. » Il levait un index inspiré. « Mais tu vois, tu vois… ça, c'est en moyenne. La grosse vache blanche est mieux que le rat noir latin. En moyenne. En moyenne seulement. » La gravité de son visage s'accentuait quand il délivrait cette vérité métaphysique. « Parce que la jeune Latine, lorsqu'elle est belle, est incomparable. L'infime pourcentage des belles Latines n'ont pas de rivales sur la planète parce qu'elles ont une beauté concentrée. La Blanche a une sorte de lumière fade, la Latine brille de feux sombres, avec une intensité que la Blanche ne peut pas atteindre. C'est génétique, il n'y a rien à faire. Elles ne peuvent pas. Les Miss Univers sont latines et lorsqu'elles ne le sont pas, c'est que le jury a été payé. Parce que c'est génétique, je te le dis les yeux dans les yeux. »

Il scandait le mot. « *Ge-né-ti-co.* » Et alors ses doigts se joignaient sous ses lèvres en cul-de-poule et il faisait un bruit de succion.

« La Perle Noire. »

La Péruvienne était très jolie. Un beau visage. Le corps peut-être un peu moins bien, un peu maigre, mais elle était jeune. Il aurait peut-être fallu attendre un an de plus, qu'elle prenne un peu de poids. Mais on n'avait pas toujours la possibilité d'attendre. Il fallait bien prendre les filles quand elles étaient là. On ne pouvait pas demander l'impossible non plus. Il fallait comprendre.

Il avait baigné la petite. Il l'avait conduite dans la salle de bains, avait fait couler l'eau. Pendant ce temps-là, il lui parlait, alternant des considérations politiques sur la situation mexicaine, des questions sur son éducation et des commentaires sur son corps.

— Tu vas prendre de là, lui avait-il dit d'un ton concerné en posant le doigt contre ses fesses. C'est sûr, je le vois déjà. Ça peut être très excitant à condition que tu fasses du sport, beaucoup de sport. En salle de gym par exemple. Il faut te payer un abonnement. Tu peux même prendre un coach personnel. Mais si tu te laisses aller, tu prendras un gros cul, ça c'est sûr.

Une fois le bain rempli, elle était rentrée dedans, silencieuse, les jambes repliées, comme si elle avait peur de se laisser aller. Alors il lui avait déplié les jambes, lui avait dit de ne pas avoir peur, et il l'avait savonnée, en insistant sur son sexe et son anus. Rien ne lui déplaisait plus que la saleté. Bien entendu, on avait dû laver la fille avant de la lui envoyer, mais deux précautions valaient mieux qu'une et de toute façon il aimait laver les filles. Cela l'excitait. Ses jambes avaient commencé à trembler, il lui avait dit de sortir et il l'avait prise tout de suite, par-derrière, sans s'inquiéter puisqu'elle était vierge. Elle avait eu un cri de douleur, son visage s'était crispé mais somme toute elle s'était bien tenue. Ça n'avait pas duré longtemps, elle l'excitait trop. Il avait beau vieillir, une fille comme ça le faisait bien durcir.

Le cheval fit un écart. C'était le chien qui s'était assis, le museau vers le ciel, glapissant vers un aigle. Le sénateur leva les yeux vers la virgule noire. De la main, il palpa le fusil rangé dans une gaine sur le flanc du cheval. Non pas qu'il ait voulu tirer mais il entendait être prêt au cas où du gibier s'offrirait. De toute façon, le rapace volait trop haut dans le ciel. Et puis qui voudrait tirer sur un aigle ?

Le sénateur n'était pas resté longtemps à la maison. Adolfo et Acosta l'attendaient – pourquoi sa femme avait-elle choisi deux prénoms en A, comme s'il fallait vraiment rester au début de la liste alphabétique ? – le doigt sur la couture du pantalon, ainsi qu'à chacun de ses retours. Il commençait par poser des questions sur la tenue du domaine, sur les gens qui étaient passés. C'était le rite. Son regard observait ses deux fils, évaluateur. Ceux-ci, sachant qu'ils n'auraient jamais l'approbation de leur père, rougissaient et bafouillaient, accentuant le mépris paternel. Urribal avait eu une conception là encore génétique de leur existence. Il avait voulu épouser une jolie fille pour avoir de beaux enfants. Sa défunte femme, paix à son âme, était une jeune beauté de Ciudad Juárez, que les parents, des industriels de la volaille, avaient été fiers de donner à Fernando Urribal. Ils en frémissaient, tout intimidés, heureux et confus que son choix se soit porté sur leur chère petite Clara. Ils mariaient leur fille au protecteur de Juárez ! Il leur semblait qu'il ne pouvait plus rien leur arriver, que leur prospérité était assurée jusqu'à la fin des temps. Clara n'était pas comme eux. Elle avait manifesté une fierté à la fois irritante et attirante. Elle ne se pliait pas devant lui et, en un sens, il l'avait aimée. D'ailleurs, elle correspondait à ses critères : elle était belle et bien éduquée. Ses parents avaient fait un effort, il fallait le reconnaître. Pour une fois, on rencontrait des parents responsables. De bonnes manières, la pratique aisée de l'anglais et du piano, une certaine culture. Tout ce qui pouvait mettre en valeur le sénateur Urribal – enfin le futur sénateur car à cette époque il ne l'était pas, même s'il comptait bien le devenir, tout en espérant surtout être élu gouverneur, le vrai titre qui correspondait à sa nature. *Gobernador*. Celui qui gouverne.

Naïvement, Urribal avait songé que son union avec Clara ne pouvait engendrer que des enfants d'exception. C'était génétique. Et en effet, il avait eu de beaux enfants, la volupté des traits de sa femme adoucissant chez ses fils ce que sa propre dureté pouvait avoir de rebutant. Mais cette même douceur avait corrompu leur sang. Lui était de métal, ses enfants étaient des chiffes molles. Sauf Carmen, qui avait du caractère. Mais les deux garçons… Empotés, lents, mous. S'ils accomplissaient avec docilité les ordres de leur père, l'initiative leur faisait totalement défaut. Ils n'étaient bons qu'à s'amuser à Juárez ou aux États-Unis, fuyant à Miami dès qu'ils le pouvaient, écumant les plages, les restaurants et les boîtes de nuit, dépensant son argent à flots. Faire couler le champagne, ils en étaient capables. Gagner l'argent, c'était autre chose. Faire marcher le domaine, mener les affaires. Qui le remplacerait quand il ne serait plus ? Personne ! Absolument personne ! La splendeur s'éteindrait avec lui et ce domaine reviendrait à la poussière d'où il avait surgi. Ce royaume qu'il avait édifié s'effondrerait comme un château de cartes. Ses fils étaient incapables de résister et jamais ils ne se feraient respecter. Vraiment respecter. Les armes à la main au besoin.

L'erreur avait peut-être été génétique, justement. Au lieu d'une riche héritière, peut-être aurait-il dû choisir une paysanne, moins belle que Clara sans doute, mais plus dure. Une petite créature âpre, avide, nourrie de l'instinct ancestral de perpétuation. Survivre. Survivre comme seule loi. Une de ces paysannes aux pieds campés dans la poussière qui aurait compris que la seule règle est la force. Une paysanne qui aurait chassé la faiblesse du cœur de ses enfants, comme on arrache une plante malfaisante.

Urribal songea à Clara. Si seulement elle ne s'était pas tuée. Si seulement elle ne s'était pas effacée lentement, comme on disparaît, se retirant dans ses appartements, dans ses livres, tout au fond de son être. Si seulement, peu à peu, elle n'avait pas arrêté de lui parler, comme s'il la dégoûtait, comme si tout ce qu'il était provoquait en elle l'écœurement et, pire que le dégoût, la peur. Il avait pourtant essayé de la ramener vers lui, et par là même vers la vie, la vie réelle, pas celle qu'elle menait dans la solitude, en jouant du piano et en lisant, en négligeant l'éducation de ses enfants – peine perdue. Elle ne voulait pas de lui et elle ne voulait pas de la vie réelle, sans doute parce que les deux se mêlaient dans son esprit. Il était probable qu'elle aurait voulu changer totalement d'existence et sans doute même de pays. Durant une de ses crises de larmes récurrentes et hystériques, c'était bien ce qu'elle avait dit. Ou plutôt hurlé, avec des filaments de salive comme une toile d'araignée dans sa bouche, le visage marbré de taches rouges, inondé de larmes, comme une folle : « Je veux partir d'ici ! Je veux partir d'ici ! » Mais non, on ne partait pas d'ici. On ne quittait pas Fernando Urribal, on n'abandonnait pas ses enfants – même si elle aurait probablement voulu les emmener avec elle, ce qui était d'autant plus inacceptable. Pour les pervertir davantage…

Mais de quoi avait-elle besoin ? N'avait-elle pas tout ? Il suffisait de demander. Il pouvait tout lui offrir. Elle était la reine de ce territoire, elle pouvait tout commander. Mais ça ne l'intéressait pas, elle voulait autre chose, toujours autre chose, quelque chose que lui-même ne parvenait pas à définir, qui était par-delà son pouvoir et sa force, par-delà la forme d'amour qu'il pouvait avoir pour elle. Ce qu'il appelait de l'amour et qui n'était pas ce qu'elle voulait. À moins que ce ne soit encore autre chose, c'était bien possible, parfois il l'avait deviné, oui, quand elle le considérait avec des yeux effrayés, un peu comme certaines filles de Mexico, comme si elle découvrait un monstre. Ce qu'il n'était pourtant pas, cela non, on ne pouvait pas le dire, elle aurait dû voir certains hommes de Juárez, des brutes avinées et droguées, ça c'étaient des monstres, de vrais tueurs, des êtres qui décapitaient comme on fait sauter une capsule de bière. C'était tout de même avec des hommes comme cela – des hommes, c'était beaucoup dire, des chiens de guerre, plus vicieux que des chiens – qu'il devait composer, on ne pouvait pas lui demander d'être un enfant de chœur non plus. Comprenait-elle qu'il avait bâti tout cela, et qu'il continuait chaque jour à maintenir son territoire ? Comprenait-elle cela ?

Le sénateur se calma. À quoi bon s'exciter de nouveau, à quoi bon s'adresser encore à Clara, comme si elle était là, alors qu'elle ne pouvait plus l'entendre ? C'était ça la solitude, c'était parler avec les morts, parler à Clara qui ne pouvait plus l'entendre depuis six ans. Et pourtant, ce besoin de se justifier, encore et toujours, des années plus tard, comme une culpabilité lancinante. Non, pas de culpabilité, il n'en avait pas, il ne connaissait pas cela. Mais c'était Clara. Elle faisait de lui un coupable. Elle le jugeait et elle le condamnait.

Le chien aboya. Le sénateur n'y fit pas attention, pensant à une caille délogée ou un serpent. Peut-être un coyote au loin. Mais le chien ne s'élançait pas, au contraire il ralentissait. Urribal porta son regard vers l'avant. Une forme noire et tassée se tenait sur le chemin, immobile. Il saisit son fusil, sans véritable inquiétude, juste par précaution. La forme ne bougeait toujours pas mais à mesure que le cheval approchait, Urribal comprit qu'il s'agissait d'une femme, une paysanne vêtue de noir, comme en deuil. Le cheval avançait lentement, presque paresseusement, puis il s'arrêta devant la femme. Celle-ci tendit les mains dans un geste de prière puis s'agrippa à la jambe d'Urribal.

— Qu'as-tu ?

La femme leva vers lui son visage. Il avait cru, à sa posture et à ses vêtements, qu'elle était vieille, mais elle ne l'était pas tant que ça, c'était surtout le soleil qui avait raviné ses traits. Ses yeux étaient clairs et

dans cette vision sombre ils faisaient comme deux
trous de lumière.

— Que veux-tu ?

La femme ouvrit la bouche.

— Sénateur…

Elle se tut. Il la contemplait, vaguement irrité,
vaguement curieux de ce qu'elle allait lui dire. Il ne
la connaissait pas, ou du moins il ne pensait pas la
connaître, mais si elle se trouvait là, c'est qu'elle
appartenait au domaine. À ce titre, elle avait le droit
de lui parler.

La femme, comme si elle avait le souffle court, prit
une grande inspiration puis se lança.

— Sénateur, je réclame votre protection.

Urribal posa son fusil sur l'encolure de son cheval.
La femme fixa l'arme en commençant à parler.

— Nous réclamons votre protection, ma fille et
moi. Nous en avons besoin.

— Pourquoi ?

— Sénateur…

Elle hésitait à continuer.

— Oui ?

— Nous sommes menacées par un homme.

— Qui ça ?

Le nom fut rapidement lâché, comme on se
débarrasse :

— Jaime López.

Le sénateur ne dit rien.

— Ma fille lui plaît. Il la veut pour lui. Il se montre
menaçant. Il est venu chez nous.

— Où ça ?

— Chez nous.

— Où habitez-vous ?

— Sur le domaine, à Temal.

— Jaime López est venu à Temal ? demanda le sénateur d'un ton sec.

— Oui, dans la maison. Et il est revenu une autre fois. Et comme nous n'étions pas là, il nous a attendues et nous a frappées, en disant que nous n'avions pas le droit de ne pas être là. Nous devions l'attendre. Toujours. Mais c'est impossible, ça, monsieur le sénateur.

— Ta fille ne veut pas de López ?

— Non, surtout pas. Surtout pas López.

— Tu sais qui il est ?

— Oui, je le sais. Nous le savons très bien. Mais ma fille ne veut pas de lui.

— Comment s'appelle ta fille ?

— Daisy.

— Elle ne veut pas de lui, tu es sûre ?

— Jamais. Jamais. Pas plus que d'épouser un vautour.

Du bout de son fusil, Urribal repoussa doucement la femme.

— Je vais voir.

La femme s'agenouilla dans la poussière, les mains jointes en prière, et tandis que le cheval s'éloignait, elle resta là, statue noire et suppliante.

Jaime López était entré sur son domaine ! L'un des principaux lieutenants des cartels. Une petite barrique explosive, pleine de danger et de fureur. La nouvelle était incroyable. Mais cette femme ne mentait pas. Il faudrait vérifier mais comment pourrait-elle mentir ? Qui avait bien pu le laisser entrer ? Jaime López sur

188

le domaine… Urribal regardait la plaine autour de lui. Dans le soleil couchant, le silence s'était installé, un silence plein de paix. Au loin, on apercevait les maisons de Temal tandis que derrière lui se dressaient les murs qui encerclaient la haute maison blanche du XVIIIe siècle, rachetée à une ancienne famille noble pour une bouchée de pain et qu'il avait ensuite fait entièrement restaurer. Tout autour s'élevait la chaîne des montagnes, presque rouges dans le couchant. C'était tout cela, c'était cette paix, cette sécurité, c'était son propre territoire que López avait souillé. Le seul endroit au monde auquel Urribal se sentait appartenir. Son lieu.

Que se passait-il ? Comment un de ses hommes – plusieurs ? – avait-il pu laisser passer López ? Dieu sait qu'il les payait bien, pourtant, bien plus que les cartels ! Mais ça ne suffisait pas, il leur en fallait davantage. Cette Daisy, il n'en avait bien entendu rien à foutre. Daisy. Quel prénom infâme ! D'un ridicule ! Mais si c'était pour cette Daisy – pourquoi ne la connaissait-il pas, c'était tout de même étrange, est-ce qu'on lui avait caché cette fille, est-ce qu'on avait voulu la lui soustraire ? Il y avait des choses à tirer au clair –, cette ridicule et absurde Daisy, que López avait dérangé l'ordre de son existence, là c'était différent. Que les hommes du cartel viennent jusque chez lui avec leurs sales bottes boueuses de *rancheros*, oh oui, c'était bien différent. Et même dangereux. Parce qu'il était chez lui et tout le monde le savait. On était entré chez lui, quasiment dans sa propre maison. On avait passé son seuil. Et qui ça ? Jaime López, López la barrique, López qui se promenait tout le temps avec ses deux pistolets à la crosse de nacre, comme un cow-boy des anciens temps, le pathétique et sinistre tueur López.

Il était le sénateur Urribal, putain. Pas un petit propriétaire terrien que n'importe quel trafiquant pouvait écraser de sa botte. Il était le sénateur Urribal, et si on apprenait qu'on pouvait venir le défier jusque chez lui, corrompre ses hommes, baiser ses femmes, tout s'écroulerait. Il le savait. Il connaissait les lois non écrites. On ne pouvait pas lui reprocher cela. Il les connaissait très bien. Il les avait comprises d'emblée, dès qu'il avait posé le pied dans la maison de Rivera, voilà bien longtemps. On respectait Fernando Urribal.

Et il était aussi le protecteur Urribal. Il protégeait les paysans de son domaine. Il les entretenait, il leur faisait des cadeaux, il faisait venir le médecin, il payait l'hôpital. Il les protégeait, et en échange, ils obéissaient. C'était la loi. Et cette Daisy, cette fille sans doute laide et insignifiante, cette fille totalement dénuée d'importance, portait désormais tout l'avenir de cette contrée sur ses épaules. Il n'en avait absolument rien à foutre mais qu'il la laisse tomber et c'était tout son pouvoir qui s'écroulait, c'était la chute de son domaine, de son existence et de son nom. C'était la fin du sénateur Urribal. Putain de paysanne qui lui mettait les cartels sur le dos ! Qu'il ferme les yeux sur la venue de López et tout s'écroulait ! Mais s'il tuait López… Les négociations avec le cartel étaient déjà très difficiles. Tout était devenu délirant depuis quelques années. Cela explosait de partout. Une ivresse de mort et de sang. L'appétit du carnage. Ils aimaient le sang et la destruction. Tout le monde se tenait sur le fil de la vie et de la mort. Garder les cartels à distance était devenu presque impossible, tout se mélangeait dans une confusion inextricable toujours soldée par des morts. Des morts tous les matins. Qu'il tue López, un lieutenant, un chef des tueurs, et c'était le baril de poudre.

Depuis des années, dans la région, on parlait de femmes retrouvées mortes après avoir été torturées et violées. Elles partaient pour le travail ou l'école et elles ne revenaient jamais. On les retrouvait dans un état abominable, sur le bord des chemins, dans des tonneaux, dans des poubelles, démembrées, étranglées ou tuées à l'arme à feu. Ou on ne les retrouvait jamais. Il y avait cette femme qu'on avait beaucoup entendue, la mère d'une de ces disparues. Elle se promenait partout avec la photo de sa fille, qu'on avait fini par retrouver brûlée, au milieu de carcasses de porcs. Et la mère elle-même avait été tuée d'une balle dans la tête, parce qu'elle faisait trop de bruit.

Mon Dieu! Ils étaient tous devenus fous. Qui étaient les responsables de ces crimes? Qui attendait les filles pour les tuer?

Urribal flatta l'encolure de son cheval. Il sentait la chaleur des poils, la vigueur des muscles de la monture. Cela, c'était la vie. Par quelle monstruosité sa ville avait-elle pu devenir cette fosse à morts à ciel ouvert? Le vénéneux charnier de ce monde. On appelait maintenant Juárez la Cité des Mortes.

Comment sa femme avait-elle pu le juger? Lui, il était raisonnable, il entendait seulement maintenir l'ordre. Eux étaient des monstres et des fous. Ils n'avaient même plus de visages. On ne savait plus qui ils étaient. Où étaient les interlocuteurs ? Où étaient les chefs ? Ils changeaient sans cesse, au fil des meurtres, des massacres.

L'éclatement de l'ordre. La destruction. Lui se battait contre tout cela, avec ses propres armes. Il voulait maintenir l'ordre, restaurer ce qui pouvait l'être. Alors comment pouvait-on l'accuser lui ? Comment Clara pouvait-elle l'accuser ? Comment Juan Cano pouvait-il l'accuser ? Il tenait bon. Il était le dernier rempart. Il était l'ordre et la raison. Les autres étaient fous.

En tout cas, Daisy ne devait pas disparaître. ça, c'était sûr. Elle devait garder sur ses épaules sa tête plate de crapaud. Jaime López ne devait plus jamais la toucher. Le sénateur ne savait pas encore comment faire mais oui, c'était sûr, le trafiquant ne devait plus la toucher. Elle devait rester en vie. Sa liberté et sa sécurité étaient celles du sénateur. Il devait maintenir l'ordre.

17

Ils avaient marché. Les hommes et les femmes. Ils avaient traversé sans encombre la rivière et quelqu'un avait plaisanté, disant que c'était une préparation pour le Río Grande. Ils avaient ri, tout en levant haut leurs baluchons et leurs sacs pour les garder au sec, passant à gué, les plus petits d'entre eux mouillés à peine jusqu'à la taille. Ils avaient ensuite suivi la voie de chemin de fer. Les rails filaient au loin, barrés de traverses, comme des barreaux de prison ou des grilles. Au début, les migrants parlaient, s'interpellaient. Et puis le rythme de la marche s'était imposé et tous s'étaient contentés de mettre un pied devant l'autre. La sueur coulait et même les légers sacs s'étaient chargés d'un poids désagréable, qu'on déplaçait de l'épaule gauche à l'épaule droite ou encore qu'on portait sur la tête. Les plus chanceux, comme les deux sœurs, possédaient des sacs à dos.

Pendant des heures, ils avaient avancé. Le soleil était descendu, puis le ciel s'était embrasé, par-delà la muraille des arbres, dans une fantasmagorie de couleurs, et soudain la lumière s'était grisée, affadie, avant de noircir. Alors ils s'étaient arrêtés. Des feux avaient été allumés. Le Hondurien avait demandé si c'était bien prudent mais l'homme qui était descendu le premier du train et qui, par une de ces étranges décisions muettes des groupes, était devenu leur chef, avait assuré qu'il n'y avait aucun risque.

— Nous sommes au milieu de la forêt. Personne ne s'aventurera jusqu'ici. On peut faire ce qu'on veut.

Norma avait contemplé l'homme qui parlait. Âgé d'une quarantaine d'années, il était un des plus âgés de la troupe. Comme il s'était senti observé, l'homme avait tourné la tête vers elle. Norma avait souri et il lui avait souri en retour. Malgré des dents jaunes, son visage placide était rassurant. Il s'était levé et l'avait rejointe.

— Comment t'appelles-tu ?

— Norma.

— Tu viens d'où ?

— De Colombie.

L'homme siffla.

— Et toi ?

— Salvador.

— Tu t'appelles ?

— Luis.

Il la regarda.

— Pourquoi fais-tu le voyage ?

— Parce que ma sœur et moi étions dans un camp de réfugiés en Colombie.

— Des réfugiés ? De quoi ?

— Nous habitons dans la montagne. Les soldats sont venus. Ils nous ont chassés. Mon père a été tué.

Luis hocha la tête.

— Pas facile.

— Et toi ? demanda-t-elle.

— J'ai quatre enfants, une femme et pas vraiment de métier. À un moment, j'ai compris qu'il fallait partir. On ne mourait pas de faim mais on ne mangeait pas bien, on n'avait pas grand-chose. Seul, je serais resté. Ça ne m'allait pas si mal. Mais à six, c'était plus dur. Alors je suis parti.

— Tu as confiance ? Tu crois qu'on va passer ?

Il faisait nuit, Norma était fatiguée. Une peur enfantine s'emparait d'elle. Et le migrant avait l'âge de son père. Luis savait ce qu'il fallait répondre.

— Bien sûr que nous passerons.

— Tous ?

La question ne voulait bien entendu rien dire. C'était juste pour se raccrocher. Parce que c'était la nuit.

— Tous.

Et pourtant cette réponse lui fit du bien. Dix minutes plus tard, son ciré en guise de couverture, elle s'endormait, jetant un ultime coup d'œil à la silhouette de Luis, assis près du feu, qui avait pris la première garde. Des images tremblèrent, en Colombie, souvenirs de silhouettes près du feu, puis tout s'effaça.

Juste avant l'aube, Norma fut éveillée par des bruits confus, des murmures. Plusieurs migrants, déjà levés, faisaient chauffer de l'eau. L'obscurité happait encore les visages mais le ciel, frotté de traînées, s'éclaircissait, le noir devenant bleu nuit. Norma ne se leva pas. Le visage tourné vers le ciel, elle regardait tout là-haut, tandis que des odeurs de café se répandaient. Ils n'étaient plus en fuite, ils n'échappaient plus au danger : c'étaient seulement des voyageurs se préparant pour le départ, réchauffant le petit déjeuner, parce que les habitudes reprenaient leur emprise, cicatrisant les peurs, comme si leur long exode était un agréable voyage touristique à travers le Mexique. Les murmures s'amplifiaient avec la clarté de l'aube, à l'heure mystérieuse des réveils du monde, et Norma, tournant la tête vers sa sœur, se rendit compte que Sonia, d'ordinaire si peureuse, ouvrant les mêmes yeux que lorsqu'elle était enfant, des yeux noirs et vifs de bonheur, semblait rassurée, prête à vivre. Sans parler, elles burent ce café miraculeux que les plus équipés, c'est-à-dire ceux qui venaient de plus loin, avaient apporté et ce liquide brûlant dans la fraîcheur de l'aube avait la même saveur que la vie qui reprenait, sang coulant dans les veines. Et cela juste au moment où éclata le vacarme des oiseaux dans la forêt, eux-mêmes tout affolés de vie, accueillant l'aube avec avidité.

Et ce matin-là, dans l'éveil de la nature, Norma se promit qu'elle vivrait, qu'elle et sa sœur traverseraient ce maudit pays de prédateurs pour aller retrouver les oiseaux de l'autre côté de la frontière. Parce que rien n'était plus beau que la vie elle-même, dans sa merveilleuse promesse d'avenir.

La troupe de migrants marcha toute la journée. Certains n'avaient plus de provisions mais ceux qui en avaient les partagèrent. Les deux sœurs faisaient partie de ceux-là et, bien qu'elles fussent d'un naturel généreux, l'abandon d'une partie de leur nourriture fut difficile. Mais elles ne protestèrent pas et ne laissèrent rien deviner. Ils dormirent encore dans la forêt.

Le jour suivant, l'étouffante densité de la muraille verte se creusa, des espaces s'ouvrirent entre les arbres puis des clairières se succédèrent : la jungle arrivait à sa fin. Et en même temps que la muraille se diluait, leur sécurité s'effondrait. Pendant près de trois heures, ils continuèrent leur progression mais à un moment où une immense trouée perforait les arbres, Luis s'arrêta.

Il dit que la forêt s'amincissait et qu'il fallait faire un choix. Tout le monde savait que la Migra privilégiait les espaces solitaires et dénudés pour arrêter les migrants. C'était exactement ce qu'ils allaient traverser désormais. Il y avait donc une décision à prendre : soit poursuivre par les rails en allant jusqu'à la prochaine ville, avec la possibilité de prendre un autre train, ce qui supposait de courir le risque de la Migra et des Maras, soit quitter la route balisée des rails pour rejoindre la ville de Tuxmas, où se trouvait une gare routière.

— Les gares routières sont aussi dangereuses que les stations de train, estima un homme. Et il faut payer le bus.

Luis répondit qu'il n'y avait pas de solution idéale. Sinon, ils ne se trouveraient pas ici, au milieu de nulle part. Mais un choix devait être fait, entre deux dangers peut-être, même si à titre personnel le train lui semblait plus périlleux.

Sa voix avait de l'autorité. Chacun réfléchit. Norma discuta avec sa sœur. Aucune des deux ne voulait tenter de prendre un autre train. L'attaque des Maras avait été trop terrifiante. Mais tous n'étaient pas de cet avis. Le train restait le meilleur moyen de traverser le Mexique, disaient-ils. C'était dangereux mais pas plus que les gares routières. Si la Migra arrêtait le bus, c'était fini. Sur le toit d'un train, tout restait possible. En plus, il suffisait d'un bon train pour remonter jusqu'au nord alors qu'il fallait en prendre, des bus, avant d'arriver au but. Et cela signifiait chaque fois voyager avec les Mexicains, qui pouvaient vous dénoncer ou vous prendre votre argent.

Un Mexicain répliqua qu'ils n'étaient pas comme ça dans son pays, que ses compatriotes étaient loyaux et que leur générosité était réputée.

— Le Mexicain a le cœur sur la main, dit-il.

On ne savait pas trop ce que cela voulait dire mais l'homme avait besoin de l'affirmer, sa voix s'était excitée et il avait rougi.

— Ils ont peut-être le cœur sur la main, répliqua un autre, mais il y a des serpents partout. On n'est pas à l'abri. Surtout les filles. On sait ce qu'elles deviennent si on les prend.

Et il dodelinait de la tête, roulant des yeux effrayés.

— C'est un choix personnel, dit Luis. À chacun de le faire. Je n'ai indiqué que mon avis.

C'est ainsi que la troupe se scinda. La majorité se dirigea vers la ville de Tuxmas tandis qu'une dizaine d'hommes – aucune femme – suivit la voie des rails. Ils s'étreignirent car en un sens ils étaient devenus proches, d'une proximité éphémère, tout à la fois fragile et intense. Dans cette étreinte, on sentait aussi la crainte de la disparition, chaque groupe imaginant l'autre se diriger vers les plus grands dangers. Ils se souhaitèrent bonne chance et bon courage.

De ces hommes, Norma n'entendit plus jamais parler. Peut-être parvinrent-ils en Californie. Peut-être furent-ils renvoyés à la frontière, battus à mort par des Maras ou encore rattrapés par les patrouilles américaines. Il y avait là des Salvadoriens, des Honduriens, un Guatémaltèque. Un homme s'appelait José, un autre Manuel.

L'autre groupe partit à travers la trouée. Il y avait Luis, il y avait les deux Honduriens dont l'amie était tombée du train, il y avait la femme violée, il y avait aussi le coureur un peu fou. D'autres encore. Tous compagnons d'infortune, unis par le hasard, bric-à-brac de destins, avançant comme des boxeurs aveugles. Échappant aux Maras de la gare, aux aléas du train, progressant tous ensemble à travers la trouée, dans la chaleur montante du jour, marchant et marchant encore, laissant l'aube derrière eux comme un heureux souvenir et se dirigeant vers d'autres hommes et donc d'autres dangers. Dans l'après-midi, ils tombèrent sur un hameau de fermes. Alors ils se séparèrent, sachant qu'une pareille troupe éveillerait les soupçons, tout en se fixant rendez-vous à la gare routière. Les deux sœurs partirent avec Luis et les deux Honduriens, soit les trois hommes qui les rassuraient le plus.

Ils progressèrent dans un paysage triste de fermes éparses, de murs effondrés, de toits de tôle et de façades décolorées par la misère. à mesure que la nature s'éloignait et que la pauvreté des villes s'étendait sur eux, rongeant progressivement l'espace, la route crevassée était parsemée d'un nombre croissant de déchets, avec des décharges à ciel ouvert. Les habitations se faisaient plus nombreuses, comme les voitures, qui passaient lentement et sournoisement, leur semblait-il. Mais ce n'était peut-être que le reflet de leur propre méfiance. Et pourtant, malgré ces passages, tout semblait ralenti dans cette contrée.

Un peu hébétée et songeant à l'éveil furieux et avide des oiseaux, Norma se demandait quel sort avait pu être jeté à cette région pour que tout se soit ainsi appesanti, comme sous le poids d'un énorme marteau. D'autant que la pluie se mit à tomber, fine et régulière, non pas comme une brutale pluie tropicale mais comme une grisaille, hachurant le paysage d'une morne plainte. Norma se rapprocha de sa sœur. Dans le silence de celle-ci, à peine rompu en somme depuis l'attaque du Mara, elle sentait à la fois une sourde réprobation, semblable à cette pluie qui suintait des nuages, et une fragilité, comme si la peur avait été trop vive. Norma voulait être forte pour deux.

Encore trois heures de marche et ils parvinrent à la gare routière, en marge de Tuxmas. Là, à l'employé obèse qui les interrogeait sur leur destination, tassé lourdement sur un tabouret de fer dans sa guérite, Norma demanda un bus pour Mexico en tâchant de dissimuler son accent colombien. L'homme la regarda curieusement. Il indiqua un prix. Elle paya, bien qu'elle trouvât la somme élevée, avant d'aller s'asseoir sur un banc devant les bus.

Quelques minutes plus tard, Luis les rejoignait. Son billet avait coûté deux fois moins cher.

— J'ai un très bon accent mexicain, fit-il en souriant.

— Ça veut dire que j'ai été repérée.

— Et alors ? Il va juste prendre l'argent. Mais parle le moins possible.

Le bus partait une heure plus tard. Dans l'intervalle, arrivant les uns après les autres, débouchant au coin de la rue ou surgissant d'un terrain vague qui s'étendait à gauche de la gare routière, d'autres membres du groupe les retrouvèrent. Le coureur fou fut le premier d'entre eux. Il s'assit sur un banc voisin en feignant de ne pas les connaître. Il y eut aussi un grand gars avec une chemise déchirée ainsi que la femme violée, qui marchait de sa façon furtive et discrète. Et tous prenaient leur billet, tous essayaient sans doute de dissimuler leur accent, avec plus ou moins de succès.

Au fur et à mesure que les autres parvenaient au but, Norma était plus nerveuse, craignant que ce rassemblement ne les fasse repérer. Brusquement, elle tourna la tête, pleine de dégoût, refusant ces êtres qui pouvaient trahir sa présence. Lorsque le bus s'arrêta devant eux, elle souhaita que les autres aient pris d'autres billets, pour d'autres destinations, en passant plus à l'est. Sans leur jeter un regard, elle grimpa les marches, passa devant le chauffeur en lui faisant un signe de tête et en lui présentant son billet puis s'assit au milieu du véhicule tandis que Sonia s'installait à côté d'elle. Puis le bus se remplit, les voyageurs prenant place, et Norma vit les migrants monter également, gagner un à un la travée centrale, tous arborant un masque d'indifférence, séparés les uns des autres par une conscience trouble et diffuse du danger, craignant rien et tout, haïssant soudain leurs compagnons, comme des chiens divisés, haineux, sous la férule d'un maître invisible qui s'appelait la peur.

Même Luis, même le rassurant Luis, suait de perfides gouttes de peur, sur son front et sous ses aisselles, et lorsqu'il passa devant les deux sœurs, il ne les regarda même pas.

Et tous restèrent figés sur leur siège. Ils étaient huit, dont le coureur fou et la femme violée, dont les Honduriens et Luis. Les autres, pour on ne sait quelles raisons, parce qu'ils n'avaient pas encore atteint la gare ou parce qu'ils n'allaient pas à Mexico, ne prenaient pas le même bus. Certains avaient peut-être été arrêtés. C'était peu probable pourtant. Le lieu était trop en marge des courants de migration pour la police.

En un tremblement poussif, le bus démarra. Il tourna lentement au coin de la rue puis accéléra, dans un tintamarre de ferraille et d'essieux qui, en d'autres moments, aurait été comique, les portes et fenêtres restées ouvertes accentuant encore ce vacarme général, comme si tout s'écroulait en même temps qu'ils prenaient de la vitesse. Mais les migrants n'avaient pas le cœur à rire et les Mexicains, sans doute rompus à cette carcasse disloquée, ne souriaient pas, le regard dans le vide, la main accrochée au dossier devant eux. Le bus avait beau s'éloigner, quitter la banlieue de Tuxmas pour s'engager sur la route, Norma ne se sentait pas rassurée. Un malaise l'étreignait. Et ce n'est que lorsque Sonia lui murmura quelques mots à l'oreille qu'elle en comprit la raison.

— Ça me rappelle le bus de Colombie.

Oui, c'était ça. C'était le souvenir du bus brinque-balant qui avait été arrêté au milieu de la route par les paramilitaires. Les sœurs avaient pourtant pris bien

202

d'autres bus depuis, sans jamais avoir peur. Mais là, après l'attaque du train, après plusieurs jours de marche, dans la même antiquité roulante et chuintante, le souvenir d'Emanuel escorté par les soldats leur revenait comme une balle, petite bille noire et mortelle de la mémoire et du danger. Et à partir du moment où sa sœur lui expliqua son malaise, Norma ne fit plus qu'attendre, avec une persistante nausée, le moment où d'autres soldats arrêteraient le bus, sans doute alertés par l'obèse et menaçant employé du guichet, chien chasseur de migrants. Elle se représentait très exactement le coup de fil de l'employé, le corps énorme replié sur sa chaise, comme un insecte monstrueux et gluant, appelant la Migra pour lui donner le signalement de plusieurs migrants, mais surtout celui de deux jeunes filles de moins de vingt ans, avec des cirés et des sacs à dos, prenant le bus de 19 h 15 pour Mexico. Elle pouvait le voir. Il l'avait enregistrée, elle, surtout elle, de son regard inquisiteur. Il lui avait demandé deux fois le prix du billet, il s'était mis l'argent dans la poche puis il les avait dénoncées, c'était une évidence, et il avait encore reçu de l'argent pour cela. Les choses étaient claires. Très claires. Le bus roulait vers la souricière.

Norma crut un moment qu'elle allait vomir. Elle le dit à sa sœur. Celle-ci la regarda calmement, avec de grands yeux sages, comme ces enfants qui ont soudain des regards d'adulte.

— Tu as peur, c'est tout. Moi aussi. Mais on ne va pas vomir. Et il n'y aura pas de militaires. C'est passé, ça.

— Et l'employé ?

— Quel employé ?

— L'énorme type de la gare. Il peut nous avoir dénoncées.

Sonia haussa les épaules. Elle mit sa main sur la cuisse de sa sœur.

Un peu plus tard, elles changèrent de bus, les autres migrants derrière elles. Puis une nouvelle fois. Et encore une fois, dans leur fuite vers le nord. Dans la nuit, après de multiples arrêts sans rapport avec la Migra, le bus arriva dans la banlieue de Mexico.

18

Ils étaient nombreux. Peut-être deux cents ou trois cents. La curiosité les animait, née de l'ennui pesant des journées, mêlée à une sorte de vague animosité, parce qu'on dérangeait leur quartier. Parmi les badauds massés derrière les barrières se trouvaient Naadir et Mounir, en compagnie de leur père. En signe de désapprobation, Mounir, les mains dans les poches, crachait un peu partout. On ne savait si c'était à cause des policiers présents ou parce qu'on allait changer ses habitudes.

L'immeuble se dressait devant eux, rectangulaire et décrépi, parsemé de couleurs pastel défraîchies où le bleu s'imposait, un bleu écaillé, un bleu de pauvre. Le bâtiment était d'une vacuité triste et désolée.

Quelqu'un dit que c'était tout de même bon de se débarrasser de ce vieux truc. « Avec cent kilos d'explosifs, ça devrait aller », lui répondit-on.

À midi pile, l'explosion retentit. L'énorme barre d'immeuble, coupée en son milieu, demeura un instant suspendue puis, dans un lent mouvement d'anéantissement, se mit à s'affaisser, s'enfonçant peu à peu dans un immense nuage de gravats et de poussière, avec une accélération progressive qui la désintégrait. Et brutalement, il n'y eut plus rien, juste cet immense nuage opaque qui absorbait tout, dévorant un à un les bâtiments alentour, les voitures, les tentes des officiels, dans la lente et serpentine convulsion de ses remous. Les premiers badauds eux-mêmes furent engloutis, provoquant les rires des observateurs plus lointains. Mais lorsque le nuage, lentement, reflua, se couchant sur le sol, les rires se turent car de la grande barre il ne restait plus que des monceaux, comme dans les photos des villes détruites pendant la guerre, écrasées sous les bombes. Sur ces ruines hérissées s'animerait bientôt le ballet grouillant des bulldozers, substituant leur tonnerre mécanique à l'unique explosion.

Un grand silence se fit dans la ville. Si cela pouvait s'expliquer par le contraste avec l'énorme déflagration, dans cet amortissement des sons et des réactions se percevaient aussi le silence et la tristesse des deuils. La grande barre datait des années 1970. Elle avait symbolisé, après les bidonvilles, l'accession à la modernité et même si chacun ne voyait plus en elle que la pauvreté et les dérives architecturales des banlieues, le cœur des plus anciens se serrait devant cet effondrement. Le quartier ne serait plus jamais le même.

— Ils disent qu'ils vont mettre un autre bâtiment à la place, mais c'est pas vrai, en fait.

— Ce sera pas pour nous, en tout cas. Les loyers seront trop chers.

— C'est pas un HLM, dit une vieille. C'est mon fils qui me l'a dit. Il travaille à la mairie.

Mounir ponctua ces paroles d'un crachat. C'était pas bon, c'est sûr, puisque ça ne l'était jamais.

Naadir considérait le panorama devant lui. La barre écrasée libérait la vue sur d'autres étendues, des moutonnements gris d'immeubles et de pavillons où pointaient les taches criardes des panneaux publicitaires ou de lumières clignotantes, au loin, enseignes sous lesquelles on devinait les grands supermarchés.

— Pourquoi est-ce que c'est si laid? murmura-t-il pour lui-même.

— Ça a pas toujours été comme ça, dit son père. Je l'ai pas connu mais il paraît qu'avant il y avait des champs ici. Puis on a construit des usines, avec des habitations autour. Et puis les usines sont parties et les gens sont restés. Et nous on est là.

Naadir jeta un coup d'œil stupéfait à son père. Celui-ci avait parlé. Ses yeux étaient fixés sur le vide béant de la barre, l'effondrement du décor qui arrêtait la vision depuis son enfance. Il n'était jamais sorti du quartier. Il y avait fait son école, il y avait fait son apprentissage, et ses différents emplois de tourneur-fraiseur, c'est là qu'il les avait obtenus. Et lorsqu'on ne l'avait plus employé, c'est aussi là qu'il était resté à attendre. Et c'est là sans doute qu'il mourrait, sans l'avoir jamais exprimé, sans l'avoir même jamais pensé. Il ne connaissait presque rien d'autre. Quelques autres quartiers, aucun autre pays, aucune autre région. Et Paris le gênait, surtout les arrondissements du centre, où il se sentait mal à l'aise. Il y était allé autrefois, rarement, il n'y mettait plus les pieds. Toute sa vie se trouvait là, dans ce quartier, entre la gare et la grande barre. La disparition d'un des lieux les plus familiers de son existence le troublait au point de le faire parler.

D'un pas lourd, la foule s'ébranla. Comme s'il fallait quitter en même temps les lieux du souvenir et de l'effondrement, tous s'en allèrent.

À la maison, Karim les attendait déjà. Le sourire large, comme d'habitude, il semblait nerveux, allant et venant dans la salle à manger.

— Alors ? demanda-t-il.

Mounir parut vouloir cracher puis se ravisa.

— Ils lui ont démonté la gueule. Elle est tombée d'un coup, c'était comme dans les chiottes quand ça aspire tout.

L'adolescent entreprit de raconter toute la scène. La splendeur épique n'en fut pas tout à fait saisie parce qu'une odeur emplit soudain la pièce : Nercia arrivait triomphalement, portant un grand plat de poulet aux pommes de terre et aux légumes épicés. La famille se mit à table. Ils mangèrent d'abord en silence. Naadir, en petit animal fragile, écureuil du genre humain, épiait les uns et les autres, percevant une tension qui lui rappelait, sous des formes légèrement différentes, la dernière venue de Karim. Celui-ci, surtout, lui semblait d'une nervosité sourde, ses jambes toujours en mouvement sous la table.

— Arrête de bouger comme ça, fit Mounir, on se croirait sur un bateau, tu vas tous nous faire dégueuler.

— Mounir ! l'arrêta Nercia. Ne parle pas comme ça à table !

Mounir renifla d'un air mécontent.

Nercia contempla longuement Karim.

— J'aimerais que tu m'expliques pourquoi il y a tant de policiers dans les rues en ce moment. C'est à cause de cet homme qui a été tué ?

Karim hocha la tête.

— Oui. Il a été tué et en plus au fusil à pompe. Les flics n'aiment pas ça. Ils disent qu'il y a trop d'armes en circulation dans la cité. On parle de Kalachnikov, et même de bazookas. Faut faire attention. Faut pas beaucoup bouger. Je crois qu'il peut y avoir des problèmes.

— Tu *crois* qu'il peut y avoir des problèmes ? insista Nercia.

— Je crois vraiment.

— Donc t'es sûr.

Karim haussa les épaules.

— Il y a les flics, il y a les bandes. Les bandes ne sont pas d'accord entre elles. C'est pas bon. C'est pas bien fréquenté cette cité.

Mounir éclata de rire.

— J'ai entendu parler espagnol, l'autre jour, dans les rues, dit Nercia. C'est normal ?

— De quoi ? dit Mounir. On entend que des langues de ouf, par dizaines. Y a pas que des Arabes ici. Faut pas être raciste.

— Je répète ma question, dit la mère, et ne me prenez pas pour une imbécile. C'est normal ?

Son ton s'était durci. Naadir se réfugia dans son assiette.

— J'sais pas, répondit Karim. C'est vrai qu'il y a beaucoup de langues ici. C'est la mondialisation.

C'était peut-être du portugais. T'es spécialiste d'espagnol, maintenant ?

Nercia jeta un coup d'œil à son cadet.

— Naadir, prends ton assiette et va la finir dans ta chambre. Je dois parler à tes frères.

Sans un mot, l'enfant se faufila dans sa chambre. L'assiette sur les genoux, l'oreille collée à la porte.

— On dit qu'il y a des Mexicains ici, continua Nercia. Qu'ils viennent d'Espagne, où ils avaient déjà établi une tête de pont. C'est comme ça que les gens parlent : une tête de pont. Qu'ils avaient des contacts dans la cité et qu'ils viennent développer un commerce de cocaïne. On dit que c'est pour ça qu'un homme est mort. On dit que c'est aussi pour ça que deux bandes se tirent dessus depuis des semaines, afin de prendre le marché pour les Mexicains. On dit que les choses deviennent vraiment dangereuses.

— Les gens parlent beaucoup, dit Karim. Ils ont rien à faire, alors ils parlent. C'est le chômage, c'est pas bon, les langues s'activent trop.

— Les gens parlent beaucoup parce que les gens savent beaucoup. On est dans un village. Les choses ont de l'écho. Ça résonne haut et fort. Et voilà ce qui est parvenu à mes oreilles.

Tous se turent. Une voix s'éleva, très sourde.

— Si je savais que mon fils voulait prendre la tête d'un trafic de cocaïne, je le dénoncerais moi-même.

Karim tourna la tête vers son père, le visage durci et l'expression cruelle.

— Ne t'occupe pas de ça. Je suis aux commandes, je fais ma vie. Et ne me menace pas. Toi, tu regardes ta télé et pour le reste tu te tais.

La fin du dîner fut silencieuse. Naadir termina son assiette sur son lit. Choqué par la dureté de son frère, il se sentait triste, toujours parcouru par cette impression de désastre qu'il ressentait depuis quelque temps. L'image morcelée d'un homme aux cheveux rouges s'imposa à lui : les portes de la cité allaient être ouvertes.

Karim entra dans la chambre, ayant déjà enfilé son blouson de cuir.

— Ça va, petit frère ?

Naadir, désapprobateur, la tête baissée, ne répondit pas. Karim sourit.

— T'es pas content, hein ? C'est parce qu'on t'a renvoyé dans ta chambre ? Tu sais, les affaires de la cité, c'est pas pour les enfants.

Karim regarda par la fenêtre. Il faisait nuit. Des blocs sombres, immeubles de béton et nuages, étouffaient toute luminosité.

— Tu sais, je suis peut-être pas assez souvent là. Pour faire mon devoir de grand frère, je veux dire. Il y avait un truc que je voulais te dire. Un truc important parce que je crois pas que c'est important pour toi. Alors que c'est le plus important. Pour être tranquille.

Naadir releva la tête.

— Ce truc, poursuivit Karim, c'est le respect.

Lueur d'incompréhension dans le regard de l'enfant.

— C'est vrai que t'es jeune, dit Karim, mais peut-être aussi qu'on te maintient trop dans l'enfance. Je vois des petits de ton âge qui sont plus vieux que toi dans leur tête. Ils comprennent mieux les choses. Et j'ai peur que ça finisse par te jouer des tours. Parce que les livres, l'école, c'est bien mais c'est pas la vie. Enfin c'est pas la vie ici, en tout cas. Là, personne t'embête parce que t'es mon frère mais ça pourrait changer s'il m'arrivait des malheurs.

— Quels malheurs ? demanda Naadir, effrayé.

— Je sais pas, tout peut arriver, on sait jamais. Des malheurs… En tout cas, ce que je voulais te dire, c'est qu'il faut se faire respecter. Moi, je me suis fait respecter. J'avais pas cinq ans qu'on me respectait déjà. Moi, je mordais, c'était ça mon truc, fit Karim en riant. J'étais teigneux, tu vois, je m'accrochais, je mordais, j'étais un pitbull. Et ça s'est su. Ça se sait toujours. Et après j'ai toujours fait comme ça. Parce que j'aime pas qu'on me cherche. Parce que j'ai une réputation à défendre. Et c'est le plus important. Imposer sa réputation. Tu arrives dans un lieu, tu t'imposes. Il y en a un qui te revient pas, tu le casses. Tu t'imposes. Ta réputation, c'est tout. C'est ton image, c'est toi-même.

— Comment est-ce que je peux faire ça ? répliqua Naadir. Je ne veux casser personne, moi. Et ma réputation, je n'en ai pas et je ne veux pas en avoir.

— Dans la vie, il faut se faire respecter, asséna Karim. Si t'as une mauvaise réputation, t'es mort. Tu sais frapper ?

— Frapper ?

— Oui. Cogner, taper. Donner un coup de poing.

Naadir secoua la tête.

— Lève-toi. Tu te mets en face de moi et tu cognes sur mon épaule. De toutes tes forces.

L'enfant lança un coup maladroit.

— C'est pas bon. Tes pieds doivent être en appui. C'est tout le corps qui frappe, pas le bras. C'est tout

212

ton poids qui se concentre dans le poing. C'est comme ça que tu feras mal.

Naadir se jeta vers l'avant. Le poing s'écrasa contre l'épaule, le bras se recroquevilla et le menton vint buter contre le corps du grand frère, qui éclata de rire. Karim prit le petit en dessous des aisselles et l'éleva au-dessus de sa tête, tout en continuant à rire. Et Naadir aussi se mit à rire, son crâne effleurant le plafond. Karim le ramena à terre et, lui ébouriffant les cheveux, finit par déclarer :

— Allez, Mohamed Ali, rien que pour toi, je vais essayer de rester en vie parce que si t'es à ton compte, ça va mal se passer.

Plusieurs minutes plus tard, on entendait encore le grand rire de Karim s'éloigner dans la nuit.

19

C'était arrivé sans prévenir. L'étrange événement.

Fernando Urribal s'était réveillé à l'aube, comme souvent. Il n'avait pas besoin de beaucoup de sommeil. Devant le miroir de la chambre, il avait accompli sa gymnastique du matin, d'abord en douceur, s'étirant les muscles, puis avec plus de vigueur, avec des abdominaux et des pompes. Les muscles gonflés de sang, il s'était admiré dans la glace. Et il est vrai qu'il restait un athlète pour son âge. Voilà bien longtemps, à l'école de police, il avait été un champion du cent mètres et du deux cents mètres, jusqu'à participer à des compétitions internationales. Depuis cette époque, son corps avait fondu, et lorsqu'il le contemplait, avec ce narcissisme exigeant et sévère qui ne le quittait jamais, il lui semblait comme affadi, tombant, avec une texture de peau molle. Mais pour un homme de son âge, sa forme était néanmoins remarquable.

Il passa sous la douche. L'eau lissa les impuretés, les suées, l'âge et les pensées moroses. En faisant ses exercices devant la glace, de sombres pressentiments lui étaient venus. Il avait resongé au silencieux avertissement de Gutiérrez et à la sinistre forme noire et soumise sur la piste qui lui avait parlé de López. Il savait bien que tout cela n'était pas bon. Et du fond de son inquiétude, même le déjeuner avec sa fille lui adressait un signal d'alarme, comme si, dans les quelques remarques que celle-ci s'était permises, affleurait l'annonce que bientôt les chiens seraient lâchés. Urribal s'essuya et, tandis qu'il se frottait vigoureusement, reprit son agressivité coutumière. Il serait prêt au combat, comme d'habitude. Mais derrière sa façade d'énergie retrouvée, il sentait, avec une pointe d'inquiétude, une curieuse faiblesse se tapir en lui. Un insecte minuscule et grignotant, immobile à présent, et pourtant prêt à poursuivre son œuvre patiente.

La journée ne serait pas très remplie. Un rendez-vous avec son conseiller financier, la visite chez un paysan qui s'était cassé la jambe, quelques coups de téléphone. C'était une bonne journée pour réfléchir et prendre des décisions.

Lorsqu'il revint dans sa chambre, ses habits avaient été préparés. Il les enfila, prenant plaisir à boutonner sa chemise, à remparer les sentiments négatifs derrière la perfection de sa tenue. Une tenue confortable, décontractée, et néanmoins d'une grande élégance, comme d'habitude. Il descendit l'escalier et entra dans la salle à manger. Aussitôt, un domestique lui apporta le petit déjeuner et le café fumant. Ordre et ponctualité. Oui, les choses reprenaient leur ordre. Il suffisait de les faire les unes à la suite des autres, tout simplement. Un problème après l'autre.

Le sénateur mangea son petit déjeuner avec lenteur. Le pain épongea les jaunes d'œuf, dont un filet lui coula sur la lèvre. D'un geste pesant, hiératique, il s'essuya, comme plongé dans un songe. Bien que les journaux, à sa gauche, l'attendissent, il ne lut que les titres. Il restait dans ses pensées.

Après avoir fini, il siffla le chien et partit dans le jardin. C'est alors que cela arriva. L'étrange événement.

Lorsqu'il déboucha sous le porche, le soleil levant, d'une terrible luminosité, l'aveugla, au point qu'il s'immobilisa. Il se sentait pris dans une gangue de lumière, chaude malgré l'heure précoce, enveloppante, presque douloureuse, comme une pulvérisation agressive de millions de petits points qui annulaient tout le paysage devant lui, tout le jardin et les constructions, dévorant aussi les murs protégeant l'ancienne demeure, dissous par l'explosion lumineuse. Cela ne dura que quelques secondes, quelques moments suspendus d'une rétine douloureuse, et pourtant l'espace bascula bel et bien dans un néant explosif, aveuglant, où tout disparut. Il n'y avait plus rien.

Urribal fit un pas en aveugle. Il tendit la main, comme pour se protéger. À mesure qu'il avançait, le paysage parut se recomposer, reprendre ses formes, et de la disparition générale émergèrent bientôt, surtout lorsque la ronde des points noirs, dans ses yeux éblouis, put se calmer, les contours familiers. Le puits d'abord, le verger, la maison des gardiens, à droite, puis les murs d'enceinte. Et derrière, enfin, les montagnes. Bientôt, il ne resta plus de cette vaste désintégration qu'une vague nausée.

Voilà. Ce fut cela, l'étrange événement. Cette incroyable disparition de toute chose sous l'explosion lumineuse. Et le sénateur Fernando Urribal transformé en pauvre aveugle.

Et pourtant, le reste de la matinée se déroula normalement, au moins en apparence. Lorsqu'il fut rentré de sa promenade, lorsque le chien retrouva sa position paresseuse, entre ombre et soleil, sur le pas de la porte, Urribal tenta de reprendre ses rassurantes habitudes. Il lut les journaux, en suivant en particulier les nouvelles financières. Puis il accueillit son gestionnaire de fortune, un petit homme aux cheveux blancs du nom de Roberto Díaz, qu'il connaissait depuis 1994, l'année charnière de sa vie, celle où tout s'était joué. Cette année-là, alors que le Mexique était devenu sous la présidence de Salinas un exemple pour le FMI et les marchés, tout s'était effondré. Le nouveau président Zedillo avait dû dévaluer le peso, la valeur de la dette avait explosé, tous les fonds étrangers s'étaient envolés, les entreprises avaient fait faillite, entraînant avec elles les banques. Le Mexique chutait, les pays de la zone avec lui, et la plupart des investissements d'Urribal disparaissaient dans le trou noir. À deux doigts de la ruine, il avait fait appel à Díaz, qui lui avait déclaré d'emblée : « Une crise n'est pas une crise, c'est une opportunité. » Tous deux se battaient furieusement, travaillant ensemble tous les jours, lorsque le miracle se produisit : le contribuable remboursa les dettes. Cent millions de pauvres couvrant les dettes des banques ! Prévenu à l'avance du rachat des dettes par l'État, Urribal, sur les conseils de Díaz, se porta acquéreur de plusieurs entreprises en faillite que les banques abandonnaient, faute de liquidités. Le contribuable paya, les banques retrouvèrent les liquidités et les entreprises se redressèrent. Le maître d'œuvre du plan fut Roberto Díaz, qui obtint un pourcentage significatif des bénéfices d'Urribal, sans commune mesure toutefois avec la nouvelle fortune de celui-ci. À l'issue de la crise de 1995, immensément riche, il était prêt pour les plus grandes échéances.

Le sénateur et son gestionnaire firent le point sur la nouvelle crise financière, celle des nations développées cette fois. La crise de 2008 avait reproduit à grande échelle pour l'Occident le même scénario. Comme les banques ne pouvaient pas sauter, sauf à faire exploser le monde, les États, à commencer par les États-Unis, les avaient sauvées. Díaz affirma que bien entendu, la situation devenait plus compliquée et qu'il était difficile de faire mieux que le marché. Et néanmoins, il produisit des résultats tout à fait satisfaisants. Urribal considéra avec un étonnement renouvelé le petit homme : intelligence, précision, rigueur et honnêteté. Un gestionnaire parfait qui poussait l'intégrité jusqu'à ne pas le voler. Pas une seule fois en plus de quinze ans. Dans une telle atmosphère, et au moment où les plus grandes banques occidentales jouaient un double jeu avec leurs clients, cela tenait du miracle moral. Díaz lui signala par ailleurs qu'il avait transféré trois millions des banques suisses – qui, sous la pression des États-Unis, devenaient moins sûres – aux îles Caïmans.

En fin de matinée, le sénateur, accompagné de deux hommes en armes, alla rendre visite au paysan blessé. Celui-ci était tombé de cheval, lorsqu'un troupeau de vaches qu'il tentait d'encadrer s'était emballé. Urribal avait payé l'hôpital. Toute la famille l'attendait sur le pas de la porte, le dos courbé. Le sénateur songea qu'il leur avait payé la maison, payé l'hôpital et que pourtant c'était à deux pas d'eux que Jaime López était passé. Pourritures de péons, toujours prêts à respecter la loi du plus fort.

Il entra. L'homme était allongé sur un lit. Suant et barbu, il ne semblait pas très propre, de sorte qu'Urribal voulut rester à bonne distance. Mais le paysan, lui saisissant la main, l'embrassa avec ferveur.

— Merci, sénateur, merci.

Urribal retira sa main, il lui tapota l'épaule d'un geste débonnaire et un peu dégoûté avant de dire quelques mots.

— Il paraît que tout s'est bien passé. Tu seras bientôt rétabli. Profites-en parce que le travail va reprendre. Et ce sera dur.

Il rit, d'un rire un peu forcé, et tout le monde rit à sa suite. Il se retourna. Un garçon d'une douzaine d'années le fixait avec admiration. Un peu étonné, il le contempla.

— Tu as grandi, dis-moi.

Le garçon sourit de toutes ses dents. Un immense sourire à la fois reconnaissant et stupéfait. Urribal ne se rappelait pas ce garçon mais il n'était pas insensé de supposer qu'il avait grandi depuis la dernière fois. Le petit se dandina, les mains derrière le dos, les yeux brillants. « La toute-puissance », se souvint Urribal.

Voilà ce que souhaitaient les gamins. Dans ce garçon de petite taille mais au buste large, il voyait le prochain soldat des trafiquants. Dans cette admiration malsaine – une admiration dont néanmoins le sénateur ne se lasserait jamais, malgré les années –, il lisait le désir de la place au soleil, de la richesse. Peut-être tout à fait à tort d'ailleurs. Dans quelques années, peut-être lui payerait-il des études et peut-être l'enfant deviendrait-il un digne avocat ou un médecin compétent. Peut-être. Il ne le croyait pas. Parce que cela arrivait rarement mais aussi parce qu'il décelait en lui la brute à venir, tout à fait distinctement, plus grand, plus trapu, la face un peu plus virile, certes, mais au fond le même, secrètement fou de joie d'appartenir aux troupes d'un cartel, de manier le pistolet et la mitraillette tout en ayant l'espoir, un jour, de devenir riche. De revenir dans la maison des parents avec les armes et l'argent, là où il se trouvait à présent, en face de son père pauvre et blessé. Retourner l'image du père et faire partie des « gens du haut pouvoir ». Il sentait en lui ce mélange explosif d'humiliation et d'envie qui engendrait les plus grands troubles. Et il était certain que s'il revenait deux ans plus tard dans cette même maison et qu'il demandait au garçon de faire partie de ses troupes, celui-ci s'agenouillerait devant lui pour lui baiser la main, comme son père. Et si Jaime López ou un autre lui faisait la même proposition, il accepterait avec la même joie, juste un peu moins visible.

Le sénateur sortit de la maison. Et c'est alors que cela revint. Avant de retrouver le soleil, il éprouva une morsure d'appréhension, fugitive, minuscule, à peine une miette de confiance, de morgue et d'assurance qui se détachait. Presque rien. Il eut à peine le temps de la noter. Mais en même temps qu'il en prenait conscience, il sut que cela n'était pas bon. Baissant légèrement la tête, il chaussa ses lunettes et entra dans la lumière. Protégé par les verres noirs, il ne sentit rien. La ronde ne reprit pas.

— Je vais marcher un peu, dit-il.

Les deux gardes l'observèrent avec étonnement. Il s'éloigna en se demandant ce que faisaient ses fils. Pourquoi s'en occuper ? Quelle raison avait-il d'y penser ? Ils étaient assez grands. Il se dit aussi qu'il aurait aimé avoir son chien avec lui. Le sénateur avança sous le soleil, dont il tentait d'accueillir la chaleur. Il était d'ici, il avait toujours vécu avec le soleil et la chaleur, depuis ses premiers pas. Ses yeux étaient noirs, ses cheveux étaient noirs, sa peau était mate, au point que les gamins de son âge, autrefois, se moquaient de lui en l'appelant l'*Indio*, alors que leur peau était aussi sombre que la sienne. Alors pourquoi craindre le soleil ? Il leva la tête vers le ciel avant de la rabaisser aussitôt. Il se souvint que les Aztèques considéraient que l'énergie du soleil provenait du sang, et c'est pourquoi ils lui sacrifiaient des milliers de victimes, la main extrayant le cœur sanglant avant de le tendre vers le ciel. Les dieux avaient créé différents mondes, tous détruits, avant le cinquième monde, balayé par le Déluge, auquel avaient survécu un homme et une femme, ancêtres de tous les humains. Et le deuxième monde, Urribal s'en souvenait très bien, depuis l'enfance et le récit de ces histoires terrifiantes, avait été créé sous un soleil de feu, qui avait fini par détruire la terre et par transformer les hommes en bêtes.

Il n'avait jamais eu peur du soleil. Il l'avait toujours accepté et respecté. La sécheresse, la chaleur, la lumière avaient toujours été ses éléments naturels. Alors pourquoi cet éblouissement ce matin et cette vague appréhension, comme s'il ne reconnaissait plus son propre univers ? Ce n'était pas bon. Non, tout cela n'était pas bon.

Tandis qu'il marchait, l'église du village se dressa devant lui. Urribal demeura un peu hébété. Il n'avait pas l'impression d'avoir marché si longtemps. Il se retourna. Ses deux hommes le suivaient à bonne distance. Il entra dans l'église. Sous la voûte basse, dans cet édifice obscur, presque primitif, avec l'autel décoré d'un chaos païen de couleurs et de figurines, orné de fleurs et d'offrandes, il faisait frais. Urribal pensa, absurdement, que le lien avec le soleil était brisé. Il s'assit avec un certain plaisir. Il n'avait pas prié depuis longtemps. Autrefois très croyant, il l'était moins. Moins pratiquant en tout cas, même s'il honorait les rites principaux. Ce jour-là, s'il l'avait pu, il aurait sans doute sacrifié aux rites païens du soleil. Mais il se trouvait dans une église chrétienne, en face d'un Christ supplicié aux larmes de sang. La peinture avait été refaite une semaine auparavant. Le sang brillait d'un rouge éclatant. Sans savoir pourquoi, sans doute simplement à cause du prénom, le sénateur songea à Jesús Malverde, le bandit du XIXe siècle devenu le saint des trafiquants, devant lequel ils priaient.

Devait-il prier ?

Entendant un mouvement, il se retourna. Le curé entrait dans l'église. C'était un petit homme maigre et pauvre que le sénateur aurait aimé respecter et qu'il méprisait un peu, tant l'homme était falot. Ses sermons étaient maladroits. Le sénateur ne voyait pas un prêtre, il ne voyait en lui que le paysan devenu prêtre, après quelques études, et renvoyé dans la campagne pour satisfaire les besoins primitifs de la population. L'homme, par timidité, n'osait regarder Urribal dans les yeux.

— Je ne voulais pas vous déranger, monsieur le sénateur.

— Restez, curé. Cela me fait plaisir de vous voir.

Urribal scrutait le petit homme, qui rougissait.

— Tout se passe bien, curé, dans votre commune ?

Le prêtre acquiesça.

— Très bien, monsieur le sénateur. Ce serait un péché de dire que ce domaine est un paradis sur terre mais il faut bien avouer que vos terres sont un modèle économique et humain.

Se moquait-il de lui ? Ou s'agissait-il de la flatterie d'un prêtre heureux et rassasié ? Le ventre plein gargouille de sottises.

— Un paradis ? Sans doute pas. Je m'efforce néanmoins de préserver ce territoire du danger et du manque.

Le prêtre hésita.

— Oui ? fit le sénateur.

— J'ai une seule inquiétude.

— Le serpent ? demanda Urribal en grimaçant.

— Un homme. Il est venu importuner des femmes. Une fille et sa mère. Il est venu les frapper. Il veut coucher avec la fille.

— Je suis au courant. Daisy. Je vais m'en occuper.

Le prêtre sembla stupéfait.

— On me parle aussi, fit Urribal avec un geste de la main. Il n'y a pas que le confessionnal. Je vais m'en occuper. Il faut toujours s'occuper des serpents.

— C'est un homme dangereux, dit le prêtre.

— Oui, un serpent. Il a les crochets et le venin.

Urribal retomba dans sa rêverie. Le petit homme n'osait plus bouger. Puis, pensant qu'il dérangeait peut-être, il fit un pas pour s'en aller.

— Ne partez pas.

C'était à la fois un ordre et une prière.

— Curé…

Il se tut. Puis, d'un ton brusque, il reprit :

— Il y a une question que je veux vous poser depuis longtemps.

— Une question ? balbutia le curé. À moi ?

Urribal semblait peser ses mots, comme incapable de parler.

— Oui, j'ai une question. Toujours la même, depuis longtemps. C'est une question que je me pose depuis toujours. Enfin, depuis ma jeunesse, quand j'ai commencé à porter les armes.

Pouvait-il vraiment parler ? Pouvait-il parler à cet homme, ce petit être si faible, si limité ? Et en même temps, levant la tête vers la chasuble blanche, à l'entrée de l'église, il sentait désespérément qu'il voulait se confier, sans oser le faire.

— J'étais jeune, vous savez. J'étais policier. Je travaillais sur des affaires de stupéfiants. Tout un monde à la fois violent et corrompu, tranquillement corrompu, je veux dire. N'imaginez pas les cartels de maintenant, les meurtres partout dans les rues, l'explosion de la violence. Tout était plus mesuré, on était entre nous. Le parti tenait beaucoup de choses. Tout était plus contrôlé dans notre pays. On a dit beaucoup de mal du PRI. Ce n'était pas ce qu'on dit, je vous le promets, curé, c'étaient juste des gens qui assuraient l'ordre, qui discutaient beaucoup et qui arrangeaient tout, ou presque tout. Il y avait des marges, des zones d'ombre, il y en a toujours, mais vraiment ce n'était pas comme maintenant, curé, je vous le promets. Quand je vois comme les choses ont tourné… C'est quoi ce monde, curé, ce monde où tous s'entretuent ? Je commençais à comprendre comment tout ça tournait. L'ordre des choses, quoi. Vous comprenez ça, curé. Vous avez l'air pétrifié… Regardez-moi. Est-ce que vous comprenez ce que je vous dis ? Que je commençais à comprendre, à saisir les règles cachées.

Urribal, de nouveau, se tut. Il semblait ivre. Il se passa la main sur le front.

— Je les avais arrêtés. Pour rien. Une broutille. C'était la deuxième fois qu'ils me faisaient chier, dans mon district, à tourner partout. Je les connaissais, je savais qu'ils fournissaient de la drogue, j'en avais marre qu'ils traînent. Avec mon collègue, j'ai mis la voiture en travers de leur route. Ils se sont excités, ils ont voulu repartir en marche arrière, je ne voyais pas pourquoi ils s'excitaient comme ça. J'ai tiré sur eux, dans leur pare-brise. Pas pour les tuer, curé. Juste pour qu'ils comprennent qu'il ne fallait pas me faire chier. Ils ont compris, ils se sont arrêtés. Je me suis approché de la voiture, il y en a un qui est sorti les mains levées, le visage un peu sanglant, probablement à cause d'éclats de verre, pas grand-chose. Et puis l'autre a tiré. Il m'a raté mais moi je l'ai tué. Je ne comprenais pas pourquoi ils s'excitaient. J'étais là, tout tendu et tout tremblant, parce que vous savez, je n'avais jamais tué personne et en plus j'avais failli être touché, j'étais passé tout près, je me sentais comme rempli à exploser de peur, de joie et de tension. J'étais tout tendu, curé, alors j'ai commencé à donner des coups de pied dans le cadavre, à lui éclater le visage et les côtes. Et comme l'autre hurlait, agenouillé, j'ai commencé à le frapper lui aussi. Je ne me sentais pas bien, curé, vous savez, je ne dis pas ça pour m'excuser et on n'est pas au confessionnal, je ne vous parle pas de mes péchés, ce n'est pas ça, non, ce qu'il faut que vous compreniez, c'est que les choses n'étaient pas claires. Ma vision était confuse. Parce que c'est important que vous compreniez. Je hurlais moi aussi et l'autre hurlait et alors j'ai ouvert le coffre, j'ai soulevé des couvertures, ma main s'est couverte de sang et j'ai vu que c'étaient des cadavres. Les choses étaient rouges, vous savez, le monde se tendait d'un voile rouge, je n'étais pas vraiment moi-même. Je ne sais pas comment ça s'est passé, je crois que j'ai été assez persuasif et l'homme m'a accompagné jusqu'au lieu où il voulait porter les corps. Des gars qu'ils avaient tués, je ne sais plus pourquoi, des règlements de comptes. Il m'a accompagné. Et alors, j'ai vu, curé. J'ai vu ce que c'était que mon monde tranquillement corrompu. Une décharge de corps. Un charnier. C'était là qu'ils apportaient les corps, tous les corps. Il y en avait des dizaines, ils ne s'étaient pas donné la peine de les enterrer, cela puait atrocement, tous ces corps sur la boue noire, imbibée de sang, des corps décapités, des chairs déchirées, hideux, atroces, des têtes écrasées à coups de gourdin et de barre de fer. Des corps partout, des hommes et quelques femmes, des corps dans différents états de décomposition. C'était ça mon monde tranquille, curé. Dans mon district. Un charnier non seulement que je découvrais mais dont je n'aurais même jamais soupçonné l'existence. L'homme, le tueur, semblait le découvrir aussi parce qu'il voyait à travers mes propres yeux, il comprenait ce qu'il avait fait, j'espère, ce que lui et les autres avaient fait. Il reculait devant le charnier, avec un grognement, parce que c'était une bête, curé, parce qu'ils avaient fait leurs sacrifices au dieu de la violence et du meurtre, pas le Christ que vous avez là, dans cette église, dans toutes les églises, non, un dieu obscur que tous les hommes connaissent au plus profond d'eux-mêmes. Elle reculait, la bête, devant la lumière du meurtre, elle comprenait ce qu'elle avait fait. Mais est-ce qu'elle le comprenait vraiment ? Parce que ça, c'est la question, curé, la question que je me pose depuis toujours, depuis ce jour-là, au moment même où j'ai tiré sur la bête qui reculait, où je vidais tout mon chargeur, devant les morts. Est-ce qu'elle comprenait vraiment ce qu'elle avait fait ? Le monstre sait-il qu'il est un monstre ? C'est ça la question, pour moi. Le monstre sait-il qu'il est un monstre ?

Urribal jeta un regard terrible sur le prêtre.

— Pouvez-vous répondre à cette question, curé ?

Le petit homme, terrifié, rassembla tout son courage. Le Christ pleurait des larmes de sang. Il ne savait que répondre et il aurait voulu pouvoir s'enfuir, mais une force le poussait vers l'être prostré aux yeux fous. Il n'avait rien à lui répondre, il était même incapable de prononcer un seul mot. Se trouvant devant lui, pour la première fois plus grand que l'homme assis, il se sentit totalement désemparé. Alors il lui posa la main sur l'épaule.

20

La maison des migrants, emplie de murmures, de conversations, parfois de cris, traversée de voix graves ou aiguës, de musique et même de dialogues de films, semblait à cette heure une caisse de résonance. Plus tard, les bruits s'assoupiraient en même temps que les dortoirs, laissant un peu de répit aux âmes épuisées. Mais pour l'instant, dans le mélange des corps et des expériences, à travers les variations de niveaux sonores, les sœurs se sentaient au milieu d'un écho de douleur, de soulagement et d'espérance. Et même lorsqu'elles ne voulaient pas entendre, le son les encerclait, fouillait les défenses et rentrait malgré elles dans leurs consciences.

— Tu devrais passer par l'est, c'est plus facile. Et puis moi j'ai plus confiance parce qu'à l'ouest, il y a le mur, les frontières, et même les passeurs sont des saloperies, pires encore qu'à l'est. Ils sont tous maqués avec les Jaguares. Ils te vendront, je t'assure. C'est mieux par l'est. L'ouest, c'est Tijuana, c'est Ciudad Juárez, c'est des villes de morts-vivants, les passeurs ont le nez troué de coke, tu peux faire passer un os dans leur nez et leur âme c'est pareil, ils font passer les morts à travers leurs âmes.

Dans la pièce commune, un gars raconta qu'il était passé mais qu'il s'était ensuite égaré dans le désert.

— J'y étais, disait-il, j'y étais vraiment, prêt pour la nouvelle vie, mais je me suis perdu, c'était trop dur de marcher comme ça, sans repères, au milieu du désert, cette plaine sans fin avec des buissons. Tu vois, t'as l'impression que c'est juste un champ à traverser, un grand champ, ça fait pas peur, c'est pas le désert de sables, mais en fait c'est traître parce que c'est sans fin, vraiment sans fin, avec des buissons et des arbres sans feuilles qui sont toujours les mêmes, alors au bout d'un moment tout se ressemble, et puis tu crois que tu marches comme il faut, dans la même direction mais en fait c'est pas vrai, le désert te prend, tu ne le comprends pas, il est en train de t'absorber, de te manger. Tu crois que tu vas gagner et tu perds, tu te noies dans le champ, tu vois, putain, je te jure que c'est juste un champ mais tellement sans fin que tu tournes en rond, tu laisses passer les heures et les jours, et l'eau, toute l'eau, et il y a un moment où tu commences à avoir vraiment peur, et là ça ne te lâche plus parce que tu comprends que tu peux mourir. C'est la patrouille qui m'a pris et j'ai couru pour leur échapper. Ça ne servait à rien, ils sont en jeep, j'étais à pied, c'était joué d'avance, mais quand j'y pense je me dis que j'étais taré parce que si je leur avais échappé, je pourrais plus te parler, je serais un tas d'os dans le désert et crois-moi, ça blanchit vite sous le soleil. Ils m'ont renvoyé de l'autre côté de la frontière mais je suis vivant, c'est la seule chose qui compte. Et tu vois, je recommence. Alors que sinon, dans le désert, à tourner là comme un fou, moi je te dis qu'il serait pas resté grand-chose. Les coyotes et les vautours m'auraient mangé.

Les autres bondissaient sur le terme de coyote. Le coyote, chez les migrants, c'était le passeur.

— Mon cousin a été vendu par le passeur, et douze personnes avec lui. Putain d'enfoiré. Il les a vendus aux Jaguares.

Qui étaient les Jaguares ? Avant, tout le monde parlait des Maras, jamais des Jaguares. Les sœurs tendaient l'oreille pour comprendre. C'est qu'elles se rapprochaient du but car si les Maras étaient partout, ils étaient avant tout la plaie de l'Amérique centrale tandis que les Jaguares, des bataillons militaires de tueurs recrutés à l'origine par les cartels avant de prendre leur autonomie, se multipliaient dans le Nord.

— Et qu'est-ce qu'ils ont fait, les Jaguares ?

L'homme s'était levé, plein de fureur, comme s'il jouait une scène de vengeance.

— Ils les ont séquestrés dans une maison, c'était une prison, une vraie prison, avec des barreaux, et là ils ont demandé de l'argent aux familles. Alors que le coyote avait déjà pris deux mille dollars, que tout le monde s'était saigné aux quatre veines, avait travaillé sur place ou s'était bourré le cul…

Se balançant comme un singe, de gauche à droite, l'homme, velu et large, le torse nu, ricanait avec des filets de bave.

— … Ouais, ouais, bourré le cul, eh ben les salauds, ils leur ont cassé la gueule pour obtenir les numéros de téléphone et là ils ont appelé, ouais, ils nous ont appelés et ils ont demandé du fric pour qu'ils soient libérés. C'est comme ça que ça s'est passé. Et nous on a payé, on a donné tout ce qu'on avait, et les voisins ont donné et c'est comme ça qu'ils ont relâché mon cousin. Et trois hommes avec lui. Les autres, ils les ont pas relâchés. Mon cousin dit qu'ils leur ont peut-être proposé de les rejoindre, d'être des Jaguares. C'est bien possible pour certains mais moi, ce que je dis, c'est que les autres ils ont pris une balle dans la tête, c'est tout ce qu'ils ont eu. Et tout ça à cause de ce putain de coyote.

Et il cracha dans sa main, pour montrer son mépris tout en restant propre parce qu'il ne s'agissait pas de salir la maison des migrants, les religieuses allaient gueuler, elles n'étaient pas commodes, elles étaient très bonnes, c'était clair, mais pas commodes parce qu'elles n'aimaient pas qu'on leur marche sur les pieds.

Sonia contemplait l'homme avec des yeux écarquillés, fascinée et horrifiée par ses propos. Luis, qui ne voulait pas demeurer en reste, se leva après lui et se mit au centre du cercle en racontant comment ils avaient été attaqués à la gare, comment certains avaient réussi à s'échapper, parfois d'extrême justesse – et, comme s'il avait assisté à la scène, il montra Sonia qu'un Mara avait attrapée par la jambe avant que sa sœur ne la délivre d'un coup de couteau, et cette fois il désigna Norma du doigt. Celle-ci, qui n'aimait pas qu'on raconte sa vie, lui jeta un coup d'œil désapprobateur. Puis il revint sur leur marche à travers la forêt.

Fatiguée d'entendre de nouveau ce récit, Sonia alla prendre une douche, la première depuis plusieurs jours. Il y avait tant de souvenirs à laver, tant d'épreuves en si peu de temps ! Les jours gorgés de violence s'étaient repliés sur eux-mêmes, épais, compacts et étouffants. Certaines minutes avaient duré des heures et les jours des semaines. Sonia avait eu une première vie dans la forêt, longue et lente, puis, depuis la mort de son père, des fractions d'existence s'enchaînaient et se super-posaient, confuses et brutales. Des éclats de vie.

Elle tourna le robinet d'eau et s'essuya très lente-ment, d'une main caressante, prenant soin d'elle. Son corps, même après la douche chaude, lui faisait mal, durci de courbatures, les pieds meurtris d'ampoules. Elle nettoya ses chaussettes aux talons rouges de sang. Dans un sac posé dans le couloir, où s'accumulaient des chaussettes, des culottes ou même des pulls abandonnés ou offerts au fil des migrations, elle trouva de quoi les remplacer grâce à un ensemble dépareillé et trop grand, de couleur rose et verte. Puis elle alla aux toilettes, d'un pas pressé. Depuis le train, des diarrhées la faisaient souffrir, comme sa sœur d'ailleurs. Elles étaient passées par toutes les toilettes ignobles des gares de bus.

Sonia aimait le silence. Elle était heureuse d'avoir quitté la pièce commune et espérait que le dortoir resterait silencieux. Déplaçant le rideau qui séparait la pièce du couloir, elle entra puis fit quelques pas avant de s'installer sur un des lits superposés, en bas, sous la protection du lit supérieur, contre le mur. Une migrante, à l'autre bout de la pièce, dormait. Les autres femmes, peu nombreuses d'ailleurs, étaient restées dans la salle commune. Les bras croisés derrière la tête, les yeux grands ouverts, elle laissa venir les images.

Elle demeura en paix, dans son silence, pendant quelque temps. De l'autre côté du mur, derrière le couloir, elle percevait le murmure insistant de la maison, ponctué parfois de rires. Quel massacre pouvait bien les faire rire ? Puis deux femmes entrèrent. L'une devait avoir une trentaine d'années, l'autre un peu plus de vingt ans. La plus âgée s'approcha de Sonia :

— Ça va ? T'en avais marre de les entendre ?

— Non, j'étais fatiguée, c'est tout.

— Tu viens de loin ?

Encore ces questions.

— De Colombie.

— Je peux m'asseoir ?

La femme s'assit sur le lit sans même attendre la réponse.

— C'est loin, la Colombie.

Sonia ne releva pas. Elle aurait préféré qu'on la laisse tranquille.

— Moi, je viens du Salvador. J'ai abandonné mes enfants pour aller au nord. Mes cinq enfants, de deux à douze ans. Parce qu'il fallait que je les nourrisse. Alors je vais gagner de l'argent pour eux. C'est ma sœur qui s'en occupe.

Sonia arborait une mine renfrognée.

— Tu ressembles à ma sœur, ajouta la femme en la considérant.

Le silence dura.

— Alors, t'es fatiguée ?

— Oui, dit Sonia d'un ton sec.

La femme n'eut pas l'air de comprendre.

— Nous aussi, on est crevées. Quand on est arrivées à la gare, les flics nous ont poursuivies avec des chiens. On a couru comme des folles. Je serais morte plutôt que de tomber entre leurs mains. On les a semés.

Elle ajouta d'un ton neutre :

— Je suis contente de les avoir semés.

La jeune femme, son amie, intervint :

— Les flics, c'est des violeurs.

La plus âgée regarda Sonia fixement.

— T'as l'air fatiguée.

Cette fois, elle ne répondit pas. Cela ne suffisait pas pour s'en défaire.

— Tu veux que je te masse ?

Une répugnance saisit Sonia.

— Non.

— Ça te fera du bien. Allez, je suis une spécialiste, je faisais ça à mes gamins.

— J'en ai pas besoin.

La femme s'empara de ses pieds nus.

— Laisse-toi aller.

Elle commença à masser la chair meurtrie. Cela n'avait rien de douloureux, c'était même peut-être agréable, mais Sonia rougit brusquement en tentant de dégager ses pieds. À ce moment Norma entra dans le dortoir. La femme laissa retomber les pieds.

— C'est comme tu veux. Moi, je faisais ça pour toi.

La femme se releva puis s'allongea sur son lit pendant que Norma rejoignait sa sœur. Il y eut un silence gêné.

— Si on les écoutait tous, on n'essayerait même plus de passer, fit Norma.

— Ils jouent à se faire peur, dit la jeune femme. On passera. On n'a pas fait tout ça pour ne pas passer.

— C'est sûr.

Sonia soupira. Norma l'observa : sa sœur semblait nerveuse et épuisée.

— Je peux éteindre la lumière ?

Les autres acquiescèrent. Norma prit sa sœur dans ses bras. Bien que Sonia fût l'aînée, les rôles s'étaient renversés depuis longtemps et ce soir-là en particulier, la plus âgée désirait se lover dans les bras de la cadette.

— Je ne veux plus partir, murmura Sonia. Je veux rester ici, dans le noir, dans cette maison.

Toutes deux savaient que c'était impossible et que les migrants n'étaient jamais accueillis plus de trois jours. Norma ne répondit rien néanmoins, serrant davantage sa sœur dans ses bras en lui caressant les cheveux.

— Si seulement maman était là, dit encore Sonia. Elle saurait ce qu'il faut faire. Elle choisit toujours les bonnes solutions.

— Tu as peur sans elle ? demanda Norma.

— Je suis morte de peur, tu veux dire.

— Il n'y a pas de raison. On va voir Disneyland.

— Qu'est-ce que tu racontes ?

Norma embrassa les cheveux de sa sœur.

— Si on a fait tout ça, c'est pour aller à Disneyland.

— C'est quoi ce truc ?

— Je t'en ai parlé, au ranch. J'avais vu des photos. C'est un parc d'attractions, avec des manèges, des spectacles, des feux d'artifice. C'est magnifique.

— Ah oui, je me souviens. Il y a un château de conte de fées.

— Exactement. Un beau château.

— Et c'est là qu'on va ?

Norma rit doucement.

— Oui. On a fait cinq mille kilomètres pour passer la porte du château.

— T'es conne.

Sonia se mit à rire elle aussi, en un murmure étouffé. Elle rit, elle rit et puis, comme une enfant, ferma les yeux et s'endormit. Norma, elle, resta longtemps à veiller. Par la fenêtre, à une cinquantaine de mètres du refuge, la clarté d'une lampe torche que deux hommes s'échangeaient lui avait révélé la présence du danger. Ils étaient là, tout autour, encore. Ils guettaient. Ils n'avaient ni nom ni visage et pourtant ils étaient là, comme ils l'étaient depuis le premier trajet de bus en Colombie, depuis le premier camp de réfugiés. Dans ce bidonville de près de deux millions d'habitants qui bordait Mexico, énorme déchet de la ville, ils étaient encore là à les attendre, espérant qu'une femme sortirait du refuge pour l'attraper, la battre et la vendre. Les murs protégeaient les sœurs. Ils n'oseraient jamais entrer dans la maison. Mais ils étaient comme des loups cernant le feu des hommes, terriblement patients. Était-ce seulement l'appât du gain ? N'y avait-il pas derrière l'argent une haine et un mépris plus profonds pour les pousser à détruire les femmes ? En tout cas, le danger était revenu, plus pressant que jamais. Dans un jour, dans deux jours, elles devraient sortir de la maison et alors les hommes les prendraient.

Le lendemain s'écoula dans une brume de fatigue. Épuisés par les événements des derniers jours, les organismes se relâchaient. Norma et Sonia dormirent à peu près tout le temps. Dans l'après-midi, Luis revint, le visage tuméfié. Il avait été frappé par une bande, dit-il. Norma songea aux hommes de la nuit. Elle lui fit part de ses inquiétudes, il tenta de la rassurer. Ce n'étaient sans doute pas les mêmes hommes, ses agresseurs n'étaient que des jeunes qui voulaient de l'argent. D'ailleurs, il n'avait rien sur lui, il s'était fait casser la gueule pour rien. Il rit, avec un éclat un peu métallique. Norma hocha la tête. Il lui affirma qu'elle ne devait pas s'en faire, qu'ils pourraient partir sans difficulté à la gare. Il s'était renseigné. Il fallait aller à Lecheria, la grande gare de la banlieue de Mexico. Ils profiteraient de la clarté du jour et de la foule pour passer inaperçus. La nuit était dangereuse, pas le jour.

— Quand on sera arrivées, tu crois qu'on trouvera un lieu comme le ranch Dalo ? demanda Sonia.

— Peut-être, répondit sa sœur.

— Parce que moi je crois que c'est là que j'aimerais vivre. Au milieu de la nature, avec des chevaux. On était bien là-bas.

Le cœur de Norma se serra.

— J'aimerais bien trouver un endroit comme celui-là, poursuivit Sonia. Ce serait vraiment un rêve.

Sa voix était cristalline, presque enfantine.

— Trouver un endroit, trouver un lieu. C'est un peu ça, la vie, non ? Hein, Norma ? Arrêter de fuir comme des rats et se poser dans un lieu qu'on aime, pour y mener sa vie, tout calmement. Moi, en tout cas, je n'ai pas envie d'autre chose.

— Moi non plus, dit Norma, très doucement. On va le trouver. On n'est pas en train de fuir, on est en train de le chercher. Ça prend un peu de temps, bien sûr, et c'est pas toujours évident. Mais je te promets qu'on va le trouver. Et maman viendra nous rejoindre. On reformera la famille.

— Promis ?

— Promis.

21

Une nuit, un homme hurla. Pendant des heures. Un cri qui venait de nulle part, qui résonnait à travers les rues et les cours. Ce n'était pas un homme qu'on tuait, c'était un cri de malheur. Personne ne savait d'où provenait ce hurlement qui passait à travers les murs, sondait les reins et les cœurs, dans l'effrayant signal du désespoir et de la folie. Personne ne sut jamais quel être avait poussé ce cri. Toutefois, s'il avait fallu fixer une origine aux événements qui marquèrent définitivement la vie de ce quartier, comme dans une chronique violente de l'effondrement, la plupart des gens auraient évoqué ce hurlement. Sans doute aurait-il fallu retenir des éléments plus concrets, comme l'enterrement de Malik ou le meurtre au fusil à pompe, signes beaucoup plus objectifs du basculement. Peut-être aurait-on pu relever, comme l'enquête le fit par la suite, l'arrivée des deux trafiquants mexicains, ces deux hommes de main à l'itinéraire si complexe, maîtres d'œuvre d'un trafic qui naissait en Colombie, se déployait en Espagne et cherchait des débouchés dans plusieurs nations d'Europe, notamment la Hollande, l'Allemagne et la France, où le point névralgique des cités, toute autorité s'en retirant, attirait le désordre. Sans doute aurait-il fallu, par un mouvement d'interprétation plus ample, relever la mondialisation économique qui affaiblissait les États et rendait toujours plus puissants les différents réseaux, en particulier criminels, l'ordre du monde subissant un infléchissement majeur, historique, par lequel le maillage se défaisait, laissant passer des forces dangereuses, dont le crime n'était qu'un symbole trop simple, parce que la principale particularité de ce mouvement était la dilution du crime dans un ensemble beaucoup plus vaste aux limites indécises, la notion même de crime d'ailleurs se perdant dans la confusion et la lâcheté des consciences. Ce qui se passait, pour le meilleur et pour le pire, mais surtout pour le pire, c'est que le maillage sautait.

Quelques mois plus tard, un blog, qui s'était donné pour titre le nom du quartier, tressautant sur fond de néon rose, comme un bordel allumé en pleine nuit, allait répéter la question suivante :

Qui nous sauvera ?
Qui nous sauvera ?
Qui nous sauvera ?

Dans ce quartier où tout finissait par se savoir, l'auteur de ce blog demeura inconnu. Mais de toute façon, la question était mal posée car qui croirait aux sauveurs ? Et quand les règles sociales sautent, quelle morale serait capable de nous sauver ?

Sur le moment, de toute façon, et quelle que soit l'intelligence des analyses *a posteriori* qui convoquèrent sociologues, politologues, politiques et commentateurs de tous bords, personne ne songea à toutes ces explications. Il n'y eut que ce hurlement, le malaise durable qu'il suscita, et le sentiment que *quelque chose* allait se passer. La destruction de la cité d'Ys.

L'homme aux cheveux rouges fut un accident à la porte de l'ouest. Dans la poudrière qu'était la cité – et qui ne tenait pas tant à la mise en place du trafic qu'à une instabilité générale –, il suffisait d'un événement déclencheur. Tout était là, en puissance. Il fallait un déclic.

Deux jeunes venant en scooter du périphérique et entrant par la porte de l'ouest roulaient trop vite. Le passager, à l'arrière, agitait ses bras en grands moulinets. Plein d'énergie et d'alcool, riant dans le froid de la nuit, il se balançait de gauche à droite. Le conducteur, tout en sentant ce frétillement instable derrière lui, accélérait dans les rues vides et sombres. Au premier carrefour, et tandis que les bras tournaient comme des hélices, le conducteur perdit le contrôle du scooter et dans le brusque écart vers la droite le passager s'envola avant de s'écraser sur le sol. Le scooter finit sa course contre une voiture en stationnement, le conducteur fut tué sur le coup.

L'alarme du véhicule retentit. Des fenêtres s'allumèrent sur la façade d'une tour. Dans la rue vide, les deux corps effondrés, rien ne bougeait. Dix minutes plus tard, une voiture de police arriva. Un fonctionnaire en descendit, palpa les corps l'un après l'autre.

— Ils sont morts, dit-il à son collègue en revenant à la voiture. Appelle l'ambulance pour les amener à la morgue.

Trois personnes, les mains dans les poches, étaient descendues de la tour. Elles regardaient la voiture de police, silencieuses. Tous attendaient sans se parler. Les policiers étaient rentrés dans la voiture pour se réchauffer.

L'ambulance se présenta au bout d'un quart d'heure. Un des jeunes, dans le coma, n'était pas mort. Les ambulanciers repartirent vers l'hôpital, tandis que la voiture de police s'éloignait lentement, les spectateurs remontant eux-mêmes, paresseusement, vers leurs appartements.

Le lendemain, la rumeur enfla. Deux jeunes étaient morts à la suite d'un accrochage avec la police. Pris en chasse parce qu'ils allaient trop vite et n'avaient pas de casques, ils avaient eu un accident à la porte de l'ouest. La voiture de police les avait heurtés, le conducteur avait perdu le contrôle et le scooter s'était écrasé contre un véhicule. Omar et Hassan étaient morts.

Une autre rumeur, toutefois, doublait la première : les flics avaient achevé Omar. Le conducteur gisait sur le sol, encore vivant, lorsque les policiers s'étaient approchés. Voyant qu'il était vivant, ils l'avaient achevé d'une balle.

« Ils l'ont buté d'une balle ! » Il n'y eut qu'un cri. « Salopards de flics. Ils nous haïssent, ces putains de racistes. Dès qu'ils le peuvent, ils nous foutent en tôle. Là, ils sont allés trop loin. Putain, ils l'ont tué ! »

Des tags fleurirent :

Justice pour Omar ! Justice pour Omar !

Il y eut aussi :

Tuons les tueurs ! Tuons les tueurs ! Tuons les tueurs !

Des rassemblements s'opéraient dans les rues, des groupes de rumeur et de haine. Dans l'après-midi, on apprit qu'Hassan n'était pas mort. « Heureusement qu'ils s'en sont pas rendu compte, sinon ils l'auraient tué lui aussi. » « Putain, ils auraient pu s'en tirer tous les deux sans ces salauds. »

Certains disaient que les policiers n'avaient pas tiré. Ce n'était qu'une rumeur. C'étaient surtout des femmes qui parlaient ainsi. Cela ne changeait rien. « Même s'ils ont pas tiré, c'est bien à cause des flics qu'Omar est mort. C'est des gamins, ils roulent vite, c'est normal. Qu'est-ce qu'on en a à foutre ? C'est la nuit, y a personne. » Personne ne trouvait rien à répondre à cela. C'était bien à cause des policiers qu'Omar était mort. Et quant à Hassan, s'en tirerait-il ?

Dans la nuit, une dizaine de jeunes, cagoulés, brisèrent la vitre d'une voiture. Ils abaissèrent le frein à main, poussèrent la voiture dans la pente et la projetèrent contre la vitrine d'un buraliste. Un gars qu'ils n'aimaient pas parce qu'il avait refusé de leur vendre des cigarettes. Puis, imbibant les banquettes d'alcool, ils mirent le feu au véhicule.

Ils n'eurent pas longtemps à attendre. Une voiture de police se présenta presque aussitôt. Sortant des buissons, des recoins, la bande se précipita avec des barres de fer et commença à frapper la voiture. Le pare-brise s'étoila, les vitres se brisèrent. Un policier fut blessé par des éclats. Effrayé, il sortit son arme mais déjà le chauffeur avait accéléré et la voiture s'éloignait sous les hurlements de victoire.

— On aurait dû attendre qu'ils sortent. On leur aurait pété la tête à coups de barre.

Ils savaient qu'ils mentaient. Qu'ils haïssent les policiers, c'était certain. De là à leur briser le crâne avec les barres de fer, il fallait encore que les esprits s'échauffent.

L'autorité avait failli en provoquant l'accident, pensait-on, désormais elle s'était montrée faible : les policiers avaient fui. Le pire pouvait se produire.

Le lendemain, une grande réunion fut annoncée à la mairie « pour dissiper tous les malentendus ». Des affichettes appelèrent tous les habitants de la cité au dialogue et à la concorde.

À 14 h 30, le maire s'agita devant une salle à moitié vide. C'était une erreur, une erreur incroyable, disait-il. Une pure rumeur. Jamais les policiers n'avaient provoqué cet accident. Quant à la thèse du meurtre, elle était tout bonnement insensée ou plus probablement malveillante : qui avait intérêt à répandre cette idée, afin d'attiser la haine et la discorde, sinon les éléments les plus dangereux de la cité, avides de profiter du désordre pour imposer leur ordre criminel ? On le savait en effet : toutes les organisations criminelles avaient besoin du désordre pour s'imposer. Ce qui était en train de se passer, c'était une mise en scène. Le tragique accident d'Omar et Hassan était exploité d'une façon scandaleuse.

Le maire socialiste avait une cinquantaine d'années, une calvitie et un costume gris. Il était également député, de sorte qu'on le considérait avec un peu de défiance, puisqu'il était avec les autres, là-bas, à Paris. En même temps, ce n'était pas un mauvais maire, disaient les plus âgés, il était sur le terrain, il savait se donner du mal. Ce jour-là, toutefois, tandis qu'il s'époumonait sur l'estrade, avec toute la sincérité dont il était capable, un bloc de méfiance se dressait devant lui. Dans sa bouche empâtée par l'émotion et la volonté de convaincre, les mots se pressaient vainement.

Mounir se dressa.

— Vous dites que les flics, ils ont pas buté Omar. Mais un de mes potes était là, il les a vus. Il habite dans la tour à côté, juste au carrefour de l'ouest. Et il a tout vu, ça vous pouvez pas dire non. Même qu'il est descendu après. Il m'a dit comme quoi il était dégoûté quand il a vu ça, qu'y avait pas de justice.

Au premier rang des spectateurs, un officier de police se leva brusquement et se mit à crier :

— Comment est-ce que tu peux dire ça ? C'est de la diffamation de répandre de telles rumeurs. Les policiers sont arrivés pour secourir les jeunes et ce sont eux qui ont appelé l'ambulance. Trois témoins sont là pour le dire. De vrais témoins, eux. Pas des diffuseurs de racontars.

Sur l'estrade, le maire ferma les yeux avec angoisse. L'officier avait trente ans, il était mince, blond et blanc, avec un air de premier de la classe, et son costume était élégant. Et surtout il criait d'un ton péremptoire. Quoi qu'il puisse dire, il serait détesté. Mais si en plus il choisissait les plus mauvais termes…

Mounir fut piqué au vif.

— J'ai tutoyé personne, alors le faites pas et respectez-moi. C'est quoi cette histoire de diffamation ? Sur ma mère que je dis la vérité et vous le savez bien, et tout le monde le sait ici. On se laissera pas faire. Les flics ont tué Omar. Et si vous vous occupez pas des flics, c'est nous qui le ferons.

Il quitta la salle, suivi d'une dizaine de personnes, tandis que les autres grondaient. Le maire jeta un regard coléreux au jeune officier, qui s'était rassis. De toute façon, la réunion avait échoué.

Le soir même, les groupes épars se rassemblaient. La colère les animait. Ils parlaient de plus en plus fort. Les plus décidés s'imposaient, et quant aux chefs traditionnels, il fallait bien qu'ils mènent les groupes, sauf à perdre leur ascendant.

— Ils ont tué, on va tuer.

Ce n'était pas seulement Omar et Hassan. C'étaient de vieilles haines, des humiliations permanentes, un besoin de revanche contre les policiers qu'ils haïssaient mais aussi, plus sourdement, contre *les autres*, les nantis, cette masse indifférenciée des riches du centre-ville, du pays, tous ceux qu'ils ne connaissaient pas mais dont ils se représentaient la richesse et le mépris. Ceux qui avaient tout et qui les détestaient, ceux qui avaient les bonnes places, les beaux appartements, les études brillantes et les belles filles. Oui, ils allaient se lever, on allait les regarder enfin et, puisqu'on les considérait toujours comme des brutes dangereuses, ils allaient vraiment le devenir. Ils ne se coucheraient pas, ils ne feraient pas comme les pères. Ils allaient se battre.

À la tombée de la nuit, une masse sombre de plusieurs centaines de jeunes, cagoulés, emplit la place devant la médiathèque. Ils contemplèrent leur force, pour s'en nourrir, dans une solidarité silencieuse. Un homme de haute taille, au milieu de la foule, leva le bras, poing dressé. Immobiles, muets, tous regardaient ce poing.

— Ils ont tué, on va tuer.

C'était le mot d'ordre. L'homme qui avait parlé, tout le monde le connaissait et le respectait : c'était Karim.

Et puis brusquement, la masse s'égailla en petites forces.

À 18 heures, les premières voitures s'embrasaient. Au début, on choisit les véhicules des voisins les plus détestés puis très vite une sorte d'euphorie gagna les troupes. Des cocktails Molotov volaient vers les voitures dont les plus attentifs brisaient d'abord les vitres pour que la flamme gluante prenne dans l'habitacle. Des ivresses colorées et brûlantes jaillissaient. Une hache, parfois, se dressait, levant une ombre sinistre, avant de s'abattre. Des chiffons imbibés de white-spirit enflammaient les poubelles. Entre deux destructions, certains bombaient des tags :

Flics assassins
La guerre commence
Le combat final !

Une bande profita de l'euphorie pour écrire sur le mur de la loge d'un concierge autoritaire : « On va te tuer. » Ils hurlèrent le nom de l'homme pendant plusieurs minutes avant de détaler vers d'autres cibles.

Un abribus vola en éclats sous les coups des barres de fer. Il aurait fallu le passage d'un bus pour faire culminer la fête dans une énorme prise. Sans doute prévenus par radio, les conducteurs avaient rebroussé chemin aux lisières de la cité.

Les silhouettes couraient à travers le quartier, dans un déferlement d'énergie féroce et joyeuse, cruelle par sa gaieté même de destruction.

Un vieil homme, averti par les cris et les flammes, était sorti de son appartement pour protéger sa voiture.

— Va-t'en, le vieux, on a des choses à faire.

— Qu'est-ce que vous voulez faire ?

— On veut faire justice.

— En brûlant tout ?

— En brûlant tout s'il le faut.

— Je bougerai pas. Vous toucherez pas à cette voiture. J'ai pas peur de vous.

Les huées s'élevèrent. Le meneur de la petite bande se planta devant le vieil homme, en lui soufflant sous le nez.

— Va-t'en, le vieux, c'est pas le moment de nous faire chier.

— Vous toucherez pas à ma voiture. J'ai pas peur. Vous pouvez me tuer si vous voulez mais je bougerai pas.

Il fut giflé. Il ne bougea pas.

— Il a des couilles, le vieux. Laisse-le. Il y en a d'autres à brûler.

Le meneur lança une autre gifle.

— Souviens-toi qu'on pouvait te tuer, vieux con.

Mais déjà la bande courait de nouveau.

Du haut d'une tour, Naadir voyait les feux s'allumer. Des silhouettes noires s'agitaient, se groupaient et soudain un nouveau foyer embrasait la ville. Nercia, à ses côtés, le visage sombre, observait. Le père restait dans son fauteuil, immobile. Tous trois savaient que Mounir et Karim couraient en bas, parmi les autres.

— Que font-ils ? Que font-ils ? murmurait Nercia.

— Peut-être ce qu'on aurait dû faire depuis longtemps, dit le père.

Dans les rues, des hurlements retentissaient, toute l'ivresse sauvage de la destruction. Ils étaient jeunes, forts, ils étaient l'avenir du monde et son péril. Un vent de haine et de joie les emportait. Des dizaines de voitures, désormais, brûlaient.

— On va foutre le feu au collège, cria quelqu'un.

Des rires retentirent. Plusieurs bandes convergèrent vers le bâtiment surmonté d'un drapeau français.

Au même moment, une première compagnie de CRS pénétra dans le quartier, plusieurs camionnettes à la file. Aussitôt, comme si la nouvelle s'était répandue parmi les émeutiers, le flot ralentit, s'immobilisa, et en un instant les diverses bandes refluèrent vers les CRS. Tout ce qui précédait n'avait été qu'une ébauche. La vraie fête commençait, pleine de menace et de danger.

Du haut des immeubles, sur les toits plats où des projectiles divers avaient été entassés, des silhouettes se dressèrent en projetant des pavés, des boules de pétanque, et même un four usagé ramassé dans une benne à ordures. Plus tard, une lourde cuisinière s'écrasa contre le toit d'une camionnette avec un bruit sourd. Un hurlement de joie retentit.

Les premiers policiers sortirent de leurs véhicules, équipés de gilets pare-balles, de boucliers et de casques. Bientôt, en un mouvement à la fois régulé et pesant, les épais équipements alourdissant les démarches, la compagnie se mit en position. Devant eux, la masse des jeunes enflait, immobile, comme attendant un signal. Il y eut un instant suspendu où les forces s'observèrent, méfiantes, comme deux bêtes avant un combat.

Et puis une pierre vola. Ce fut le signal. D'autres pierres, des cannettes, des parpaings. Un cocktail Molotov explosa contre un bouclier, en une traînée lumineuse. Alors répliquèrent les gaz lacrymogènes, qui passaient sous les capuches et les écharpes, étouffaient, tandis que les yeux pleuraient. Puis les policiers chargèrent. Les émeutiers en face d'eux étaient beaucoup plus nombreux mais les CRS avaient l'avantage de la décision : ils s'engouffrèrent dans la masse, la matraque levée, frappant à gauche à droite, ralliant leurs forces pour interpeller.

La foule des jeunes ploya, d'immenses brèches s'ouvrirent et tout fut sur le point de se débander. Plusieurs d'entre eux, déjà, étaient emportés vers les camionnettes. On entendit un cri :

— Tenez, tenez ! On est les plus forts.

Ce cri – qui l'avait poussé ? – les galvanisa. Oui, ils étaient les plus forts. Ils étaient les plus nombreux, ils étaient chez eux et ils étaient dans leur droit. C'était leur ville, leur territoire. On venait les envahir. Ils brûlaient parce qu'on avait tué Omar et parce qu'on les méprisait.

Une poussée puissante s'opéra et là où les creux s'enfonçaient, là où les policiers avaient imposé leurs forces, une rage nouvelle comblait les vides. Des groupes tâchaient de récupérer les leurs : trois policiers qui embarquaient un jeune furent attaqués par dix furies. Les barres de fer martelèrent les boucliers, un CRS s'écroula à terre et deux jeunes se mirent à le rouer de coups de pied et de barre, tandis que le prisonnier s'échappait. À ce moment, une décharge électrique en fit rouler un à terre, abattu par un Taser, l'autre fuyant aussitôt. Face à cette rage, la peur commençait à s'insinuer parmi les policiers, dont les réactions se faisaient de plus en plus violentes. Ils ne comprenaient pas cette haine, et même si la folie des foules leur était familière, cette forme si brutale les débordait.

Les blessés s'étaient repliés vers les véhicules. Déjà, plusieurs mains s'étaient tendues vers les armes de service. On ne sait ce qui serait advenu si, une demi-heure après la première, une seonde compagnie n'était entrée dans le quartier. Cette fois, devant les renforts, les jeunes s'enfuirent. Courant avec frénésie, le visage contracté par la violence, sans plus rien de cette euphorie originelle qui avait lancé l'émeute, ils se dispersaient à travers la ville, cherchant les coins d'ombre et les taillis, rejoignant les caves et les cachettes.

Sur la place désertée, un CRS ôta son casque en soufflant.

— C'était chaud.

Un brigadier, le visage sombre, hocha la tête.

— Ce n'est pas fini.

22

La lumière du soleil, qui traversait une vitre, tavelait la table. À quelques centimètres de la main d'Urribal, une découpe lumineuse concentrait son menaçant éclat. Prudemment, et tout en maudissant son geste et sa crainte, le sénateur rapprocha sa main de son assiette. Personne ne l'avait remarqué, comme il le vérifia en observant ses invités.

Invités. Le mot ne convenait pas à ses deux fils et il n'aurait pas dû convenir à Carmen, venue pour le week-end. Urribal aurait dû en être satisfait car sa fille faisait profession de détester la maison familiale. Elle affirmait avoir horreur de la campagne. Ce n'était pas vrai, son père l'avait compris depuis longtemps, et il savait bien ce qu'elle n'aimait pas ici : son pouvoir, sa présence envahissante, le sentiment de dépendance qu'elle éprouvait. Les événements des dernières années à Juárez n'arrangeaient rien. En tout cas, elle avait fait une exception pour les rejoindre le temps d'un week-end. Déjà, ses frères lui avaient proposé des soirées en boîte de nuit, que Carmen avait refusées d'un revers de la main, suscitant les moqueries des autres.

— Fais pas ta star. On va s'amuser. T'en as besoin, t'as l'air sinistre.

À table se trouvaient également un investisseur du pétrole et un dirigeant local du PRI, tous deux accompagnés de leur femme, ainsi que le propriétaire d'un casino, venu seul. Celui-ci contemplait Carmen avec avidité.

Le sénateur considéra les deux femmes. Elles étaient vulgaires et opulentes, très maquillées. Deux juments pleines d'une vitalité artificielle, comme dopées, peut-être cocaïnées, éclatantes d'une joie factice et soumise. Assez excitantes en somme. Leurs rires étaient gras, avec des basculements du buste. Le contraire de Clara, sa défunte femme. Paix à son âme. Paix à son âme douloureuse, hystérique et desséchée.

Carmen avait eu la bonne idée de lancer une conversation. Une de ces conversations pénibles et rassembleuses d'habituée des interviews. Et comme chacun la savait journaliste, tous s'efforçaient de sortir des réponses intelligentes et corsetées, comme s'ils se trouvaient devant une caméra. Chacun, pas chacune. Les femmes retenaient leurs réponses, intimidées. À moins qu'elles ne retiennent leur souffle à l'intérieur de leurs gros seins siliconés. Pourquoi toutes les femmes qui l'entouraient étaient-elles intelligentes et hostiles alors qu'il pensait n'aimer que les femmes soumises ? Il était vicieux, il jouait contre son camp. Clara l'avait fait chier toute sa vie et en même temps il n'avait pu s'empêcher de l'admirer. Il y songeait encore chaque jour.

La tache se rapprochait. Cette fois-ci, il ne retirerait pas sa main. Cette crainte était si ridicule, si profondément ridicule. D'ailleurs, cette journée d'aveuglement et de fragilité devant la lumière avait été d'une stupidité extraordinaire. Il s'était exhibé devant un curé, il lui avait raconté des faits, des faits… qu'il n'aurait jamais dû raconter. Et surtout il avait montré sa faiblesse. Il avait commis la pire erreur. Comment avait-il pu faire cela ? Vas-y, Carmen, parle, mène ton émission, sors les tripes de tous ces imbéciles qui se déballonnent devant toi, devant la belle et intelligente jeune femme, pas si belle et intelligente en fait mais bien assez pour ces ploucs. Continue en tout cas, le temps que je m'occupe de cette tache.

Le trou de lumière, lentement, comme une araignée, se déplaçait. S'étendait. Il ne retirerait pas sa main. Non. Il l'avancerait même. Un sourire figé sur les lèvres, le sénateur mit sa main sur la tache. Il sentit une chaleur, laissa sa main. Ce n'était rien. Ce n'était évidemment rien. Comment cela pouvait-il représenter quoi que ce soit ? Il leva la tête vers ses convives et, un peu abruptement, parla. Carmen lui jeta un coup d'œil surpris. Sa voix se modéra, il fit une plaisanterie. Les frères éclatèrent d'un rire complaisant. Il se sentait bien, de nouveau. La prise de parole se termina. Il pouvait rentrer en lui-même. Se retirant, il regarda la tache. Il avait dégagé sa main, qui se tenait près de l'assiette, lâchement. Elle avait abandonné le terrain. Il rougit d'humiliation.

— Voulez-vous passer au salon ? lâcha-t-il d'une voix rogue.

Il ne fit plus qu'attendre qu'ils s'en aillent. Que le lourd percheron du pétrole s'en aille. Que la musaraigne rusée du PRI, avec sa fine moustache, s'en aille. Que la journaliste aux yeux inquisiteurs qu'on présentait comme sa fille s'en aille – du moins qu'elle ne soit plus dans la même pièce, pas plus que ses frères, qu'ils partent là où ils pourraient boire et baiser autant qu'ils le voudraient. Quoique Carmen…

Mais lui ne voulait pas boire et baiser. Lui voulait rester seul et réfléchir pour maîtriser ce truc qui n'allait pas. Cette lumière qui n'allait pas. Il était évident qu'il n'en avait rien à foutre du soleil, la question était réglée avant même d'être posée. Alors quoi ? Il n'était pas vieux, il était même en pleine forme. Tout allait bien, ses affaires étaient au mieux, il était sénateur, président de la commission des affaires étrangères, il avait deux minuscules problèmes, même pas des problèmes, juste des petites rugosités de la vie sociale qui portaient des noms sans importance. Jaime López et Juan Cano. Jaime López était une petite frappe, Juan Cano était plus gênant. Et que les obstacles soient de deux mondes différents n'était pas la meilleure nouvelle. On l'attaquait sur les deux flancs. Enfin, on l'attaquait… On l'égratignait. Des petits coups de griffes.

Commencer par l'essentiel. Ici. Dans son domaine. Savoir se faire respecter. Quant à Juan Cano, évidemment, c'était plus compliqué. Son parcours, sa proximité avec Calderón lui assuraient l'impunité. Mais que pouvait-il contre lui ? On sentait bien sa volonté de nuire mais qu'était-ce d'autre qu'une velléité, un voile fielleux de calomnie ?

Donc López. Agir vite. Déjà, l'invisible protection s'étiolait. Un homme était entré chez lui, Fernando Urribal, le bruit s'était sans doute répandu, la mère de Daisy avait dû révéler qu'elle s'en était ouverte à lui et pourtant il n'avait pas agi. Oui, l'invisible protection du respect et de la peur, la plus puissante des protections. Il fallait restaurer la barrière d'acier.

Il fit appeler Gonzales. Celui-ci arriva, avec ses mains lourdes de boucher et son regard vide. Urribal lui exposa la situation en quelques mots. Puis il ordonna. Gonzales, sans dire un mot, hocha la tête avant de se retirer.

Urribal posa la tête sur le dossier de son fauteuil et ferma les yeux. La décision était prise. Qu'elle soit bonne ou mauvaise. Et c'était le plus important. Ne pas rester dans l'incertitude. Un chef donnait des ordres. Il ne demeurait pas dans l'expectative.

Mais l'autre affaire… L'autre affaire était plus compliquée, parce qu'elle impliquait Juan Cano et surtout Gutiérrez. Là était le vrai problème. Que Juan Cano veuille l'envoyer en prison n'était pas si grave. Il n'était pas le premier, et si l'on se mettait à accuser les représentants du peuple, il ne faudrait pas commencer par lui. Mais que Gutiérrez le fasse venir en lui parlant de Cano signifiait que l'affaire suintait, que du fond de l'année 1994 les événements remontaient, corps émergeant des profondeurs. Jamais le ministre de l'Intérieur ne l'aurait convoqué s'il ne s'était agi du seul événement qui les liait à jamais. Personne ne pouvait savoir ce qu'en connaissait Cano mais le fait est qu'il tournait autour d'eux. S'en prendre directement au ministre de l'Intérieur Gutiérrez était non seulement impossible mais c'était en plus une folie : par sa position, celui-ci était au centre de la toile. Urribal en revanche, le sénateur à l'odeur de soufre, soupçonné de toutes les prévarications, était un adversaire plus tendre. La brebis galeuse qu'on pouvait attaquer sans grand danger. Ou du moins tenter d'attaquer, en parole. Parce qu'ils n'avaient rien contre lui, rien de solide.

Et puis 1994… c'était si loin… Pourquoi chercher à l'attaquer maintenant, alors que tout avait changé, que le PRI s'était écroulé, et que des Fox et des Calderón régnaient maintenant sur le pays ? C'était tellement absurde. Il avait fait ce qu'il avait fait, au moment où il fallait le faire, et Gutiérrez aussi. Peu importe que cela soit noble ou non. Il fallait le faire. Et puis c'était tout de même sous Salinas, un président dont le frère Enrique avait été assassiné après sa condamnation pour trafic de drogue, dont l'autre frère Raúl avait été condamné à cinquante ans de prison pour le meurtre de José Ruiz Massieu, secrétaire général du PRI. Et même l'élection de 1988 avait été suspectée. Un système informatique qui tombe en panne juste au moment de l'annonce des résultats, alors que l'adversaire Cardenas était en tête, c'est un peu louche, non ? *Se cayó el sistema.* « Le système s'est effondré. » Quel dommage ! Quel malheureux hasard !

Il fallait savoir de quoi on parlait, aussi. C'était un autre temps. Dans les époques de déclin, les choses se mettent à mal tourner. Cela avait été le cas pour le PRI et pour Salinas. Pourtant, en apparence, tout poursuivait son cours. Après tout, le PRI n'était pas un si mauvais parti. Maintenant, on en disait pis que pendre. Alors que c'était juste une organisation corporatiste, qui avait occupé le vide laissé par la révolution. Rien de plus qu'une codification un peu autoritaire du pays, rassemblant pour leur bien les corporations les plus importantes, fixant les prix, soutenant l'activité et la monnaie. Après tout, ils n'avaient pas à rougir de leur bilan, surtout si on le comparait à celui des autres pays du continent durant la même période. Les gueulards n'avaient qu'à aller en Argentine ou au Chili pour faire des comparaisons. Quant aux élections truquées, disons que cela faisait partie de l'apprentissage de la démocratie. Tout aurait dû continuer comme cela.

Ce qui avait perdu le PRI, c'était d'avoir tenté d'accommoder les recettes libérales à un pays qui n'était pas fait pour ça. Quand il avait rencontré, jeune homme, Carlos Salinas, il l'avait tout de suite détesté. Pourquoi ? Parce que *El Pelón*, le chauve toujours chauve, chauve depuis sa naissance, avec sa tête de chauve-souris, n'était pas de son monde, parce qu'il avait été formé à Harvard, comme toute cette génération qui était passée par les universités privées et qui n'avait plus le même esprit. Ils étaient mexicains et pourtant ils ne l'étaient plus. Leurs esprits étaient affectés. Pour préserver leur pouvoir, ils voulaient tout changer, persuadés que le maintien des structures passait par une certaine mobilité des rouages. En plus Salinas était un économiste, il ne croyait qu'à ces putains de préceptes américains. On l'avait senti dès la présidence de Miguel de la Madrid, lorsque Salinas était ministre du Budget, ce pourrissement de l'esprit national-révolutionnaire au profit d'idées qui venaient d'ailleurs, qui n'apportaient rien, et qu'on était forcés d'appliquer parce que le pays était en faillite et qu'il fallait bien emprunter à l'international. La fin du contrat signé avec les acteurs sociaux – quand on songeait que Salinas avait mis fin à la réforme agraire ! –, l'affaiblissement des syndicats, les privatisations, la flexibilité, toute la nouvelle technocratie *priísta* s'était prise d'engouement pour ces idées-là. Ils signaient la mort du PRI avec tout ça et même si lui, Urribal, trop jeune, trop novice, et puis simple policier après tout, ne l'avait pas parfaitement compris, il avait tout de même perçu la menace. Ces gens-là enterraient la révolution – même les spectres vacillants et mensongers n'aiment pas être enterrés. Bien sûr, tout semblait aller au mieux pour Salinas de Gortari, qui avait la faveur des milieux d'affaires internationaux, qui passait partout dans le monde pour le grand économiste chargé de plonger le Mexique dans les eaux irisées de la modernité, au point qu'à la fin de son mandat, on le voyait à la tête de l'OMC. La dérégulation, la signature du traité de l'Alena par lequel on allait lier le destin d'un pays d'Amérique centrale, d'un pays de langue espagnole, aux États-Unis et au Canada anglo-saxons, c'étaient autant de titres de gloire pour *El Pelón*.

Mais la farce s'était terminée. Les zapatistes de Marcos, si ridicules qu'ils soient en révolutionnaires d'opérette, s'étaient excités, les soupçons de corruption lors des privatisations d'entreprises avaient éclaté au grand jour et le pays avait été secoué par les meurtres de Massieu et de Colosio, les deux prétendants au pouvoir susceptibles de succéder à Salinas, avant que la terrible crise économique de 1995 n'emporte tout. Quant à Salinas, remplacé par le nouveau président Zedillo, il pouvait se livrer à son aimable comédie d'innocent outragé, avec sa grève de la faim de trente heures, régime minimal pour un homme qui avait dévoré le pays avec un si bel appétit pendant des années.

Et c'était ça qu'on oubliait. Cette situation-là. On le jugeait sans recul. Les juges faciles, les Juan Cano, tournaient en vautours autour de lui, oubliant qu'il n'était en rien une carcasse sans défense, et oubliant surtout ce qu'avait été la fin du mandat de Salinas. Ce n'était pas la cité idéale, dont l'existence était impossible, parce que l'homme était l'homme, voilà tout. On ne le changerait pas. Gutiérrez et lui avaient fait des choix qui, au regard d'une certaine morale, n'étaient pas les meilleurs. Sans doute. D'autres avaient fait pire. Et puis ils avaient fait du chemin, depuis les années 1980. Ils ne voulaient pas retourner en arrière. Cela, Cano ne le comprendrait jamais, parce que c'était un juge, fils de juge, un nanti. Gutiérrez était un pauvre, comme lui, comme le gamin de l'autre jour. Des fils de pauvres, des gars qui ne voulaient pas revenir en arrière. Jamais. L'or, ils le garderaient. Le pouvoir, ils le garderaient. À n'importe quel prix. Évidemment, on pouvait trouver cela regrettable. Mais sa conscience était pour lui. Une conscience avec des regrets mais une conscience tout de même. Il fallait replacer les choses dans leur contexte.

C'était ce programme. *Solidaridad*. Un nom qui, tout en sonnant « révolution », la trahissait puisque le programme entendait réorienter les subventions globales vers des aides ciblées, en fait clientélistes, en prétendant éviter ainsi la corruption. La vérité, c'est que Salinas, après avoir senti le vent du boulet en 1988, contre Cárdenas, entendait contrer le nouveau parti de gauche, le PRD, en multipliant les aides. Gutiérrez était président d'un groupement de communes et l'argent des subventions avait transité par ses mains. Il en avait évidemment gardé une bonne partie. Et lui aussi. Il était à la bonne place, il connaissait tout le monde, il huilait les rouages. La police, l'administration, les politiques, les cartels. Il s'entendait bien avec tout le monde. Qui n'aimait pas Fernando Urribal le malin ?

Bien sûr, il y avait eu cette malheureuse perte de contrôle, avec le charnier. Il avait tué deux hommes, dans des conditions un peu, disons, extrêmes. Mais c'étaient des salopards, des tueurs, il n'y avait pas à les regretter. Il était policier, il était là pour maintenir l'ordre. Il fallait contenir les monstres. C'était sa mission. L'erreur avait été étouffée. Pas si bien d'ailleurs, au fond tout le monde savait. Mais personne ne lui en voulait, certainement pas le cartel, qui avait poliment enterré les corps et déplacé le charnier, disant que ça ne se reproduirait pas, que ce n'était pas correct. Ce n'était pas propre. Hormis cette nervosité de jeunesse, il avait toujours maintenu la plus grande cordialité avec tout le monde. Un homme serviable, intelligent, sachant maintenir les liens. Sachant ce que parler veut dire. On n'avait pas besoin de lui dire les choses deux fois.

Un homme intelligent sait se tenir au bon endroit. Pour attendre que ça tombe. On a beau travailler dur, si on n'est pas au bon endroit, ça ne tombe jamais vraiment. Un homme au bon endroit finit toujours par être récompensé de son travail et de sa patience. C'est une question de justice. Le programme *Solidaridad* était venu prouver, parmi d'autres manifestations d'ailleurs, la validité de cette théorie.

Et tout aurait marché pour le mieux, dans l'ombre et le silence, s'il n'y avait eu ce juge García. Pas de confusion. García n'était pas le juge intègre qui surveillait les méchants corrompus. C'était un arriviste qui voulait se faire élire député sur les listes du PRD pour en croquer lui aussi. On n'en savait pas grand-chose mais c'était sûrement ça. Bon, c'était tout simple. Il avait découvert le pot aux roses des subventions, il voulait faire du bruit, tout révéler. Tout ce qu'on dit dans ces cas-là. Le malheur, c'est qu'il était tout de même juge et qu'il connaissait pas mal de monde, de sorte que s'il avait voulu faire du bruit, il en aurait vraiment fait. Ils avaient bien pensé à lui proposer de l'argent, mais Gutiérrez était sûr que ça ne le ferait pas changer d'avis. Position idéaliste, tant les hommes sont sensibles à une argumentation tarifée, mais il avait peut-être raison.

« S'il ne veut pas d'argent, tu sais ce que cela signifie ? »

C'est ce qu'il avait dit, un soir, dans le bureau de Gutiérrez. Il s'en souvenait très bien. « Tu sais ce que cela signifie ? » Gutiérrez l'avait regardé de son œil froid, et il avait trouvé ça bizarre parce que l'œil restait froid alors que le front était plein de sueur.

« Je sais très bien ce que cela signifie. »

Ils s'en étaient occupés eux-mêmes. Cela paraissait incroyable, maintenant qu'ils avaient tant d'hommes

263

sous leurs ordres. Mais à l'époque ils n'étaient rien, ou pas grand-chose. Juste des hommes au bon endroit. Et cette fois, ils n'avaient pas droit à la moindre rumeur. Tout devait rester entre eux. Dans l'ombre et le silence. Le plus profond de l'ombre, le plus profond du silence, dans les muettes profondeurs de l'oubli. La décision avait été difficile à prendre, la mise en œuvre le fut davantage.

Par bonheur, le juge avait une maîtresse. Une fois par semaine, il la rejoignait dans une petite maison au pied des montagnes. Seul, et pour cause, il prenait sa voiture, prétextant des réunions de travail, et il faisait le trajet en un peu plus de quarante minutes. Sur ces quarante minutes, il y avait un tronçon de route très solitaire. Ce fut sa perte. Gutiérrez et Urribal se tinrent derrière un rocher, tous deux armés d'un fusil. Le juge García reçut une balle dans la tête, une dans le cou, une autre encore dans la main. Les autres balles se perdirent dans les sièges de la voiture. Lorsque celle-ci s'immobilisa après plusieurs tonneaux, Gutiérrez s'approcha et logea une ultime balle dans la nuque du cadavre. Une signature de cartel qui n'était pas vraiment censée faire illusion et qui pourtant accomplit de façon tout à fait satisfaisante cette fonction, puisque personne ne voulut creuser plus avant ce malheureux décès, qui affecta au plus haut point la région accablée par la perte d'un de ses magistrats les plus intègres, les plus compétents et les plus… quoi déjà? Il ne se souvenait plus. Ce devait être très bien.

Toujours est-il qu'ils avaient abattu un juge, scellé un pacte éternel et accompli un pas décisif vers la réussite. Il y avait un avant et un après 1994. Sans doute faudrait-il un jour, devant le Juge suprême, rendre des comptes. En attendant, il semblait qu'une justice plus terrestre ait décidé, des années et des années plus tard, de s'intéresser à cette affaire. Gutiérrez l'avait prévenu : l'ombre se striait d'éclats dangereux.

En somme, il allait falloir se battre.

23

Personne ne les avait suivis. Et les sœurs s'étaient elles-mêmes surprises de leur gaieté, remises de leurs fatigues par ces jours de repos. Elles étaient parties à l'aube, à l'heure des commencements, après douze heures de sommeil durant lesquelles Norma ne s'était pas réveillée une seule fois pour épier les dangers de la nuit. Luis les guidait, de son allure vive et rassurante.

— À Lecheria, il faudra être rapide. Vous courrez vers le train le plus vite possible, sans faire attention à moi ou à quiconque.

Elles n'arrivèrent jamais à Lecheria. Environ un kilomètre avant, une voiture stoppa brusquement devant eux. Trois hommes en surgirent. Les filles hurlèrent et s'enfuirent mais déjà un grand homme en tee-shirt blanc fondait sur Sonia, s'emparait d'elle, un autre homme lui saisissait les jambes et tous deux l'enfournaient dans le coffre de la voiture tandis que le dernier agresseur s'élançait après Norma, qui courait à toutes jambes. D'un regard terrifié, elle embrassait la scène de l'enlèvement – Sonia embarquée, Luis curieusement immobile et défait, spectateur –, et au moment où, d'un coup, elle comprenait la trahison de leur ami, saisie d'une rage désespérée, la course l'emportait. Un chien effrayé par sa fuite aboya furieusement à son passage puis lança un coup de gueule à son poursuivant, qui jura de peur et de douleur, mais reprit sa course. Norma avait pris de l'avance. Elle escalada une barrière, se jeta dans une enfilade de cours et de baraques de bois. Elle passa sous le linge qui pendait, traversa une, deux, trois maisons, toutes vides, bifurqua, espérant échapper à la vue de son poursuivant, escalada une autre barrière, s'enfonça dans un labyrinthe de ruelles et de maisons, plongea dans les recoins, changea sans cesse de direction, le bruit derrière elle s'éloignant, s'affaiblissant, puis mourant tout à fait. Adossée à un mur, tremblante et essoufflée, elle attendit, craignant d'entendre de nouveau l'écho d'une course.

Elle demeura ainsi dix minutes. Il n'y avait plus rien. Sans doute l'homme avait-il abandonné la poursuite. Après tout, ils avaient gagné leur journée. Grâce à Luis, ils avaient pris Sonia.

Norma glissa le long du mur, pleurant avec de gros sanglots désespérés. Ils avaient pris sa sœur. C'était fini. Sonia ne s'en tirerait plus. Ils ne se contenteraient pas de lui voler son argent, c'était sûr. On savait comment ça se passait. Ils allaient la violer, la casser en deux. Ils lui ôteraient toute volonté. Puis ils la vendraient à un bordel où, défoncée par la drogue et la douleur, elle deviendrait folle !

Elle rentra à la maison des migrants. Elle expliqua tout à une religieuse. Celle-ci la prit dans ses bras. Il fallait faire quelque chose, il fallait aller à la police, disait Norma.

— C'étaient peut-être des policiers, répondit la sœur. Et de toute façon, si tu vas au commissariat, ils t'arrêteront. Tu es une migrante.

Lecheria, apprit Norma, était un lieu de traite des femmes, l'un des plus dangereux du pays. Un lieu à éviter absolument. Elles allèrent demander conseil à la mère supérieure. Norma observa la grande croix qui se balançait sur la poitrine de la vieille femme. Celle-ci fut compatissante mais ne l'aida pas.

— Je ne pensais pas héberger un pareil serpent, dit-elle.

Luis avait trahi. Luis avait été frappé et il avait trahi. Il avait accepté de les vendre. Luis était une pourriture et on ne pouvait que lui souhaiter d'être lui-même pris et dépecé par d'autres bandes. Ce salopard avait condamné sa sœur à mort.

— Que dois-je faire ? demanda Norma.

On ne lui répondit rien et Norma haït ces femmes inutiles. La mère supérieure partit téléphoner puis elle revint. Elle dit qu'elle avait appelé un ami, un chauffeur routier qui partait vers le nord dans l'après-midi. Il pourrait la conduire si elle le voulait. Il ne passerait pas la frontière mais c'était déjà la rapprocher.

— Et abandonner ma sœur ?

De nouveau, la femme ne répondit rien. Norma comprit qu'à ses yeux Sonia était perdue. Et comme c'était aussi ce qu'elle pensait, elle se mit à pleurer.

— On n'abandonne pas une partie de son corps, dit-elle.

Si, on l'abandonnait. On tombait du train, on perdait un bras, une jambe, on revenait un membre en moins. On perdait un ami, une mère, une sœur et on continuait. C'était comme ça.

Dans l'après-midi, Norma partit à bord du camion. Le chauffeur était un vieil homme inoffensif. Il fallait établir des distinctions entre les hommes : certains étaient des chiens dangereux, d'autres des chiens inoffensifs. D'autres encore avaient la rage et il aurait fallu les abattre.

Pendant deux heures, le regard vide, Norma se laissa conduire. Puis elle fit arrêter le camion.

— Merci, dit-elle.

Et elle descendit.

Elle sut à peine comment elle rentra à Mexico. Du reste, la ville était si énorme qu'on était toujours à l'intérieur, même lorsqu'on roulait pendant des heures. C'étaient juste de nouvelles maisons qui avalaient la poussière de la terre.

Commencèrent alors des jours d'errance qui furent les plus tristes de sa vie, plus tristes encore qu'après la mort de son père. Norma chercha sa sœur. Elle la chercha au hasard d'une ville où elle ne connaissait personne, dans un pays qu'elle ne connaissait pas et où elle n'avait connu que le malheur. Elle demanda à tout le monde. Elle demanda aux mendiants, aux enfants, aux femmes avec des enfants, aux commerçants. Elle posait des questions sur Lecheria, sur le sort des femmes disparues, elle décrivait sa sœur. Cela n'avait pas beaucoup de sens. Pas d'autre sens que le refus d'abandonner une partie de son corps.

Revenue à la maison des migrants, elle implora les religieuses. Une sœur lui dit avoir un cousin policier qui pourrait peut-être l'aider. L'homme vint les voir. Il était très jeune, avec une moustache pour avoir l'air plus vieux. Ses joues étaient pâles. Il n'était pas corrompu, pas même habitué aux douleurs. Peut-être était-ce un paysan, comme Norma, en tout cas il semblait la comprendre. Il confirma qu'il n'y aurait jamais d'enquête et qu'il était inutile de se rendre dans un commissariat : le devoir de la police était d'emprisonner les migrants. C'était la loi. Mais il allait essayer de se renseigner. Il prononçait ces mots d'un air raide de jeune clerc compassé. Norma lui fut reconnaissante de son attention. Elle mesurait combien la recherche d'une Colombienne enlevée à Lecheria était une tâche impossible. Une quête du néant dans le néant. Car elle comprenait bien que tout cela était un trou noir, un vaste entonnoir à avaler les êtres. Elles étaient passées par ce pays, comme des centaines de milliers de migrants, et ce pays les avait avalées. C'était regrettable mais c'était ainsi. Elles avaient tourné, tourné, puis le trou les avait avalées. Elles n'étaient rien et personne n'était rien. Il était déjà presque incroyable qu'un policier veuille bien se renseigner.

Norma n'arrêta pas ses propres recherches. Dans les rues de Mexico, partout où elle le pouvait, elle afficha un portrait de sa sœur, à partir d'une photo prise à la maison des migrants. Une photo de Sonia au milieu d'un groupe, photo isolée puis agrandie, très reconnaissable malgré la perte de définition. Sonia fatiguée, au visage chiffonné. C'était cette femme d'une trentaine d'années, celle assise à côté d'elle sur le lit, qui l'avait prise. Cette même photo surgit en noir et blanc sur les murs, dupliquée à des centaines d'exemplaires sur les parois blanches, grises ou ocre, rouges, vertes ou jaunes de la ville. La première fois qu'elle colla son affiche, Norma s'assit devant le mur en contemplant le portrait. Elle resta là une dizaine de minutes, immobile. Il lui semblait que c'était déjà cela, qu'elle avait retrouvé une partie de sa sœur. On faisait attention à elle. Ce n'était qu'une illusion car Norma ne faisait rien de plus que ces familles qui placardaient dans le Nord les photos des disparus, cherchant les frères, les sœurs, les fils ou les cousins à travers le territoire, errant de charnier en charnier dans l'espoir affreux de retrouver les corps.

Un soir, perdant la tête, elle fit le tour des bordels dont on lui avait parlé, forçant les portes pour entrer. On refusa de lui ouvrir et comme elle insistait, un videur, d'une gifle, la fit tomber à terre. Norma resta dans la rue, se précipitant sur chaque client qui sortait pour lui montrer la photo de sa sœur.

— Vous l'avez vue ? Vous l'avez vue ?

Elle raconta cette soirée au policier, ricanant de ses propres actes, comme une folle.

— Ne faites pas cela. Cela ne sert à rien. Votre sœur n'est pas là. Si vous continuez comme cela, vous allez être enlevée vous aussi.

— Si elle n'est pas là, où est-elle ?

« Où est-elle ? » Seule existait cette question, qui en recouvrait mille autres, mille interrogations sur sa survie, son état, sur les violences exercées contre elle, mille angoisses. « Où est-elle ? » « Où est-elle ? »

Le trou l'avait avalée. Sonia, si elle était vivante, était dans les ténèbres, dans les profondeurs de la terre, et en somme le plus douloureux était sans doute d'errer ainsi dans les questions, sans pouvoir vraiment agir, sans trouver de réponses. Norma n'affrontait pas un danger précis mais de lancinantes questions, une sorte de grand vide dont elle ne sortait pas, butant contre l'absence elle-même. Et cette impression d'errer sans but était accentuée par l'énorme ville, le gigantesque labyrinthe de la ville, de la non-ville plutôt, de l'immense étalement de béton qui s'appelait Mexico, sans que l'on sache s'il s'agissait de la ville ou du pays. Il n'y avait aucun sens à tout cela, aucun ordre, d'autant que les réponses ne se trouvaient pas dans le centre-ville, dans l'ordre, le pouvoir et l'histoire, mais dans les faubourgs, dans la *chose*, l'immense *chose* qui s'élargissait à l'infini.

Parce qu'elle serait morte à ne rien faire, Norma marchait, marchait, prenait des bus, allait en tous lieux avec ses affiches. Elle se rendit à Lecheria, elle vit le train qu'elles auraient dû prendre, sans éprouver la moindre crainte à l'idée de rencontrer d'autres bandes. Norma n'avait pas peur. Peut-être avait-elle eu peur autrefois, c'était possible, mais elle n'était plus désormais que ce bloc un peu fou de détermination, mû par une seule idée, par l'obsession de cette partie de son corps qu'elle n'abandonnerait pas. Les deux filles s'étaient aimées comme deux sœurs, c'est-à-dire sans forcément s'en rendre compte mais, à présent que l'un des corps s'était détaché, l'autre partie des siamoises vivait pour reconstituer l'unité perdue. À Lecheria, elle allait vers les migrants, elle allait vers des visages sombres dont il aurait mieux valu s'écarter et à tous elle montrait la photo de sa sœur et celle de Luis, tirée elle aussi de la photo de groupe. Certains haussaient les épaules, d'autres crachaient. Dans l'œil de l'un, elle crut déceler une hésitation devant la photo de Luis et elle n'eut de cesse d'obtenir une réponse. Mais il n'y avait rien, rien que le souvenir d'un autre homme, d'une ressemblance. Tous pareils, les mêmes visages, les mêmes migrants, la même duplication, les mêmes traîtres et les mêmes innocents, les mêmes meurtres et les mêmes arrestations, l'infini des répliques, des sosies, des destins toujours repris. Mille sœurs cherchaient leurs sœurs, mille trahis cherchaient leurs traîtres. Mille, dix mille, des millions. L'entonnoir du monde lorsque tout se met à basculer.

« Ne faites pas cela. »

Elle le faisait. Un soir, comme elle croisait un dealer, elle lui mit l'affiche devant les yeux et soudain, elle ne sut comment, elle lui chiffonna l'affiche sur le visage, le repoussa contre le mur en lui enfonçant la photo dans la peau. Parce qu'il était responsable, parce qu'ils étaient tous responsables. Ce n'était pas seulement Luis, ce n'était pas seulement la bande, tous étaient responsables de l'entonnoir, ils avaient tous transformé ce monde en entonnoir.

Le dealer, probablement défoncé, ne s'énerva pas, se contentant de rire, de plus en plus fort, alors que l'affiche vrillait sa bouche, tandis que Norma partait en courant, folle de rage et de désespoir, un voile noir devant les yeux. Le soir, à la maison des migrants, on lui dit qu'il fallait partir, qu'elle n'était plus une migrante, qu'ils avaient besoin de place. La sœur, celle-là même à qui elle avait confié la disparition de Sonia, lui parlait avec tristesse, en la serrant dans ses bras.

Norma s'installa dans un hôtel-dortoir, avec des femmes d'une misère abominable, des femmes qui glissaient, glissaient. Elles aussi étaient absorbées par le trou, on les sentait saisies par des mâchoires formidables, l'étau d'une destinée sans espoir. Leurs traits mêmes en étaient marqués. On aurait dit qu'ils s'effaçaient, sous le poids de la misère, de l'alcool et des drogues. C'étaient des femmes sans visage.

La jeune fille, au milieu du vacarme de la misère, des cris de harpies, restait immobile, totalement muette, comme stupéfaite. Elle semblait assommée, les yeux grands ouverts.

« Ne faites pas cela. »

Le policier aurait voulu qu'elle parte. Il lui disait qu'elle n'avait aucun droit ici, qu'on l'emprison-nerait. Ils se voyaient de temps en temps. Norma l'interrogeait. Il n'avait pas de nouvelles. Comment déceler l'indécelable ? Il était un peu plus vieux qu'elle, à peine. Sa moustache semblait postiche. Ruiz – c'était son nom – tâchait de rassurer Norma, de jouer l'homme, alors qu'on le sentait fragile et plein de doutes, presque un adolescent. Un soir, il prit la main de Norma. La jeune fille, doucement, saisit la main masculine, à la fois poilue et fine, et la mit de côté, comme un objet. Puis elle recommença à parler. Le jeune policier rougit, bafouilla puis s'en alla, plein d'une confusion que Norma considéra avec perplexité. Ces émois importaient si peu. Le seul problème, la seule question, c'était Sonia.

Quelques jours plus tard, le policier revint la voir. En la saluant, il rougit de nouveau.

— Vous avez des nouvelles ? demanda Norma.

Un informateur avait révélé le nom de la bande qui avait enlevé Sonia. Le cœur de Norma battit plus fort.

— Vous allez la trouver, alors ?

— Je sais juste qu'elle a été vendue et j'ignore à qui. Mais c'est un grand pas, oui. Vraiment un grand pas.

Norma, si discrète et pudique, serra le jeune homme dans ses bras.

— Vous êtes formidable, dit-elle. Formidable. Merci.

Plusieurs fois, elle répéta son remerciement.

Elle voulut savoir le nom de la bande. Le policier refusa de le lui donner, sachant qu'elle courrait à leur rencontre, comme une folle et une innocente, prête à subir le sort de sa sœur.

— Dès que vous avez d'autres nouvelles, prévenez-moi, je vous en prie. La moindre nouvelle. Le moindre signe. Je vous attendrai avec une telle impatience !

La jeune fille se jeta dans les rues de la ville. Chaque fois qu'elle croisait un des portraits de Sonia, un sourire éclatait sur son visage. Dans le trou, ils avaient trouvé une trace. On croyait que les gens disparaissaient. Que le trou les avalait. Mais il ne les dévorait pas complètement. Il restait des traces. Et il était donc possible de les suivre.

24

Il se faisait insulter et il ne répliquait pas. Devant lui, dans la cave mal éclairée, avec cette ampoule tressautante, Victor, son partenaire, lui parlait avec une sévérité qui lui rappelait son enfance et les rares fois où on avait osé s'adresser à lui avec dureté. Assis sur une caisse devant l'homme dressé et gesticulant, sa carrure formidable emplissant tout l'espace, Karim se contentait de subir.

Il était un imbécile qui n'avait pas su se retenir, qui, au moment où tout son avenir se jouait, s'exposait en première ligne, alors que la plus formidable affaire de toute leur vie était en train de se monter, alors que la prudence la plus élémentaire imposait de se tenir le plus loin possible de la police. Et lui, il prenait la tête des émeutes, il se faisait probablement filmer et s'il y avait un seul informateur dans la foule, ce qui ne pouvait manquer, il serait aussitôt dénoncé. Pour qui se prenait-il ? Pour un révolutionnaire ? Pour Malcolm X ou un de ces illuminés qui voulaient toujours sauver telle ou telle race ? Qu'en avait-il à foutre de toutes ces conneries politiques? Il montait une affaire internationale, avec des partenaires importants qui détestaient la moindre publicité et qui seraient en plus capables de le tuer s'il montrait trop sa gueule. Mais c'était bien là le problème, martelait Victor. C'était sa gueule, sa grande gueule qu'il aimait trop montrer. Karim n'avait pu résister au plaisir de se montrer, de s'exhiber, avec son ridicule poing levé.

— Tu connais ton problème, Karim? C'est que tu t'aimes trop. Tu t'aimes trop, répéta Victor, l'index pointé, et tu vas tout perdre à cause de ça.

Tout cela était vrai. Karim demeurait silencieux. Il savait que Victor avait raison et que rien n'était plus stupide que de s'exposer ainsi. Et peut-être en effet avait-il agi par orgueil.

— En ce moment, au-dessus de nos têtes, ils font des repérages, ils relèvent les indices. Ils auront l'ADN de tout le monde. Pas un crachat ne leur échappera.

Karim sourit. Il ne crachait jamais. Ce qui n'était pas le cas de Mounir. Heureusement, celui-ci n'avait jamais été en garde à vue. Personne ne le connaissait.

Mais tout en admettant la vérité de ces accusations, il savait aussi que cette émeute n'était pas sans lien avec leurs affaires. Que la rumeur du meurtre d'Omar n'était pas née de nulle part. Qu'elle avait bien pu naître de cette peur et de cette haine que tous éprouvaient envers la police, qu'ils jugeaient capable de tout, mais qu'elle pouvait tout aussi bien avoir été répandue par la bande adverse. Il savait bien que l'adolescent n'avait pas été tué par un policier. C'était une évidence pour tout esprit clair. Il n'y avait que les cervelles enfiévrées des petits frères ou un coup monté pour l'expliquer.

Et il penchait pour la seconde possibilité parce que l'explosion arrangeait beaucoup de monde : il n'était pas mauvais que le désordre s'installe et qu'une nouvelle loi s'impose. Même si, en temps normal, le calme était nécessaire aux affaires, afin d'éloigner la police, les événements des dernières semaines avaient attiré l'attention sur la cité. Et les policiers se faisaient trop nombreux et trop perspicaces. Il était temps de faire place nette. Par un affrontement énorme, définitif qui ferait sauter toutes les règles, toutes les normes et toutes les lois. Que pèserait un règlement de comptes entre bandes de quartier en comparaison d'une émeute ? La nouvelle était passée au journal de 20 heures et tout le pays allait en parler. Tous les comptes seraient apurés dans l'explosion généralisée, et ensuite les affaires pourraient reprendre.

Et pourtant… et pourtant… il avait quelque chose d'autre à dire. Oui, il avait quelque chose à répondre, qui venait de plus loin, quelque chose de plus obscurément enfoui et qui voulait s'exprimer, monter à ses lèvres. Lorsqu'il avait dressé ce poing… Cette détermination calme, ce sentiment de la vérité. D'accord, il avait frappé, il s'était lancé comme un furieux sur la police, il avait cogné pour blesser, pour tuer. Mais il y avait eu autre chose. Ce sentiment profond, intact, au fond de lui-même, lorsqu'il avait dressé ce poing au milieu de tous les autres, au sein de la foule – ce sentiment de s'être trouvé. L'ivresse d'incarner cette foule en colère.

Les mots affleuraient… Victor avait raison, oui, mais il avait tort aussi. Est-ce qu'il ne savait pas, enfin ? Est-ce qu'il ne se rendait pas compte qu'ils n'étaient pas des trafiquants, pas vraiment, qu'ils n'étaient pas des hommes d'affaires, pas comme les hommes qui venaient du Mexique et qui lui avaient fait froid dans le dos, parce qu'il les sentait capables de tout ? Lorsqu'ils lui avaient dit de tuer cet homme, au fusil à pompe, et lorsqu'il avait répondu qu'il ne le ferait pas, alors qu'il savait bien que c'était un rite de passage, qu'ils ne lui feraient confiance que s'il versait le sang, est-ce que lui-même, Victor, n'avait pas senti qu'il n'était pas comme eux, qu'il était incapable de tuer de sang-froid ? Tous deux avaient volé, frappé, dealé, ils avaient imposé leur ordre dans le quartier, par la violence, mais ils n'avaient pas tué. Sans doute avaient-ils perdu le marché avec les Mexicains d'ailleurs, ce jour-là, parce que l'informateur avait été tué d'un coup de fusil à pompe qui ne leur appartenait pas. Tout le monde pensait dans le quartier qu'ils étaient responsables mais ce n'était pas vrai, justement, ils en avaient été incapables. Victor pensait que tout n'était pas perdu, que l'affaire pouvait encore être faite, parce que leur organisation était meilleure, parce qu'ils étaient plus intelligents et plus fiables que les trous du cul d'en face, mais il se faisait des illusions. C'était fini, ça c'était sûr parce que les plus fiables, ceux qui s'étaient montrés capables de tuer un homme sur un simple soupçon, c'étaient les autres.

Lorsque Malik était mort, c'était autre chose. C'était un affrontement, cela pouvait se comprendre. Et dans un autre affrontement, lui-même aurait pu tuer. Mais tuer un homme parce qu'on estimait qu'il renseignait la police et cela sans l'ombre d'une preuve, non, il ne pouvait pas et, en un sens, il était fier de ne pas pouvoir. La force, ce n'était pas ça. Bien sûr, il avait le culte de la force. Qui ne l'avait pas ici ? Le respect l'imposait. Savoir se battre, effrayer, dominer, ça il le fallait. Être un homme, c'était ça. Mais le meurtre… surtout pas. Ce n'était pas lui, ça. Non.

Alors que dans la foule… cette jouissance, cette plénitude ! Peut-être y avait-il de l'orgueil, mais alors c'était un bon orgueil.

Il voulait le dire, cela. Pourtant, ce n'étaient pas les mots qui lui venaient.

— Écoute, Victor…

Choisir les bons mots, les vrais, ceux qui pourraient exprimer ce qu'il ressentait.

— Ce que tu dis, là, tu n'as pas tort, c'est sûr, oui, tu n'as pas tort…

Aller au cœur de la vérité.

— … mais tu vois, cette foule, tout ce qu'on est, cette ville, ces quartiers, on est… on est de l'énergie…

Oui, c'était bien cela qu'il éprouvait, cela semblait n'avoir aucun rapport et pourtant le mot s'imposait à lui.

— On est une énergie immense. On est jeunes, on est nombreux et on a l'énergie. On peut faire beaucoup et il n'y a rien à faire. Personne ne bosse, personne n'a rien à faire. On est là, on attend, on regarde la télé mais on veut tout. On est des désirs, on est de l'énergie et on sait pas comment faire. On ne réclame que la justice. Les autres ils ont tout et nous on a rien. On attend. On est à côté et pas là où il faudrait, pas au centre. Alors, ce que j'ai voulu, en me mettant à la tête, c'est montrer qu'on était là et qu'on voulait plus attendre. Que cette énergie était là pour agir. Pas pour user notre vie.

Victor le regarda fixement. Il répliqua qu'il se foutait de ces discours de niais et qu'il s'était toujours méfié des plaintifs. Les banlieues, c'étaient des pauvres et les pauvres étaient toujours les mêmes, qu'ils viennent des cités ou de la campagne profonde. Ils n'avaient ni plus ni moins et il n'y avait pas besoin d'être parano, de parler des « autres » et de se « montrer », d'invoquer la « justice ». Est-ce qu'ils gueulaient, les paysans ? C'était à chacun de se débrouiller et de s'en sortir.

Karim ne répondit pas. Victor continua à le fixer puis il donna un coup de pied dans une caisse.

25

« C'est pas un cadeau, celle-là », pensa l'homme en se mangeant les lèvres. Certes, elle était jeune, condition minimale, et elle n'avait pas l'air d'une pute. Mais pour le reste… Un physique banal. Pas trop mal faite, normale, disons, mais une telle expression d'accablement que cela lui ruinait les traits. Tout le visage s'affaissait. Alors qu'elle devait avoir… voyons… dix-sept ou dix-huit ans, à tout casser.

« Il va pas être content. »

L'homme soupira. Il passait son temps à se faire engueuler. Cette fois-ci, ce serait justice. Il descendit de la voiture. Il en fit le tour puis saisit la fille par le bras. Elle se laissa faire. L'homme la tira comme on tire une mule récalcitrante. Mais ce n'était même pas un refus, plutôt l'immobilité d'une chose.

Sous le porche, il la considéra. Le teint fardé, les lèvres trop rouges, le rouge à lèvres débordant. D'un air dégoûté, il lui essuya la bouche avec un mouchoir.

— T'es même pas foutue de te maquiller !

Il jeta un coup d'œil craintif vers la porte puis revint à la fille, dont il saisit les joues entre ses doigts.

— Le gars que tu vas rencontrer, c'est pas n'importe qui ! Alors tu vas te mettre en quatre pour lui plaire. Tu te bouges le cul et s'il veut que tu te mettes à quatre pattes et que tu hennisses, tu le fais. Tu fais ce qu'il veut et tu souris. T'es polie, surtout. Tu lui dis « bonjour, monsieur », tu le vouvoies, il n'aime pas les filles vulgaires. Il n'est pas méchant et il ne te fera pas de mal. Mais s'il n'est pas content de toi, il me le dira et c'est moi qui te ferai mal. Tu m'entends ?

La fille ne répondit pas, son regard resta dans le vague, comme drogué.

— Tu m'entends ? répéta l'homme.

Elle ne réagit pas. Une suée d'angoisse monta au front de l'homme, plein de mauvais pressentiments. La peur le rendit brutal. Il la saisit par les cheveux et lui tordit le visage dans sa direction.

— Regarde-moi, sale pute ! Fais-moi un sale coup et je t'explose la tête ! Compris ?

L'effroi décomposa le visage enfantin. La jeune fille hocha la tête, terrifiée.

Rassuré par sa propre brutalité, l'homme sonna à la porte puis rejoignit la voiture.

— Je vais attendre ici. S'il te fout dehors, je saurai ce que ça veut dire. Et toi aussi, ajouta-t-il d'un ton menaçant.

La fille resta sur le seuil, immobile. La porte s'ouvrit. La silhouette d'Urribal se détacha dans l'embrasure. En un regard, il évalua l'offre du soir. Il fit la moue. Toutefois, la jeunesse abandonnée des traits n'était pas sans intérêt. Il aimait assez les visages défaits parce qu'ils étaient fragiles.

— Entre, dit-il.

Le sénateur ferma la porte. Un tressaillement de terreur secoua l'épaule de la jeune fille. Par bonheur, le sénateur ne le remarqua pas. Il haïssait la peur chez autrui, qu'il considérait à la fois comme une lâcheté et comme une insulte.

— Ça va ? Tu veux boire quelque chose ?

La fille restait silencieuse. Elle demeurait figée dans l'entrée.

— Viens, je ne vais pas te manger. Tu veux du champagne ?

Sans attendre de réponse, le sénateur remplit un verre puis le tendit à la jeune fille, qui s'était approchée.

— Prends ça. Je suis sûr que tu en bois pour la première fois. C'est du champagne français. Je m'en fais livrer plusieurs caisses chaque année. C'est un bon producteur, près de Reims. Tu connais Reims ? Je te conseille d'y aller. Il y a une très belle cathédrale.

La fille avait pris le verre.

— Bois !

D'un coup, elle absorba une gorgée de la boisson, qui la fit hoqueter.

— C'est un peu surprenant la première fois, commenta le sénateur.

Il s'assit. La fille restait debout. Le sénateur se frotta le nez.

— Tu n'es pas très jolie. Il va falloir que tu te donnes du mal.

Elle serra craintivement les jambes.

— Tu viens d'où ?

Aucune réponse. Le sénateur but une gorgée de champagne.

— De toute façon, je m'en fous. Je suis déjà bien gentil de te parler. Et même de te faire venir ici. Si tu n'étais pas ici, tu sais où tu serais ? Dans un bordel à te faire baiser à la chaîne. Mais moi j'aime bien les vierges. C'est ça qui te protège.

Son ton de voix s'était durci. La jeune fille se mit à trembler. Le sénateur était de mauvaise humeur. Il avait bu plusieurs verres depuis son retour du Sénat. Les événements des derniers jours le rendaient nerveux et il avait espéré que sa compagne du soir lui offrirait un temps de plaisir et d'oubli. Espoir illusoire.

— Tu vas aller te laver. Je vais te faire couler un bain.

Il monta à l'étage, dans la salle de bains. Lorsqu'il redescendit, la jeune fille était restée prostrée. De toute façon, elle ne pouvait s'échapper : la maison était entièrement fermée et même si elle parvenait à en sortir, tout le quartier était cerné d'une haute muraille ouverte seulement par un portail gardé.

— Finis ton champagne. Tu vas en avoir besoin.

Urribal n'ajouta cette dernière phrase que pour inquiéter la fille. Son silence l'énervait. Il s'assit à côté d'elle, sentant le mouvement de recul, éprouvant la crainte qu'il pouvait susciter. Le mépris l'envahit. Et ce sentiment l'excita. Il voyait cette jeunesse, cette peur, cette fragilité, devinait la désintégration intérieure, et cette œuvre de destruction lui plaisait. Sans doute aurait-il pu en devenir fou de rage mais ce soir-là, avec l'arbitraire des maîtres, cela l'excita.

— Viens.

Il la tira vers lui pour l'emmener dans sa chambre. Elle ne réagit pas, resta figée comme un gros billot de bois. Alors le sénateur perdit tout contrôle. Il la gifla et lui déchira les vêtements. Alors même qu'elle tendait vers lui un visage affolé et suppliant, un visage qui n'implorait que la pitié, il se mit à la battre. Avec une fureur concentrée, méthodique, la face bosselée et cramoisie, il la frappa les poings fermés. Et lorsqu'elle fut à moitié assommée, le visage en larmes et en sang, il la viola.

Puis, avec la même fureur silencieuse, la même rage de destruction, il la releva d'un coup, par les cheveux, et lui fit traverser la pièce comme s'il allait la défenestrer. Il ouvrit la porte et la jeta dehors.

Il demeura un instant dans l'entrée, titubant, avec ce même visage de fou. Et puis il se souvint que le bain coulait. « Putain, ça a dû déborder », pensa-t-il.

Pendant ce temps, le coffre de la voiture se refermait sur la fille et si, du fond de sa terreur, Sonia avait pu manifester la moindre raison, elle aurait su, désormais, qu'il n'y avait plus d'espoir.

Ce soir-là, le sénateur erra pendant des heures dans la maison. Il allait d'une pièce à l'autre, inquiet, avalant verre sur verre, noyant dans l'alcool sa colère et sa déception. Il se jeta un temps sur le lit, des journaux autour de lui, jusqu'à ce que sa nervosité le fasse renouer avec son parcours sans fin. La fille, si stupide, si amorphe, ne l'avait pas calmé, bien au contraire. Il aurait eu besoin de délassement, et voilà ce qu'on lui avait offert.

Urribal le cruel, incapable d'affronter les fantômes effrayants du déclin et de la chute.

Il multipliait les sources lumineuses, traquant l'ombre, pourchassant les funestes idées de la nuit. Ce que la lumière suscitait en lui pendant le jour, cette impression d'effritement, comme s'il en était rongé, l'ombre s'en chargeait à présent. La pesanteur de la nuit, lourde et sombre, creusait des malaises sourds, incompréhensibles. Était-il un gamin pour avoir peur de la nuit ? Mais il n'avait pas peur, non. Il avait toujours su affronter le danger. Ce qui le rongeait, c'était l'absence d'ennemi conjuguée à sa menace latente. Aucune chair tangible, physique, ne se dressait devant lui. Il n'y avait que l'ombre et l'absence. Comme si l'ennemi se retirait devant lui, ricaneur, attendant son heure, tapi dans le noir. Il avait beau parcourir les pièces, faire entendre son pas, l'ennemi se nichait dans les interstices de la lumière, au creux des ombres. Une nervosité inconnue le saisissait aux jambes, mordillant ses nerfs, étirant ses membres. Il se sentait comme allongé de l'intérieur, distendu par une sorte de fatigue. Et c'est pourquoi il marchait, pour épuiser cette mâchoire évanescente et tenace qui ne le lâchait pas.

On avait retrouvé le corps de Gonzales suspendu par les aisselles, décapité. Ce grand corps hideux, on l'avait ramené et le sénateur n'avait pu s'empêcher de frissonner. Pas un mot, pas un avertissement. Juste la réponse physique, exhibée.

« Tu n'es plus le maître ici. »

Voilà ce qu'ils lui avaient signifié. Pas López, bien entendu, qui n'était rien. Ses maîtres. Ceux qui se battaient pour s'emparer de la ville et qui lui disaient que son règne était passé. Le temps était venu pour ces êtres-là, saisis dans leur bataille glacée, d'écarter tous les politiques.

López était incapable de se défendre contre Gonzales, qui était un tueur trop prudent, trop méthodique. On savait ce qui s'était passé. Gonzales avait fait son travail. Il avait suivi López, avait observé ses allées et venues, son emploi du temps. Mais avant qu'il puisse agir et alors que López n'avait rien remarqué, la toile immense qui maintenant recouvrait la ville avait vibré. Gonzales avait été repéré, épié. S'il avait été exécuté, c'est que les chefs du cartel étaient intervenus, en connaissant l'identité de leur victime et ses liens avec Urribal. Le meurtre avait été barbare : l'homme de main avait été égorgé puis on lui avait tranché la tête à la hache. Le message était clair.

Voilà pourquoi le sénateur errait dans sa maison de Mexico comme un homme emprisonné. Parce qu'on lui disait qu'il était fini, qu'il n'avait plus qu'à se tenir tranquille, comme un gentil petit sénateur, sur son gentil domaine. En d'autres termes, les règles avaient changé. Autrefois, les trafiquants et les membres du gouvernement ou du Parlement pouvaient travailler main dans la main. Urribal s'en souvenait bien. Il leur donnait l'autorisation d'exercer tranquillement leurs activités. En échange, il demandait seulement de l'argent – quelques centaines de milliers de dollars – et du calme. Pas de meurtres, des quantités raisonnables de drogue, pas d'affrontements. Et puis un peu de tenue : pas la grande vie des narcos, avec les putes, les grosses voitures à travers la ville. De la décence, en somme, pour ne pas corrompre les familles.

Le sénateur fit un geste de la main. Tout cela était fini. Les accords avaient disparu. Les narcos voulaient tout.

Sur le mur, Urribal aperçut un mille-pattes. Hébété, il fixa l'insecte, son regard pénétrant dans l'hideux grouillement, qui lui semblait faire un bruit de succion, comme balayant l'espace. Tous deux, pourtant, étaient immobiles. D'un pas lent, il s'approcha de la tache. Le petit frissonnement sombre lui sembla se recroqueviller. Et il resta là, fasciné, contemplant l'ombre concentrée, bouffie.

Dans une vision brusque, le sexe de la fille, avec ses poils noirs, lui revint en mémoire. La touffe noire et bouclée de son sexe, dont il se souvint avec dégoût. Et tout d'un coup, défait, il se sentit pris de nausée. Il s'affaissa sur un canapé.

Il alluma la télévision. Une nouvelle revenait en boucle sur toutes les chaînes : le général Francisco Guzmán était mort dans un accident d'hélicoptère à proximité de Mexico en compagnie de sept autres personnes.

« Après Mouriño, Guzmán », pensa Urribal. Il n'éprouvait aucune sympathie particulière envers Guzmán, qu'il connaissait mal, mais, ce soir-là, il n'eut aucun doute sur l'origine de l'accident. Le général Guzmán était un des plus hauts responsables de la lutte contre le narcotrafic, et il était mort de la même façon que Mouriño, ministre de l'Intérieur de Calderón, dont l'avion s'était écrasé. Tandis que chacun évoquait la thèse de l'accident, les phrases des journalistes étaient gonflées de suspicion. Sur Internet, il chercha le journal de sa fille. Son visage apparut en gros plan, neutre, aseptisé, au moment où elle annonçait la mort du général, lançant les différents reportages et revenant, en quelques phrases brèves et une image d'un avion échoué sur une avenue, sur le parallèle avec Mouriño.

Le sénateur soupira en songeant aux propos du juge Corzal. C'était encore pire que ce qu'avait murmuré le vieil homme. L'État n'était pas obligé de composer avec d'autres forces, il était lui-même en état de siège : les trafiquants assassinaient les ministres et les généraux. Comme le monde tournait vite, avec une effrayante rapidité ! Autrefois, les politiques tiraient les ficelles des pantins, voilà qu'ils devenaient eux-mêmes des marionnettes dont on se débarrassait une fois leur numéro fini. Les hommes de l'ombre occupaient la scène.

Assis devant le poste, l'esprit embrumé par l'alcool, dans un état de rage vaine et pusillanime, le sénateur n'était plus lui-même, comme il se l'avoua dans un moment de lucidité. Son emportement était ridicule. C'était à lui, au pied du mur, de trouver une solution. Il était menacé, il devait s'en sortir, en homme et non en lavette avinée effrayée tantôt par la lumière et tantôt par le noir. S'il avait réussi, c'est parce qu'il avait détruit les obstacles sans être détruit par eux.

Le sénateur se releva, marcha jusqu'à une glace et s'observa. La bouche fermée, mince et menaçante, l'apparence d'un oiseau de proie. Drapé dans sa dureté. Masqué par sa dureté. Le métal en réalité s'effritait. Et

Urribal s'affolait tant de ne plus être lui-même qu'il en était encore plus affaibli. Il fallait réagir.

Quelles solutions ? La guerre ? Impossible, il n'avait aucune chance, les cartels étaient trop forts. Sur ce point, il n'y avait aucun doute. Se lancer dans l'affrontement signifiait la mort. Même alcoolisé, il s'en rendait compte. La fuite ? Possible. Il prenait son argent et partait aux États-Unis. C'était la solution la plus évidente. Et pourtant Urribal s'y refusait. Tout simplement parce que du fond de sa faiblesse remontait le courage ou, au moins, l'idée qu'il avait de lui-même. Le sénateur Urribal ne fuyait pas. Il n'abandonnait ni son domaine, ni sa ville, ni ses gens.

Alors quoi ? La négociation, bien sûr. Il fallait retrouver de bonnes relations avec les cartels, sans perdre la face. Et pour cela il lui fallait échanger la tête de López contre… Contre quoi ? Cela n'avait pas d'importance, à vrai dire, ils trouveraient bien un accord. D'habitude, la vie d'un homme ne valait pas cher, mais celle de López allait être d'un prix effarant. Probablement des participations majoritaires dans une société dont il était un actionnaire important.

Urribal, furieux, brisa son verre contre le sol. Connasse de mère, connasse de Daisy, connasses de paysannes qui lui faisaient avaler des couleuvres si énormes ! On lui avait tué son meilleur homme, on allait l'obliger à plier devant les cartels !

Il s'endormit comme une brute dans ses vêtements froissés, aviné, violeur et cruel, rendu plus cruel encore par sa nouvelle faiblesse.

26

Il fallut plusieurs années à l'instruction pour établir les responsabilités. Les témoignages se contredisaient. L'agitation médiatique fut longtemps excessive et de toute façon la passion ne pouvait qu'emporter les débats.

Le lendemain des premiers événements, tout le monde était d'avis que de nouvelles émeutes allaient se produire. Trois compagnies de CRS furent envoyées pour « saturer l'espace », c'est-à-dire occuper le terrain, tandis que des barrages étaient installés à tous les points névralgiques de la cité. Parmi ces hommes se trouvait une compagnie de sécurisation, spécialement entraînée et équipée pour faire face aux émeutes urbaines. Les journalistes arpentaient la cité en tentant de dénicher des renseignements et de faire parler les habitants.

Durant toute la journée, les émeutiers adressèrent des textos et des mails pour soulever des alliés. De très jeunes adolescents allaient ainsi former des troupes pour le soir, mais des troupes fragiles, à la fois excitables, imprudentes et incapables de résister à des assauts de policiers.

La nuit vint. Les lumières de la ville éclairaient les rues. Mais soudain un court-circuit vite opéré éteignit les réverbères, et à cet instant précis la cité s'emplit de silhouettes sombres.

On ne sut jamais exactement ce qui s'était passé, car sur ce point les témoignages ne cessèrent de s'opposer, les policiers défendant l'idée de bandes organisées et criminelles, tous les émeutiers affirmant au contraire qu'il n'y avait jamais eu d'organisation, et encore moins criminelle. Mais de fait, les assauts gagnèrent une cohérence inconnue la veille. C'est à partir de ce moment que les policiers commencèrent à employer le terme de « guerre », mot violemment récusé par les émeutiers, qu'ils soient témoins, accusés ou accusateurs. Les policiers, afin d'empêcher tout rassemblement d'envergure, se précipitèrent sur les premières silhouettes qui apparaissaient mais celles-ci leur échappèrent et, comme ils se mettaient à leur poursuite, l'ombre grossit d'une multitude en colère. Ce qui frappa les témoins, ce fut une détermination sans pareille, une colère qui n'était pas désordonnée mais au contraire concentrée, dénuée de cette euphorie de la fête et de la destruction si sensible la veille.

Les jeunes, certes, étaient plus nombreux, sans doute parce que les petits frères s'étaient joints aux autres, comme des essaims de guêpes piquant avec des jets de pierres, mais là n'était pas l'essentiel : désormais, c'étaient les jeunes qui attaquaient, par vagues furieuses, en se jetant sur les boucliers levés pour enfoncer les lignes. Ils se précipitaient en poussant des cris barbares, comme une armée en bataille, avec des barres de fer. Les quelques haches de la veille s'étaient multipliées, et on ne pouvait considérer sans crainte ces lames tranchantes qui s'abattaient, faisant reculer les hommes les plus courageux, pâlissant devant la sauvagerie de cette arme du Moyen Âge. Les policiers se défendaient comme ils le pouvaient, lançant des gaz lacrymogènes, sans grand résultat, tirant à balles de caoutchouc, là encore sans faire reculer les assaillants. Ceux qui tombaient étaient remplacés par des renforts plus furieux encore et le plus surprenant était de voir, au milieu des vagues, comme portés par elles, des adolescents de douze ou treize ans s'écraser contre les policiers, tâchant de passer en dessous des boucliers pour agripper les jambes et les faire tomber à terre. Les émeutiers s'étaient emparés de deux postes radio installés dans les véhicules de police, de sorte que les mouvements des policiers étaient connus, ainsi que leurs réactions. La furie éprouvait la peur, les jeunes sentaient que les policiers faiblissaient. Ceux-ci avaient l'impression qu'on en voulait à leur vie. Qu'on voulait les tuer. C'est du moins ce qu'ils ne cessèrent de répéter lors du procès.

Les policiers affirmaient que ce soir-là, quelque chose s'était rompu. Ils répétaient ces mots, « quelque chose », multipliant les métaphores et les synonymes, et les politiques remplacèrent l'imprécision des termes par les mots plus ronflants de « contrat social ». Le procureur évoqua la phrase de Weber sur la « violence légitime », apanage de l'État. Les accusés ne refusèrent pas l'idée mais se contentèrent d'affirmer qu'ils n'étaient pas en cause, que ce n'étaient pas eux.

Sans doute quelque chose s'était-il rompu. Tout d'un coup, on se mit à tirer à balles réelles sur les policiers. Dans l'immense fracas, on entendit à peine le bruit de la première balle. Mais lorsqu'un policier s'abattit, touché à la cuisse droite, un frisson parcourut les rangs. Aussitôt, ce fut une évidence pour chacun : on leur tirait dessus au fusil. C'est là que tout bascula, on ne cessa de le dire au procès. Les avocats eurent beau répéter que le basculement était beaucoup plus vaste, qu'au fond toutes les conditions d'un basculement généralisé étaient réunies depuis des années, l'idée s'installa que tout avait basculé le soir où des jeunes gens de dix-huit ou vingt ans s'étaient mis à tirer sur des hommes payés pour maintenir l'ordre. Où la haine avait été telle que des adolescents avaient levé une arme sur des jeunes gens à peine plus âgés, et que ces mêmes jeunes gens sur qui on tirait s'étaient mis à considérer leurs assaillants comme des ennemis à abattre.

Les tireurs étaient dissimulés dans la foule qui les enveloppait, les protégeait, et c'était de cette masse qu'ils surgissaient pour tirer. La détonation d'un fusil à pompe retentit à plusieurs reprises et un autre policier tomba. Si les rangs ne se défaisaient pas encore, un mélange de peur et de rage animait les policiers. Les officiers leur criaient de tenir, de ne pas s'énerver mais déjà des hommes hurlaient qu'ils avaient besoin de renforts, qu'il fallait les hélicoptères.

Une frénésie s'emparait de tous. Il n'y avait plus de lucidité, plus de sang-froid, tous ne songeaient qu'à frapper, pour attaquer ou se défendre. Les plus jeunes se jetaient à découvert pour lancer des pierres. L'un d'eux, qui tentait encore, aveuglément, de faire tomber un policier, reçut un coup de pied dans la tête et perdit connaissance. Les CRS voyaient venir vers eux, à toute vitesse, flot déferlant, les petits avec leurs pierres, les grands avec leurs barres de fer et leurs haches, tandis que sur le côté des tireurs dissimulés épaulaient des fusils. Les moins expérimentés perdaient toute mesure. Un policier plus petit et plus mince que les autres, dont on apprit plus tard qu'il était envoyé pour la première fois sur le terrain, commit l'erreur de se décaler par rapport au groupe. Aussitôt, une dizaine de jeunes l'agrippèrent et s'emparèrent de lui, avec des hurlements.

« Je croyais qu'ils allaient me lyncher, témoigna-t-il lors du procès. Ils étaient autour de moi, criant, hurlant, avec des visages sauvages. Je me suis défendu. »

Fou de peur, l'homme sortit son arme et tira devant lui. La balle entra dans la tête d'un des jeunes gens. Dans le fracas général, la foule ne s'en aperçut pas, mais les agresseurs s'écartèrent, titubant puis fuyant, tandis que le fonctionnaire, devenu meurtrier, comprenant en un instant le désastre de sa vie, surprenait dans une vision effarée la jeunesse d'un visage d'adolescent.

Deux hélicoptères surgirent au-dessus des immeubles, leurs faisceaux trouant la mêlée. Il y eut des rires de défi parmi les émeutiers. Les policiers se sentirent envahis par le grondement des machines, comme soulevés par cette puissance. Mais ce que les faisceaux saisirent dans leur feu, ce fut un cadavre, et le cri qui se répandit fut un nom :

« Mounir. C'est Mounir ! »

27

On sonna à la porte. Une domestique alla ouvrir et se trouva devant une jeune femme habillée d'une robe simple mais élégante, de couleur rouge.

— Oui ?

Devant l'employée méfiante, la femme eut un grand sourire.

— Bonjour, je m'appelle Norma Sieyes. J'aimerais voir le sénateur Urribal.

— Vous avez rendez-vous ?

— Non.

— Dans ce cas, je suis désolée mais le sénateur ne reçoit personne sans rendez-vous.

— Je le sais, madame, je le sais. Prévenez-le tout de même, je crois qu'il sera ravi de me voir.

La domestique embrassa d'un regard la silhouette fine, les jambes dénudées, et elle crut comprendre.

— Attendez-moi !

La porte se referma. Elle se rouvrit devant le sénateur.

— Qui êtes-vous ?

Sa voix était rogue mais il était tout de même venu. On lui avait parlé d'une jeune femme.

Celle-ci lui tendit la main, avec un grand sourire.

— Bonjour, je m'appelle Norma Sieyes. J'ai beaucoup entendu parler de vous et je tenais absolument à vous rencontrer.

Méfiant, le sénateur l'observait.

— Comment êtes-vous entrée ?

— Eh bien, par la porte, à vrai dire, répondit Norma avec un petit rire. En laissant ma carte d'identité aux gardes.

— Norma Sieyes, hein ?

— Oui. C'est mon nom.

Et, de nouveau, elle rit.

— Entrez, fit le sénateur.

Ils passèrent devant un homme en costume noir qui lisait un journal. Norma salua poliment. L'homme, les cheveux coupés très court, lui rendit son salut. Un garde du corps.

Le sénateur la fit passer au salon.

— Vous voulez quelque chose à boire ?

La jeune femme resta un instant immobile. Un instant imperceptible pendant lequel elle sembla *éprouver* l'espace.

— Du champagne ?

Elle regarda le sénateur avec un regard un peu trop appuyé qui introduisit un indéfinissable malaise. Aussitôt, elle se reprit et sourit.

— Non, merci. Plutôt un jus de fruit, si vous en avez.

— Bien sûr.

Il fit un signe à un domestique.

Norma demeura silencieuse. Elle aurait voulu parler, s'étourdir et étourdir le sénateur de mots, mais elle en était incapable, comme épuisée de nervosité. Elle s'assit tout au fond d'un canapé.

— Alors comme ça, vous vouliez me rencontrer ?

Le regard d'Urribal était fixé sur elle.

Norma revint de son silence. Il fallait qu'elle parle.

— Oui, c'est pour moi un grand honneur.

— D'où me connaissez-vous ? Je ne suis pas si célèbre. En tout cas, pas ici, pas à Mexico. Ce n'est pas mon territoire.

— Moi non plus. Je suis colombienne. Mais depuis que je suis ici, je fais mes études à l'Unam…

— Excellente université !

— Oui, vous avez tout à fait raison ! Depuis que je suis ici, j'ai plusieurs fois entendu parler de vous, notamment pour votre présidence de la commission mexicano-américaine, et je rêvais de vous rencontrer.

— Vous êtes étudiante ? C'est curieux, je ne l'aurais pas pensé.

La voix était lente et un peu froide.

— Je sais, je sais, répondit Norma. Je suppose que je n'en ai pas l'air. Mon côté paysan, sans doute.

— Non, non, ce n'est pas ce que je dis. Je suis surpris, c'est tout.

Norma but une gorgée du jus de fruit apporté par le domestique. Elle attendit.

— Maintenant que vous m'avez rencontré, que puis-je pour vous ? demanda le sénateur.

— À mon sens, la question est inverse, dit Norma. Que puis-je pour vous ?

Urribal contempla la jeune femme. Elle savait bien ce qu'elle pouvait pour lui. Et lui savait récompenser les efforts. Sans doute s'agissait-il d'une de ces intrigantes prêtes à tout pour décrocher un emploi, mais en quoi était-ce gênant ? Elle s'était montrée audacieuse et maligne en venant jusque chez lui. Il trouvait cela sympathique. Il aimait les ambitieuses, surtout lorsqu'elles étaient jolies. Si seulement il n'avait pas eu cette fatigue… À l'intérieur de son corps, tout ralentissait. Voilà encore quelques mois, il se serait jeté sur cette fille. Et à présent, il la faisait parler, lui posait des questions, s'interrogeait sur ses motivations ! Était-il un vieillard impuissant pour hésiter ?

La jeune femme sourit de nouveau. Encore ce grand sourire communicatif et confiant. Elle semblait si jeune lorsqu'elle souriait. Une étudiante de première année, et encore. Presque une mineure. La peau lisse, souple et fraîche de la jeunesse.

De nouveau, le ralentissement. L'étrange fatigue du désir. Le sénateur porta son regard sur le corps exhibé, jambes et bras découverts, sur la fine attache des chevilles. Si seulement il avait pu boire la jeunesse de cette fille et se régénérer en elle…

— Venez dans mon bureau, j'ai quelques documents qui pourraient vous intéresser.

Il s'était décidé à affronter sa faiblesse.

Norma se leva. Un tremblement de désespoir s'empara d'elle, et une immense faiblesse, bien plus terrible et dévorante que celle du sénateur, creusa son corps. Mais elle était venue pour cela. C'était Ruiz, le policier, qui l'avait prévenue : « On l'a retrouvée », avait-il dit. Elle avait vu sa sœur, elle avait su comment on l'avait traitée, elle avait su comment le sénateur l'avait violée avant de l'abandonner dans un bordel où on l'avait droguée et baisée à de multiples reprises, son âme s'envolant dans la violence. Et lorsqu'elle était devenue folle, en quelques semaines, son corps battu à mort avait été laissé dans un bidonville de Mexico, sur la terre, exposé à tous. C'est là que la police l'avait retrouvée, charogne offerte aux vautours humains, et rien n'était plus triste que l'affreuse découverte de la jeune Sonia. Norma l'avait reconnue à la morgue – et cela signifiait aussi ne plus la reconnaître car la jeune femme sous son regard n'était plus sa sœur –, la face tuméfiée, certes, mais surtout autre, absolument autre, tordue par une expression de misère et de désespoir. Et il avait fallu pleurer sur cette autre, car il n'y avait plus que cela à faire.

Le sénateur poussa la porte de son bureau. Le soleil emplissait la pièce d'une chaleur douce et lumineuse. Et Norma trouva qu'il était cruel de mourir par une si belle journée. Elle avança dans la gangue caressante, de sorte que lorsque Urribal se retourna vers elle, elle était nimbée de soleil. Et même lui, même le noir Urribal dont l'âme était si sombre, s'était peut-être senti ému par cette vision, non parce qu'il aurait pu prévoir quoi que ce soit de son destin mais parce que la jeunesse lumineuse qui marchait vers lui le renvoyait à sa fin. Le cartel avait pris une participation dans la moitié de ses entreprises, López était mort d'une balle dans la tête et il savait que lui-même n'était plus qu'une marionnette. C'était fini. Il n'allait plus que survivre à sa puissance et, même s'il comprenait que c'était le destin de toute puissance en ce monde, il ne pouvait l'accepter.

Il alla vers la jeune fille et l'embrassa. Il l'embrassa doucement, parce qu'il trouvait une douceur infinie à avaler cette lumière, et puis ses baisers se firent plus avides. Norma fermait les yeux, comme absorbée par son propre désir, au moment même où l'odeur de cette bouche lui répugnait, où des images de sa sœur la poursuivaient, où de terribles idées de destruction l'habitaient.

Ils traversèrent la pièce et rejoignirent un lit. Des vêtements furent dégrafés, des corps furent dénudés. Norma chercha des yeux et trouva ce qu'elle cherchait. L'homme fureta entre ses cuisses, la léchant avec des grognements, et pendant qu'il s'abandonnait ainsi, elle saisit à deux mains l'énorme lampe qui trônait sur la table de nuit et l'abattit sur la tête qui entrait en elle. La faïence éclata avec un bruit de tonnerre et un cri d'Urribal. D'un éclat détaché – cette conscience fugitive et si précise d'un éclat plus long et plus aiguisé que les autres –, elle trancha la gorge du sénateur, alors que le garde affolé, hurlant, la tête rasée et le costume noir, entrait dans la chambre et lui faisait éclater la tête d'une balle.

28

Naadir courait dans la nuit, affolé, ne sachant où aller. Depuis la fin des émeutes et la mort de Mounir, il était sans cesse sous l'emprise d'une peur panique.

Tout se mêlait en lui : la vision de l'obscurité tombant brusquement sur la ville – cette nuit si soudaine relevant dans son esprit d'enfant d'une étrange et maléfique transcendance –, le déferlement des flots sur la cité d'Ys et l'homme aux cheveux rouges, mais aussi, sans doute, de façon plus imperceptible et lointaine, l'espoir chevaleresque d'un sauveur qu'il n'aurait su lui-même incarner mais au-devant duquel il courait, lui qui n'avait jamais eu comme chevalier que son grand frère Karim. Il n'avait pas d'autre but que de le retrouver, tant il avait peur de ce qui pouvait arriver, tant il avait l'impression que tout son univers allait exploser. Il courait au milieu des carcasses calcinées de voitures, tandis que des silhouettes, en sens inverse, le croisaient. L'une d'elles lui cria de rentrer à la maison mais il ne l'entendit pas, enfermé dans l'angoisse de cet univers spectral où passaient les ombres. Il courait et la course était son seul refuge. Il avait si peur.

Il buta contre deux policiers en uniforme. C'était comme se cogner contre deux machines d'acier. Il leva un regard apeuré vers les deux hommes, qui dirent des mots qu'il ne pouvait plus entendre. Il se contenta de les considérer puis reprit sa course.

Dans son cauchemar, le flot torrentueux déferlait et envahissait la cité, dans une destruction sans égale que les chroniques raconteraient pendant des siècles, et il lui semblait que ce flot le poursuivait et qu'il courait pour lui échapper. L'effroi s'emparait de lui. Il arriva sur la place où s'était tenu l'affrontement majeur mais il bifurqua aussitôt.

Où était Karim ? Naadir songea à ce lieu que son frère avait parfois évoqué, à quelques centaines de mètres de là, cet appartement d'un de ses amis, disait-il, et il eut un soudain espoir.

Le flot bruissait derrière lui. Hors d'haleine, le souffle précipité, il sentait ses jambes se dérober.

Et soudain, au détour d'une rue, il l'aperçut. Karim se tenait droit, curieusement immobile, comme s'il l'attendait, les bras le long du corps. Il ne bougeait pas du tout, alors que tout dans la cité filait, s'animait, fuyait. Lui, non, il était là, tout droit. Il ne bougeait pas, ne disait rien.

Naadir tourna la tête. Deux hommes lui apparurent en haut d'un escalier. L'un d'eux avait les cheveux rouges et il pointait son fusil vers Karim. Il parlait. Il lui disait de ne pas bouger. Il lui disait aussi que le moment était venu de régler les comptes.

Il y eut un coup de fusil et Karim tomba.

L'homme s'approcha de lui. Tout en marchant, il découvrit Naadir et, dépassant le corps de Karim, il rejoignit l'enfant. À mesure qu'il avançait, il relevait son fusil. Il se retrouva en face de l'enfant aux yeux immensément ouverts, qui le regardait comme s'il allait graver à jamais son visage en lui. Soudain, une voix claire et enfantine s'éleva de la petite silhouette silencieuse.

— Vous avez déjà tué mon frère. Est-ce que vous allez me tuer aussi ?

L'homme aux cheveux rouges le contempla en silence, son fusil pointé sur la poitrine de l'enfant. Et puis, d'un pas lent, il se retourna et s'éloigna.

Fabrice Humbert
dans Le Livre de Poche

Autoportraits en noir et blanc   n° 32926

Rodrigue, fils d'un légionnaire, s'engage à son tour dans la
Légion et se retrouvé basé en Afrique. Pour masquer son
ennui, il dessine, toujours en noir et blanc. Une occupation
qui devient vite une obsession.

La Fortune de Sila   n° 32523

Paris, juin 1995. Dans un restaurant, un serveur est frappé
par un client. Personne n'intervient. De la chute du mur de
Berlin à la crise financière de 2008, les destins croisés des
acteurs de cette scène tissent peu à peu une toile. Au centre,
Sila, le serveur, autour duquel tout se meut.

L'Origine de la violence   n° 31750

Lors d'un voyage scolaire en Allemagne, un jeune professeur
découvre au camp de Buchenwald la photographie d'un
détenu dont la ressemblance avec son père le stupéfie. Au
cours de sa quête, il comprend qu'en remontant à l'origine
de la violence, c'est sa propre violence qu'on finit par
rencontrer...

Du même auteur :

AUTOPORTRAITS EN NOIR ET BLANC, Plon, 2001.

BIOGRAPHIE D'UN INCONNU, Le Passage, 2008.

L'ORIGINE DE LA VIOLENCE, Le Passage, 2009, Le Livre de Poche, 2010. (Prix Orange du livre 2009 ; prix littéraire des Grandes Écoles 2010 ; prix Renaudot poche 2010.)

LA FORTUNE DE SILA, Le Passage, 2010, Le Livre de Poche, 2012. (Prix Jean-Jacques Rousseau 2010 ; Grand prix RTL-*Lire* 2011.)

Le Livre de Poche s'engage pour l'environnement en réduisant l'empreinte carbone de ses livres. Celle de cet exemplaire est de :
300 g éq. CO₂
Rendez-vous sur www.livredepoche-durable.fr

PAPIER À BASE DE FIBRES CERTIFIÉES

Composition réalisée par Belle Page

Achevé d'imprimer en février 2014 en France par
CPI – BRODARD ET TAUPIN
La Flèche (Sarthe)
N° d'impression : 3004193
Dépôt légal 1ʳᵉ publication : mars 2014
LIBRAIRIE GÉNÉRALE FRANÇAISE
31, rue de Fleurus – 75278 Paris Cedex 06

31/7563/5